OeTiNGER TASCHEN
BUCH

Antonia Michaelis, Jahrgang 1979, in Norddeutschland geboren, in Süd-deutschland aufgewachsen, zog es nach dem Abitur in die weite Welt. Sie arbeitete u.a. in Südindien, Nepal und Peru. In Greifswald studierte sie Medizin und begann parallel dazu, Geschichten für Kinder und Jugendliche zu veröffentlichen. Seit einigen Jahren lebt sie als freie Schriftstellerin in der Nähe der Insel Usedom.

Antonia Michaelis

Die Nacht der gefangenen Träume

Oetinger Taschenbuch

Das Papier dieses Buches ist FSC®-zertifiziert und wurde von
Arctic Paper Mochenwangen aus 25% de-inktem Altpapier
und zu 75% aus FSC®-zertifiziertem Holz hergestellt.
Der FSC® ist eine nicht staatliche, gemeinnützige Organisation,
die sich für eine ökologische und sozialverantwortliche Nutzung
unserer Wälder einsetzt.

1. Auflage 2011
Oetinger Taschenbuch GmbH, Hamburg
August 2011
Alle Rechte dieser Ausgabe vorbehalten
© Originalausgabe: Verlag Friedrich Oetinger GmbH, Hamburg 2008
Titelbild und Illustrationen: Eva Schöffmann-Davidov
Druck: GGP Media GmbH, Pößneck
ISBN 978-3-8415-0064-9

www.oetinger-taschenbuch.de

Für Frederic

… der in einem roten Haus wohnt,
von dem die Farbe nicht abblättert,
der zwei Eltern hat, die viel und gerne reden,
der Fußball spielt, statt Maschinen zu erfinden,
und der all dies trotzdem hätte erleben können.

1. Kapitel

Wie ein feuchter Kieselstein

»Du darfst mit nichts zu Unheimlichem anfangen«, sagt Frederic.

»Mit nichts zu Unheimlichem?«, frage ich.

»Na ja, du weißt schon. Was später kommt.«

»Du meinst – als du im Nebel die Orientierung verloren hast? Als du beinahe in den Schacht gefallen bist, dessen Boden man nicht sehen konnte? Und als ihr dann in einer Nacht all diese unglaublichen Sachen entdeckt habt?«

»Ja, genau. Wenn du damit anfängst, will keiner das Buch lesen. Dann glauben alle, es wäre ein Buch voller Blutrunst und ...«

»Blut-Runst?«

»Na, ich dachte, das ist das Hauptwort zu blutrünstig. Alle glauben, es wäre blutrünstig, obwohl ja gar kein Blut vorkommt.«

»Aber am ersten Tag, als die Geschichte begonnen hat und als du in der Klassenarbeit plötzlich ...«

»Pssst! Das darfst du noch nicht verraten! Die Geschichte *hat* doch noch gar nicht begonnen. Sie beginnt erst.«

»Ach so. Und mit was *soll* ich denn nun beginnen?«

»Beginne mit … etwas Schönem.« Frederic überlegt eine Weile. Wenn er überlegt, kaut er immer auf seiner Unterlippe herum. »Beginne mit … den Bäumen. Den Bäumen an der Schulhofmauer. Die sind schön. Wenn das Herbstlicht auf ihre Blätter fällt und der Wind in ihnen knispert.«

»Knispert? Was bedeutet ›knispert‹?«

Er zuckt mit den Schultern. »Das, was der Wind in den Herbstblättern tut. Fängst du jetzt an oder nicht?«

Frederic erfindet gerne Worte. Er erfindet ständig alles Mögliche.

Ich aber bin nicht hier, um Dinge zu erfinden. Ich bin hier, um Frederics Geschichte aufzuschreiben. Er hat mich darum gebeten, und es ist höchste Zeit, denn er wird langsam ungeduldig.

Die Bäume waren schön. Sie standen entlang der grauen Schulhofmauer und reckten ihre weisen, alten Äste in den Himmel, als wollten sie das Licht dort einfangen. Sie standen schon immer da, und sie wussten alles: die Ulmen, die Linden, die Eichen. Und mitten auf dem Hof: eine Kastanie.

Aber wie Bäume eben so sind, behielten sie für sich, was sie wussten.

Das Schulgebäude war so alt wie die Bäume. Von drinnen wurde es ab und zu ohne rechte Liebe renoviert, hochdruck-gereinigt, unterdruckentschimmelt und mit neuen Bildern in Siebdrucktechnik behängt. Draußen jedoch war seit Jahren alles beim Alten geblieben. Das Eingangsportal von St. Isaac litt unter einer leichten barocken Überengelung. Der Putz blätterte an einigen Stellen ab, sodass man hoffen konnte, auch die pausbäckigen Engelchen würden eines Tages abfallen. Niemand hatte sich in den letzten hundert Jahren die Mühe gemacht, etwas an der Fassade des altehrwürdigen Bauwerks zu verändern: Man pflegte seine Altehrwürdigkeit.

Direkt neben dem Schulhof stand noch ein zweites altes Gebäude, doch dessen Alter hatte nichts Ehrwürdiges an sich. In seinem ziegellosen Dachstuhl wuchsen Birken und viele seiner Wände neigten sich bedenklich. Das war das *Abrisshaus*. Es hieß so, weil die Erwachsenen ständig sagten, es müsste abgerissen werden. Eines Tages, sagten sie, würde es wohl von selbst umfallen, aber es wäre doch ein Schandfleck, nicht wahr, neben der altehrwürdigen Schule, und man sollte es beseitigen …

Die Kinder jedoch sprachen nur hinter vorgehaltener Hand über das Abrisshaus. Etwas daran war nicht geheuer. Kinder spüren so etwas.

Nachts flogen Eulen durch die zerbrochenen Fensteraugen des Hauses, und tags gingen die wilden Katzen der Gegend dort ein und aus. Der Wind heulte in den Ecken der verlassenen Räume wie ein verletzter Hund. Manche der Kinder schworen, sie hätten tatsächlich einmal einen Hund auf der Türschwelle sitzen sehen. In Wirklichkeit war keines von ihnen je dort gewesen. Es gab viele Gerüchte in St. Isaac, nicht nur über Hunde. Vor allem gab es Gerüchte über einen bösen, alten Mann, der im Abrisshaus gewohnt hatte und jetzt noch immer dort herumschlich, obwohl er schon lange tot war – Gerüchte darüber, er hätte sich in eine Eule verwandelt oder in eine streunende Katze oder vielleicht auch in den Wind. Später werden wir das Abrisshaus noch brauchen, daher muss es erwähnt werden. Doch später ist später. Zurück zu den Bäumen.

Früher, als das Schulgebäude neu gewesen war, hatten die Bäume eine Menge Gelächter dort unten im Hof gehört und eine Menge Streiche beobachtet. Doch vor fünfzehn Jahren hatte ein neuer Direktor die Herrschaft über St. Isaac übernommen. Und seither war es still geworden auf dem Hof. Seither war St. Isaac eine Privatschule. Und diese Privatschule produzierte Musterschüler, Oxford-Stipendiaten und Harvard-Anwärter wie am Fließband; Leiter internationaler Unternehmensketten, Börsenmakler, Chirurgieprofessoren und Politiker. Die Eltern der Stipendiaten und zukünftigen Professoren ließen sich den Spaß eine Menge kosten. Hätte der Direktor das Geld in die Außenfassade der Schule gesteckt – die Engel am Portal hätten längst goldene Nasen besessen, goldene Nasennebenhöhlen sogar. Aber vielleicht mochte der Direktor die Engel nicht oder vielleicht war er einfach nur geizig, denn ihre Nasenspitzen bröckelten weiter ungestört vor sich hin. Der Direktor hieß Bruhns, Bork Bruhns. Doch bei den meisten Schülern – und auch den meisten Lehrern – hatte sich unwillkürlich der Glaube festgesetzt, er hieße mit Vornamen Herrdirektor. Nur Frederic nannte ihn in seinem Kopf manchmal Bork Bruhns, weil er fand, dass »Bork« genauso düster klang, wie der Direktor aussah.

An dem Montagvormittag, an dem Frederics Geschichte begann, wachte Bruhns über eine Deutscharbeit der siebten Klasse – der jüngsten in St. Isaac. Der Wind knisperte in den Bäumen und die bunten Herbstblätter füllten die Luft mit ihrem Leuchten, und im dritten Stock am vierten Fenster von links saß ein dreizehnjähriger Junge mit braunem Wuschelhaar und einer spitzen Nase und träumte.

Das war Frederic.

Er träumte von der Erfindung einer neuen Maschine, während Herrdirektor Bruhns zwischen den Bänken auf und ab ging und alle anderen in der Klasse eifrig schrieben. HD Bruhns (wenn er nicht »Bork« dachte, kürzte Frederic wenigstens das »Herrdirektor« im Kopf ab, um Zeit für Wichtigeres zu sparen) hatte ihn ganz nach vorne gesetzt, neben Josephine, die Klassenbeste. Offenbar hoffte er, Josephines Eifer würde auf geheimen Umwegen in Frederic hineindiffundieren (Bruhns liebte Fremdwörter) und Frederic zu einem besseren Schüler machen.

Er hatte sich getäuscht. In Frederics Kopf existierte Josephine gar nicht. Er brauchte nur zu Beginn der Stunde einmal kurz zu blinzeln, und ihre gebügelte weiße Bluse zerfiel zu Staubkörnern. Ihre langen blonden Haare verblassten wie ein schlechtes Foto. Da waren nur er, Frederic, und das Herbstlicht und die Maschine, die er erfand. Im Kopf fertigte er eine genaue Zeichnung von ihr an. Sie war dazu da, das Licht draußen einzufangen und zu speichern, sodass es für den ganzen Winter reichte. Man musste nur die Räder und Drähte in der richtigen Reihenfolge anbringen, natürlich auch die Spiegel – und die große Batterie … Er nagte an seiner Unterlippe und überlegte, wie man möglichst viel Licht durchs Fenster hereinbefördern könnte. Ein bruhnsförmiger Schatten in einem dunklen Anzug wanderte durch den Rand seines Gesichtsfeldes. Vielleicht könnte er zusätzlich eine Maschine erfinden, die HD Bruhns durchs Fenster *hinaus*beförderte …

Frederic schloss die Augen, um besser nachdenken zu können. Er konnte das Klassenzimmer bei seinen Überlegungen nicht brauchen: Die kreischend neonfarbigen Chemietabellen *(Elemente auswendig lernen macht Freude!)* und die Apotheker-Poster von knuffigen Hamsterchen und Hündchen, für die man in der siebten Klasse viel zu alt war, machten jeden normalen Menschen über kurz oder lang wahnsinnig. Sie waren größer als Josephine und ließen sich schlechter ausschalten. Frederic atmete erleichtert auf, als die Hamsterchen und der dreiwertige Phosphor hinter seinen Lidern verschwanden …

Und da passierte es. Ganz plötzlich.

Etwas biss ihn in den rechten Arm.

Etwas Kleines mit sehr scharfen Zähnen.

Der Schmerz kam so plötzlich, dass Frederic nicht einmal schrie. Er schnappte nur nach Luft und öffnete die Augen. Auf seinem rechten Unterarm, gerade oberhalb des Handgelenks, prangte eine rote Stelle. Und noch während er sie anstarrte, wurden darauf langsam die tiefen Abdrücke von zwei Reihen winziger Zähne sichtbar. Leuchtend rote, brennende Abdrücke. Ein einzelner, dicker Tropfen Blut trat aus der Haut hervor und glänzte in der Herbstsonne wie ein nasser Kieselstein.

Frederic schüttelte benommen den Kopf. Was war geschehen?

Er suchte den glatten, kratzerlosen Tisch mit den Augen nach einem kleinen Tier mit spitzen Zähnen ab. Einer Maus, die vom Abrisshaus herübergekommen war. Natürlich war da keine Maus. Er sah unter seinen Stuhl. Unter den Tisch. Nichts. Nur der blau marmorierte Linoleumboden und Josephines violette Riemchen-schuhe mit den aufgestickten Veilchen. Josephine selbst hatte den Kopf tief über ihre Arbeit gebeugt und schrieb eifrig. Ihr Blond-haar fiel als Vorhang auf die Tischplatte hinab und verbarg, was sie schrieb. Langsam kullerte der Blutstropfen auf Frederics Blatt und zerlief dunkelrot auf dem Weiß des Papiers.

»Frederic. Du träumst schon wieder.«

Frederic sah auf.

Bruhns große dunkle Gestalt stand vor seinem Tisch und warf einen langen Schatten auf das Pult wie einen Vorwurf.

»Wir haben hier nicht das Fach Träumerei, sondern das Fach Deutsch«, erklärte er mit ekelhafter Liebenswürdigkeit und strich seinen grauen Schlips glatt. »Wir interpretieren ein Gedicht. Das heißt: Alle anderen sind darin involviert, ein Gedicht zu interpretieren. Frederic der Träumer hat wohl etwas Besseres zu tun.«

»Allerdings«, murmelte Frederic – jedoch so leise, dass Bruhns es nicht hörte.

Selbstverständlich hatte es keinen Sinn, Bruhns von der Maus zu erzählen, die nicht da war. Der HD beugte sich über Frederic und sah ihm in die Augen. Bruhns Augen waren braun und im Grunde freundlich, aber es wirkte, als hätte jemand sie so lange blank geschrubbt, bis von der Freundlichkeit nichts mehr übrig geblieben war.

»Das Gedicht heißt ›Der Panther‹«, sagte Bruhns. »Es befindet sich auf dem Papier vor dir. Nur falls es dir nicht aufgefallen sein sollte.«

Die Klasse lachte. An der Wand zwischen der Tafel und den aufdringlich bunten Chemietabellen gab es einen großen Spiegel, und Frederic sah darin, wie sie alle gleichzeitig ihre Köpfe hoben und losprusteten – als hätte HD Bruhns den Witz des Jahrhunderts gemacht. Auch Josephine hob den Kopf, um zu lachen. Frederic vergewisserte sich mit einem Seitenblick, dass kein kleines bissiges Tier unter ihrem Haar hervorhuschte. Dann sah er wieder in den Spiegel. Und da entdeckte er hinten in der letzten Bank ein Mädchen, das nicht lachte. Ein blasses, dünnes Mädchen mit dunklem Haar und dunklen Augen, ihr Gesicht halb verborgen vom Kragen eines viel zu großen Wollpullovers. Er wusste, dass sie Änna hieß, aber sie hatte in den sechs Wochen seit Schulbeginn noch kein Wort mit ihm gesprochen. Sie sprach selten mit irgendjemandem. Gewöhnlich lief sie mit gesenktem Blick herum, als wäre es gefährlich, die Leute auch nur anzusehen. Doch jetzt sah sie ihm direkt in die Augen, als wollte sie ihn dringend etwas fragen, möglichst sofort. Ihr Blick verwirrte ihn. Er senkte rasch den Kopf und begann zu schreiben.

»Na also«, sagte HD Bruhns, sammelte seinen Schatten wieder auf und schlenderte zum Fenster hinüber. Das Gelächter der anderen verstummte wie auf Knopfdruck. Sekunden später hörte Frederic ihre Füllfederhalter wieder über das Papier kratzen. Er schrieb drei Seiten voll, um nicht weiter aufzufallen, während seine Gedanken anderswo waren.

Natürlich hätte er den Panther ohne Probleme interpretieren können. In der fünften Klasse, auf der anderen Schule, hatten sie ihn schon einmal interpretiert. Er lief hinter seinen Gitterstäben auf und ab und wollte gerne frei sein. Frederic fühlte mit dem Panther. Aber in diesem Moment war er zu verwirrt, um etwas anderes zu Papier zu bringen als das Wort *bla* in hundertfacher Ausführung.

Blablablablabla …

Immerhin schrieb er es in Schönschrift und ohne Rechtschreibfehler.

In seinem Kopf hinterließ der Panther statt Tatzenspuren Zahnabdrücke, und aus dem Boden des Käfigs traten winzige, glänzende Tropfen von dunkelrotem Blut.

Etwas stimmte hier nicht. Etwas stimmte ganz und gar nicht. Wusste Änna, was es war?

In der großen Pause durchquerte Frederic das Labyrinth der Flure mit ihren gerahmten Bildern an den Wänden: eintönige Stillleben von Äpfeln und Birnen und fade Bleistiftskizzen von Röhren. Sie sahen alle gleich aus. Zu gleich für Bilder, die von verschiedenen Kindern gemalt worden waren.

Er verließ den modernen, sterilen Innenbereich von St. Isaac, verließ den Geruch nach Putzmittel und Gummisohlen und trat unter den Engelchen hinaus in den alten Hof. Die Bank unter der Kastanie, die in der Mitte des Schulhofs stand, schien auf ihn zu warten. Er saß gern auf dieser Bank und dachte nach. Aber heute wurde es nichts damit.

Die anderen aus der Klasse standen in Grüppchen herum und diskutierten das Panther-Gedicht. Normale Schüler, dachte Frederic, hätten noch darüber *gesprochen*, aber die Schüler von St. Isaac, die HD Bruhns und seine Fremdwörter so zu verehren schienen, *diskutierten* es.

»Na?«, sagte der starke Georg und setzte sich zu Frederic auf die Bank.

»Na?«, sagte Frederic.

»Was hast du geschrieben, über den Panther?«

Frederic verschwieg das Blabla. »Na, dass er für die Freiheit steht, die man verloren hat, und so weiter«, sagte er. »Dass man ausbrechen soll und so. Aus dem Selbst – aus dem – ach, was weiß ich.«

Er betrachtete die Wunde. Sie brannte. Nicht schlimm, nur ganz leicht, als wollte sie nicht, dass er sie vergaß.

»Dass man ausbrechen soll?«, fragte der starke Georg und zog seine starken Augenbrauen in die Höhe. »Aber der Panther ist doch glücklich, oder? Ich habe geschrieben, er ist erleichtert, weil es in seinem Käfig keine Gefahren gibt und er gefüttert wird und …«

Frederic schüttelte den Kopf. »Da hast du was falsch verstanden«, meinte er und besah sich die Arme des starken Georgs, die aus beeindruckenden Muskelpaketen bestanden. Vielleicht hätte er ihm nicht widersprechen sollen. Vielleicht würde der starke Georg böse werden, und es lohnte sich nicht, für ein dummes altes Gedicht ein blaues Auge einzukassieren. Aber der starke Georg wurde nicht böse.

»Meinst du?«, fragte er unsicher. »Das wäre aber nicht gut, dann kriege ich eine ganz schlechte Note.«

Komisch. Wenn Frederic den starken Georg auf der Straße getroffen hätte, ohne ihn zu kennen – er hätte bestimmt geglaubt, Georg würde jedem fürs Widersprechen die Nase platt bügeln. Und seine Noten wären ihm dabei so egal wie Frederics Nasenbein. Doch stattdessen stand der starke Georg auf und fragte seinen Freund Manuel.

»Klar ist der Panther glücklich«, sagte Manuel. »Er hat doch keine Probleme, oder?«

Der Panther nicht, dachte Frederic. Nur offenbar die Leute aus seiner Klasse. Was fanden sie an HD Bruhns? Kein Mensch auf Frederics alter Schule hätte ihn auch nur eines Blickes gewürdigt. Er war genau die Art von Lehrer, die grundsätzlich gegen eine Wand anredete.

»Josephine«, fragte Georg, beinahe weinerlich, »ist der Panther zufrieden in seinem Käfig? Frederic sagt Nein.«

Josephine löste sich aus einer Masse von schnatternden Siebtklässlern und strich sich die aalglatten blonden Haare zurück, die genau parallel zueinander ausgerichtet waren. (Kämmte sie sich mit einem Magneten?) Sie sah Georg von oben herab an und schenkte ihm ein gut geübtes grauäugiges Lächeln, kalt wie ein Gefrierfach.

»Er ist ganz und gar zufrieden«, antwortete sie mit einem Schnurren in der Stimme, als wäre sie selbst der zufriedene Panther. »Frederic irrt sich. Wir haben es alle so geschrieben. Der Panther steht für … *faselfaselfasel* …«

Aufgeblasenes Miststück, dachte Frederic. Man sollte eine Art Nadel erfinden, die man in Josephine hineinpiken konnte, damit die heiße Luft aus ihr entwich. Er sah direkt vor sich, wie sie in sich zusammenschnurrte und klein, runzlig und hässlich wurde … Aber noch niemand hatte diese Nadel erfunden, und so warf Josephine mit ihrem kalten Blick nach Frederic, ehe sich der Kreis der Mädchen und Jungen wieder um sie schloss.

Da räusperte sich jemand neben ihm. Auf der anderen Seite der Bank saß jetzt eine geduckte Gestalt – ganz an der Ecke. Es war Änna.

»Ich habe es gesehen«, sagte sie, so leise, dass er sie kaum hörte.

»Was – gesehen?«, fragte Frederic.

Änna zeigte auf sein rechtes Handgelenk.

»Wie es mich gebissen hat?«

»Nicht *es*«, flüsterte Änna. »*Sie.*«

»Du meinst – Josephine?«, fragte Frederic. »Aber wieso? Und vor allem: Wie? Ihr Kopf war gar nicht in der Nähe meiner Hand. Und wie kommt es, dass die Zahnspuren so winzig sind?«

Änna öffnete den Mund, um zu antworten. Doch in genau diesem Moment klingelte die Schulglocke und Frederic hörte nicht, was Änna sagte. Einige Sekunden später war sie bereits mit den anderen auf dem Weg zurück nach drinnen – hastig, als hätte sie Angst vor sich selbst bekommen. Sie wirkte immer etwas ungeschickt, vor allem wenn sie sich beeilte. Man konnte nicht wirklich behaupten, dass sie humpelte, aber sie hob die Füße kaum vom Boden.

An diesem Tag holte Frederic nach der sechsten Stunde Hendrik ab. Hendrik war sein Vater, und er holte ihn im Sekretariat von HD Bruhns ab, was daran lag, dass Frederics Vater die Computer des Sekretariats ab und zu instand setzte. Was wiederum der Grund dafür war, dass Frederic vor sechs Wochen nach St. Isaac gewechselt hatte. Hendrik zahlte nur ein Drittel des Schulgeldes. Die ganze Summe hätten sie sich niemals leisten können. Von Frederic aus hätten sie sich das restliche Drittel auch schenken können. Er wäre genauso gerne auf der alten Schule geblieben.

»Aber St. Isaac ist eine Chance«, hatte Hendrik gesagt. »Ich hatte keine solche Chance. Wenn ich eine gehabt hätte, würde ich jetzt nicht Computer reparieren.«

»Sondern?«, hatte Frederic gefragt. »Auf St. Isaac sind sie jedenfalls nicht clever genug, um ihre Computer selbst in Ordnung zu bringen. Ich meine: Was kann man heutzutage Besseres sein als Computerreparierer?«

Ein Seufzen. »Später wirst du mich verstehen. Mit einem Abschluss von St. Isaac kannst du studieren, was du willst. Du kannst – Chefarzt werden. Oder Architekt. Oder Forscher.«

»Ich werde Erfinder«, hatte Frederic leise gemurmelt. »Sowieso.«

»Wie bitte?«

»Ich habe gesagt, ich werde Fußpfleger«, hatte er gesagt; diesmal lauter und nur, um Hendrik zu ärgern. »Du verschwendest unser Geld.«

Das Gespräch lag vier Wochen zurück, und an diesem Montag nahm sich Frederic vor, es bei Gelegenheit zu wiederholen. Vielleicht konnte er Hendrik doch noch davon überzeugen, die Sache mit St. Isaac aufzugeben.

Frederics Vater war nicht im Sekretariat. Auch die Sekretärin saß nicht auf ihrem Sekretärinnenstuhl. Nur eine Tasse kalter Kaffee langweilte sich ganz allein neben einem verfaulenden Parmaveilchen auf der Fensterbank (*Parma-Faulchen*, dachte Frederic). Aus dem Fenster konnte man hinter der Schulhofmauer und den Bäumen den zerfressenen Dachstuhl des Abrisshauses sehen. Die gelb belaubten Birken zwischen seinen Balken bogen ihre Äste im Wind.

Frederic blieb einen Augenblick lang unschlüssig stehen. Aus dem Rektorat nebenan drangen leise Stimmen. Er trat an die Tür, die einen Spaltbreit offen stand, und lauschte. War Hendrik dort? Frederic erkannte die Stimme von HD Bruhns und eine andere, jüngere Stimme. Änna. Ihre Stimme bewegte sich jetzt auf die Tür zu. Und dann verstand Frederic einzelne Worte.

»… weiß ich auch nicht, Herr Direktor«, sagte Änna leise.

»Mich wundert, dass es sich nur um das Fach Sport dreht«, erklärte Bruhns. »In allen anderen Fächern gibt es ja keine Probleme. Wie kann man nur in Sport schlecht sein? Sport ist doch ein schönes Fach. Wir wollen, dass alle unsere Schüler überall gut sind. Das gehört zum Prinzip von St. Isaac. Herr Fyscher sagt, du würdest dich weigern, einen Schwebebalken zu betreten.«

»Ich falle hinunter«, sagte Änna noch leiser als zuvor, aber sehr deutlich. Sie meinte es ernst.

»Ach was. Kein Mensch fällt von einem Schwebebalken.«

»Es ist schon passiert.«

»Unsinn! Reiß dich ein bisschen zusammen. Vielleicht sollten wir dich zur Krankengymnastik schicken.«

»Ja, Herr Direktor.« Schritte näherten sich der Tür.

»Und heb um Himmels willen beim Gehen die Füße, Mädchen!«

»Ja, Herr Direktor.«

Die Tür öffnete sich abrupt – Frederic stieß beinahe mit Änna zusammen und taumelte zurück. Hinter ihr tauchte Bruhns auf, das Gesicht noch gerötet vom Ärgern.

»Aha«, zischte er. »Welche Ehre. Frederic der Träumer.«

»Ich – äh – wollte nur fragen«, stotterte Frederic, »ob mein Vater – äh – hier ist.«

Er warf einen schnellen Blick in Bruhns' geometrisch geordnetes Zimmer. An den Wänden hingen die Diplome und Urkunden ehemaliger Schüler von St. Isaac. Auf dem klobigen Schreibtisch lag eine Packung Gummiknochen für Hunde. Frederic hatte nicht gewusst, dass HD Bruhns zu Hause einen Hund besaß. Hoffentlich war er zu dem Hund netter als zu seinen Schülern.

»Siehst du deinen Vater irgendwo?«, blaffte Bruhns.

»Nein.«

»Dann wird er wohl nicht hier sein, nehme ich an«, erwiderte der HD giftig und schloss die Tür vor Frederics Nase. Frederic verließ die abgestandene Luft des Sekretariats, das Parmafaulchen und den kalten Kaffee und trat zurück in den kühlen Gang. An seinem Ende schlurfte Ännas kleine, gebeugte Gestalt. Und in diesem Moment war es Frederic, als müsste er noch etwas dort sehen. Etwas, das sie dazu brachte, zu schlurfen. Etwas Geheimnisvolles, Ungewisses.

Er blinzelte, sah noch einmal hin – Änna war fort, die Treppe hinunter verschwunden. Er überlegte, ob er ihr nachgehen sollte – doch da legte jemand von hinten eine Hand auf seine Schulter. Frederic fuhr erschrocken herum. Er erwartete Bork Bruhns' hageres Gesicht über sich, aber das Gesicht, in das er blickte, gehörte seinem Vater. Er musterte Frederic mit gerunzelter Stirn. »Was ist los? Du siehst aus, als hättest du etwas … gesehen. Eine Feuer speiende Stubenfliege oder ein grün kariertes Pferd.«

Frederic schüttelte langsam den Kopf.

»Ich sehe *nichts*«, sagte er. »Ich sehe *etwas* nicht. Da *ist* etwas, das ich nicht sehe. Etwas, das ich sehen müsste.«

»Was?«

»Keine Ahnung. Ich sehe es ja nicht.«

Sie gingen gemeinsam den Gang entlang.

»Du sprichst in Rätseln«, sagte Hendrik.

Frederic beschleunigte seinen Schritt. »Vermutlich muss ich einfach nur hier raus«, meinte er.

Auf dem Hof, in der Herbstsonne, merkte Frederic, wie sehr er drinnen gefroren hatte. Er schüttelte sich wie ein nasser Hund – schüttelte den Tag von sich ab.

»Man müsste eine Maschine erfinden gegen die Kälte in St. Isaac«, sagte er.

»Gibt es schon.« Hendrik grinste. »Heißt Heizung.«

Er trug seine langen Beine neben Frederic den Bürgersteig entlang, vorbei an der Schulhofmauer, vorbei an den bröckelnden Wänden des Abrisshauses, und sie verfielen in ihr gewöhnliches Schweigen. Hendrik und Frederic schwiegen viel. Es war ihre Art, sich zu unterhalten.

Sie sahen sich nicht ähnlich: Hendrik hatte eine Adlernase, Augen von der Farbe einer verblassenden blauen Tapete und eine Menge alter Lachfältchen aus Zeiten, die weit zurücklagen. An seinem Kinn trieben sich drei Tage voll Bart herum, und sein streichholzkurzes graues Haar dünnte an den Schläfen aus.

Frederics Augen waren braun, seine Nase hätte einen Adler beschämt, und er besaß natürlich weder graues Haar noch einen Dreitagebart. Nur ihr Schweigen sah sich ähnlich.

Sie schwiegen dieses Schweigen seit acht Jahren, seit dem Tag, an dem Hendriks Haare sich stur geweigert hatten, alle gleichzeitig auszufallen. Er hatte darauf gewartet, aber sie waren über Nacht nicht einmal schlohweiß geworden. Hätte es jenen Tag vor acht Jahren nicht gegeben, hätten Frederic und Hendrik womöglich nicht geschwiegen und die Lachfalten wären aktiv geblieben und alles wäre anders gewesen. Es war ein Montag im Herbst gewesen. Geschehen alle wichtigen Dinge an Montagen im Herbst?

An jenem Montag war Anna mit dem Fahrrad verunglückt. Frederic konnte sich kaum an sie erinnern. Hendrik sagte, Frederic würde so aussehen wie Anna. Aber vielleicht log er. Vielleicht wollte er, dass wenigstens eine Tatsache so war wie in den Romanen – die Kinder sehen immer den toten Müttern ähnlich, nicht wahr?

An dieser Stelle unterbrach Hendrik seine Gedanken. »Das gibt's doch nicht«, sagte er. Und dann: »Da bricht jemand in die Wohnung im Erdgeschoss ein.«

Er war stehen geblieben, und nun blieb auch Frederic stehen. Sie waren beinahe angekommen, nur noch ein Häuserblock trennte sie von *ihrem* Haus – und gerade in diesem Moment versuchte jemand, in diesem Haus mit einer Kreditkarte ein Fenster zu öffnen. Der Jemand trug Jeans, ein kariertes Hemd und hatte lange rote Locken.

»Eine Einbrecher*in*«, wisperte Frederic.

»Das ist die Emanzipation«, flüsterte Hendrik und seufzte. »Frauen wollen sich eben in allen Berufen mal ausprobieren. Man muss das verstehen.«

»Aber man sollte ihr sagen, dass die Wohnung im Erdgeschoss leer steht«, wisperte Frederic. »Es gibt nichts, was man hinaustragen könnte.«

Das Haus besaß drei Stockwerke – das leere Erdgeschoss, Hendriks und Frederics Wohnung auf der ersten Etage und die Wohnung einer alten Dame auf der zweiten. Auf dem Dachboden wohnten die Wäsche, einige kranke Topfpflanzen und ein Kleinstaat schwarzer Spinnen mit haarigen Füßen. Außen an der Fassade blätterte die pastellgelbe Farbe in großen Lappen ab. Darunter kam eine Schicht hellgrauer und eine weitere Schicht lindgrüner Farbe zum Vorschein, was der Wand dort den Gesichtsausdruck einer verrückten Landkarte verlieh. In der Landkarte klebten drei Balkons aus Gussbeton wie zu groß geratene Blumenkästen. Hendrik sagte immer, im Ganzen wäre das Haus ein typisches Architekturverbrechen aus der Nachkriegszeit, aber Frederic mochte es. Dennoch wunderte er sich, dass jemand dort einbrach.

Die Einbrecherin hatte es inzwischen geschafft, das Fenster zu öffnen. Und dann begann sie zu Frederics Erstaunen nicht etwa, Dinge hinaus-, sondern Dinge in die leere Wohnung *hinein*zutragen. Sie holte die Dinge aus einem kleinen gelben Auto, und Frederic und sein Vater beobachteten verblüfft, wie sie der Reihe nach eine Stehlampe, drei Stühle und eine Matratze durch das offene Fenster hievte. Die Matratze verfing sich irgendwie in der Fensteröffnung und die Frau zerrte und zog.

»Man sollte ihr helfen«, sagte Hendrik, rührte sich aber nicht vom Fleck.

Frederic ging zu der rothaarigen Frau hinüber. »Entschuldigen Sie«, sagte er.

»Ja?« Sie drehte sich um und lächelte. In ihrem Haar hingen Staubflusen, auf ihrer Nase wuchsen Sommersprossen wie Sternzeichen und in ihrem Lächeln spiegelte sich eine Welt. Frederic schluckte. Wenn seine Mutter so ausgesehen hätte, hätte sie ihm gefallen. »Ich wollte … fragen … warum Sie in diese Wohnung einbrechen?«, fragte er und kam sich ziemlich dumm vor.

»Ich – äh – komme mir ziemlich dumm vor«, sagte die Frau. »Der Plan war einzuziehen, nicht einzubrechen. Aber es ist mir gelungen, den Wohnungsschlüssel zu verlieren, ehe ich ihn überhaupt ein einziges Mal benutzen konnte.«

»Wo haben Sie ihn verloren?«, fragte Frederic.

»Wenn ich das wüsste«, sagte die Frau, »hätte ich ihn ja nicht verloren.«

»Hm«, machte Frederic. Dann packte er eine Ecke der Matratze, und sie schoben gemeinsam. Schließlich gab die Matratze nach und rutschte durch die Fensteröffnung nach drinnen.

»Ich habe noch eine Menge Kisten im Auto«, sagte die Frau, etwas hilflos. »Sie sind recht …«

»… eckig?«

»Ja. Rechteckig. Und recht schwer.«

Sie sah sich um. Hendrik war hinter sie getreten und stand so unentschlossen auf dem Bürgersteig, als wäre er sich nicht sicher, ob er vielleicht selbst auch eine Kiste war.

»Sie zieht ein, Hendrik«, erklärte Frederic. »Helfen wir ihr mit den Kisten?«

»Ja, hm«, sagte Hendrik.

Und dann fingen sie an, gemeinsam Kisten hineinzutragen: große Kisten, kleine Kisten, längliche Kisten und quadratische Kisten, Kisten ohne Deckel, aus denen Gewürzdosen und Essigflaschen herausquollen, bunte Schachteln, beklebt mit alten Postkarten, und Plastiktragekisten voller grüner Gewächse.

Und alles durchs Fenster.

Schließlich war das kleine gelbe Auto leer und sie saßen zu dritt auf dem Fensterbrett und rangen nach Atem.

»Vielen Dank fürs Helfen«, keuchte die junge Frau.

»Falls Sie jetzt immer durchs Fenster gehen«, sagte Frederic, »könnte ich etwas erfinden. Eine Art Klinke für das Fenster.«

»Könntest du nicht einen Vermieter erfinden, der einen Zweitschlüssel hat?«, fragte die Frau.

Hendrik war aufgestanden und klopfte sich die Hände an der Hose ab.

»Ich – äh – geh dann mal nach oben«, sagte er. »Jemand muss sich ums Mittagessen kümmern ... und so.«

»Haben Sie schon gegessen?«, fragte Frederic die Frau. Sie schüttelte den Kopf und einige Staubflusen lösten sich aus ihren roten Locken und schwebten davon.

»Sie könnten ... Hendrik?« Aber Hendrik war schon fort. Frederic seufzte. Sie könnten mit uns zu Mittag essen, hatte er sagen wollen.

Stattdessen sagte er: »Ich heiße Frederic.«

»Angenehm.« Die Frau schüttelte ihm die Hand, als wären sie sich gerade erst begegnet. »Ich bin Lisa.«

Frederic stand auf. »Haben Sie auch einen Nachnamen?«

»Brauchst du gerade einen?«

»Ich?« Frederic lachte. »Nein. Ich habe schon einen. Frederic Lachmann. Mein Vater heißt im Übrigen Hendrik Lachmann. Aber ich kann Sie ja wohl schlecht Lisa nennen.«

»Es käme auf einen Versuch an«, meinte Lisa, schwang ihre Jeans-Beine nach innen in die Wohnung und winkte über die Schulter. Frederic schüttelte den Kopf. Dann ging er außen herum zur Haustür und rannte gleich darauf die Treppen hoch. Die Wohnungstür neben dem Klingelschild »Lachmann« stand offen. Im schmalen Flur dahinter drängten sich Regenjacken und Winterschuhe, Schirme und Regalbretter, staubige Schachteln und Dosen ungewissen Inhalts: Frederic und Hendrik wohnten seit dreizehn Jahren in der kleinen Wohnung, und die Vergangenheit türmte sich in den Ecken zu hohen Stapeln aus Hutschachteln und alten Bilderalben. Vielleicht, dachte Frederic, hätten sie damals umziehen sollen, damals, vor acht Jahren. Vielleicht wäre es besser für Hendrik gewesen. Auch wenn es ihm persönlich leidgetan hätte, das alte Haus im Stich zu lassen.

Hendrik stand in der Küche vor einem Topf Nudeln.

»Du hättest sie zum Essen einladen sollen«, sagte Frederic und ließ sich auf einen der alten, knirschenden Ikea-Stühle fallen, deren Teile noch nie richtig zusammengepasst hatten. »Hendrik, du bist ein Idiot.«

»Sicher«, sagte Hendrik.

Mehr sagten sie nicht an diesem Tag.

Als die rote Herbstsonne unterging, stand Frederic am Fenster in seinem Zimmer und dachte nach. Von den Wänden her leisteten ihm die vergilbten Plakate Dutzender Da-Vinci-Maschinen stumme Gesellschaft.

Man müsste, dachte er, eine Maschine erfinden, die auf Knopfdruck bewirkte, dass Hendrik die Frau mit dem Weltenlächeln heraufbat. Dass HD Bruhns auf eine Kastanie kletterte und sich nie mehr heruntertraute. Dass Änna auf einem Schwebebalken Handstand machen konnte. Dass der Panther sich zwischen den Käfigstäben der Worte hindurchquetschte. Aber selbst wenn es Frederic gelang, zu studieren und Erfinder zu werden – eine solche Maschine würde er niemals erfinden können. Eine Maschine, die den Tag machte, an dem alle glücklich waren. So eine

Maschine hätte nicht einmal Da Vinci erfinden können. Er seufzte (er seufzte zu oft) und ging in den Keller hinunter, um ein Glas saure Gurken heraufzuholen, die manchmal gegen das Seufzen helfen.

Und da –

Später dachte er: Wenn er nicht am Fenster gestanden und nachgedacht hätte, wenn er nicht geseufzt hätte, wenn er nicht in den Keller gegangen wäre – nichts von all dem, was geschah, wäre geschehen. Keine unmögliche, unglaubliche, unheimliche Geschichte hätte an einem Montag im Herbst ihren Anfang genommen.

Aber er ging in den Keller hinunter.

Der Keller wurde durch hölzerne Gitter in drei Parzellen unterteilt, eine für jede Wohnung. Beinahe glaubte Frederic, dazwischen den Schatten eines Panthers umherstreifen zu sehen, doch das war selbstverständlich Einbildung.

Frederic schloss die Tür zur Wohnung-im-ersten-Stock-Parzelle auf, kramte zwischen Apfelsaftpackungen und Weinflaschen, Klopapierrollen und Marmeladengläsern und fand die sauren Gurken. Die Leuchtstoffröhre an der kahlen Betondecke flackerte und wurde ein Stück dunkler. Frederic schloss die Tür wieder ab und wollte sich umdrehen, um zurückzugehen, da erlosch die Lampe.

Und jemand sagte im Dunkeln: »Hey! Junger Herr. Oh, Shit. Könntest du – aah – verflucht. Könntest du mir helfen? Ich stecke in einer deiner Erfindungen fest.«

Frederic krallte seine Hände um das Gurkenglas. Er zählte

bis drei und atmete tief durch. »Was ist passiert?«, fragte er dann. Die Stimme in der Dunkelheit befand sich auf Kniehöhe und sie klang etwas rauchig. Sie kam ihm bekannt vor.

»Es ist die – au – verdammte Scheiße! Die Falle. Fuck.«

Der dort in der Dunkelheit hatte wohl noch nie etwas davon gehört, dass man in Kinderbüchern keine nicht jugendfreien Flüche verwenden darf.

Frederic tastete sich bis zur Flurtür vor, öffnete sie … eine schmale Scheibe Licht fiel in den Keller. Und da sah er sie. Sie kauerte ganz hinten in dem schlauchförmigen Gang, von dem die drei Holzgittertüren abgingen, kauerte auf dem Boden: eine kleine, magere dunkle Gestalt.

Er kannte sie. Es war die alte Dame aus dem zweiten Stock. Bisher hatte er nicht viel mehr als drei Worte mit ihr gewechselt. Manchmal hörte man ihre flinken Füße die Stufen hinauf- oder hinabhuschen – erstaunlich für ihr Alter. Sie musste mindestens neunzig sein. Die Falten in ihrem Gesicht glichen den Kratern eines Planeten und ihre hageren Hände waren fleckig vom Alter wie die abblätternde Hauswand.

Was tat sie da auf dem Boden?

Frederic kniete sich neben sie, während sie leise weiterfluchte. Dann begriff er.

Ihre rechte Hand hatte sich im scharfen Maul seiner Rattenfalle verfangen. Am Handgelenk der alten Dame war ein winziger Tropfen Blut ausgetreten, der im halbherzigen Flurlicht glänzte wie ein feuchter Kieselstein.

»Oje, das – das tut mir leid«, murmelte Frederic und bog mit beiden Händen die Kanten der Metallkiste auseinander, aus der die Falle bestand.

»Shit, das will ich hoffen«, knurrte die alte Dame und zog ihre Hand aus dem Eisen. »Was hattest du mit den Ratten vor?«

»Ich – ich weiß nicht. Ich wollte sehen, ob es funktioniert. Ich hatte einen Zeitungsartikel darüber gelesen, dass Ratten gerne komplizierte Dinge lernen. Also habe ich eine Falle erfunden, bei der die Ratten erst mehrere Knöpfe drücken müssen, um sich darin zu verfangen.«

Die alte Dame leckte das Blut von ihrem Handgelenk und musterte Frederic.

»Wirf sie weg«, sagte sie dann.

Frederic hob die Falle auf und nickte. »Sie ist ohnehin kaputt, glaube ich.«

Da nickte die alte Dame ebenfalls, langsam und bedächtig. Und dann griff sie tief in die Taschen der Arbeiterhose, die sie trug, und holte einen winzigen Gegenstand hervor. Sie hielt ihn Frederic entgegen.

»Da!«, blaffte sie und drückte ihm ein kleines Fläschchen in die Hand. »Nimm!«

Vermutlich war sie verrückt.

»Was ist das?«, fragte Frederic vorsichtig.

Wenn sie jetzt »Krötenblut« oder »Fledermausextrakt« sagte, würde er höflich lächeln und gehen. Vielleicht würde sie auch »Briefmarkencreme« sagen oder »Strickschokolade« … irgendetwas Unsinniges.

»Vitamin A«, sagte die alte Dame.

Frederic blinzelte. »Vitamin A?«

»Sicher. Hoch konzentriert. Gut für die Augen. Wenn du etwas verändern willst, musst du sehen. Die Wahrheit sehen. Einen Teelöffel. Zwanzig Tropfen. Am besten auf einem Stück

Würfelzucker. Und kein Johanniskraut! Johanniskraut ist ein natürliches Antidot. Interagiert. In der Leber. Enzyme. CYP 450.«

Damit lächelte sie höflich und ging.

Frederic stand im halbdunklen Kellergang und starrte das Fläschchen in seiner Hand an. Er hatte kein Wort verstanden. Antidot? Interagiert? War die alte Dame etwa verwandt mit HD Bruhns, der Fremdwörter so liebte?

Er vergaß das Glas Gurken.

Später, als er im Bett lag, drehte er die kleine Flasche zwischen den Fingern. Ihre Wand war kühl und glatt. Vor dem Fenster atmete lautlos die Nacht. Sie war voller Ahnungen, und die Sterne, die Frederic von seinem Bett aus sah, schienen zu zittern: erwartungsvoll. Ängstlich.

Wenn du etwas verändern willst, musst du sehen. Die Wahrheit sehen …

Hatte Frederic selbst nicht ebendas gedacht, heute Mittag, auf dem Flur in St. Isaac? Erst viel, viel später fiel ihm ein, dass er die alte Dame nicht gefragt hatte, wieso sie mit der Hand in die Falle geraten war. Eine Falle, die er für Ratten erfunden hatte. Und nicht für alte Damen.

2. KAPITEL

Es wird wieder Zeit

»Du hast die Geschichte noch gar nicht angefangen«, sagt Frederic. »Das war ein Bluff. Sie fängt erst jetzt an.«

»Ansichtssache«, sage ich.

»Jetzt kommt das mit dem Krankenwagen, oder?«

»Mm.«

»Sag mal, hatten die eigentlich Sirenen?«

»Ich weiß nicht.«

»Ich wäre gerne mal mit Sirenen irgendwo mitgefahren.«

»Sie haben dich doch gar nicht mitgenommen.«

»Nein. Hendrik hat mich mitgenommen. Aber darum geht es nicht. Es geht um scharfe Zähne und die Eisenkugel und eine schlecht verheilende Wunde. Schreib weiter.«

»Gut«, sage ich.

Am Dienstagmorgen wachte Frederic auf und dachte:

Vitamin A.

Das Fläschchen stand auf dem Koffer neben Frederics Bett, den er als Nachttisch benutzte. In dem Koffer befanden sich alle Kleinteile und Werkzeuge, die er brauchte, um Maschinen zu erfinden; Metallfedern und Alleskleber und Elektroden und Lüsterklemmen und Schraubenzieher und Nägel und ausgebaute Schalter und Klingeldraht – und ein kleines bisschen Schwarzpulver. Die größeren Bauteile verteilten sich auf die Kellerregale, die sich mit den Da-Vinci-Plakaten um die besten Plätze an der Wand stritten.

Frederic schlief ruhiger, wenn er von seinem Werkzeug umgeben war. Sonst. In dieser Nacht hatte er nicht ruhig geschlafen. Er hatte von Vitamin A geträumt.

Natürlich schluckt niemand, der in der siebten Klasse und bei Verstand ist, einfach irgendetwas, das er von einer fremden (und vielleicht verrückten) Person bekommen hat. Beim Frühstück fragte Frederic seinen Vater danach.

»Vitamin A?«, brummte Hendrik und hob den Blick verwundert aus der großen gelben Kaffeetasse. Auf der Tasse prangte ein grünes A. An diesem Morgen erschien es Frederic, als wäre es extra dort, wegen des Vitamins. Aber er hatte es selbst gemalt, vor langer Zeit, als er noch gar nicht hatte schreiben können. Mit Hendriks Hilfe. Es war Annas Tasse gewesen. Quer durch das A lief ein Sprung.

»Von Vitaminen hab ich keine Ahnung«, sagte Hendrik. »Gibt's nicht bei Computern.«

Als Frederic das Haus verließ, saß Lisa im offenen Fenster und kämmte ihre roten Haare.

»Guten Morgen«, sagte Frederic. »Kennen Sie sich aus mit Vitamin A?«

»Ich dachte, wir duzen uns«, sagte Lisa. »Wir kennen uns doch seit gestern. Vitamin A kenne ich nicht. Nicht persönlich. Ich sieze es.«

»Haha«, sagte Frederic lahm. »Ich meine es ernst.«

»Ich auch«, antwortete Lisa. »Tut mir leid. Frag euren Biolehrer.«

Das tat Frederic, denn der Biologielehrer gehörte zu den wenigen, die er mochte. Er hieß Kahlhorst und sah auch so aus. In St. Isaac war er dafür bekannt, dass er unaufhörlich aß, so als glaubte er an ein oder mehrere letzte Leben und hätte von ihnen allen noch etwas Hunger übrig. Sein Körper – ständig beschäftigt damit, die Mahlzeiten aller vergangenen Leben zu verdauen – war umfangreich und freundlich. HD Bruhns machte sich gerne über Kahlhorst lustig, und das war ein weiterer Grund, den Biolehrer zu mögen. Frederic passte Kahlhorsts Bauch in der Pausenhalle ab, in der Schlange vor dem hausmeisterlichen Brötchenverkauf.

»Vitamin A?«, wiederholte Kahlhorst. »Ist gut für die Augen.«

»Ist es gefährlich?«, fragte Frederic. »Giftig oder so? Wenn man zu viel davon nimmt?«

»Es ist in Karotten«, sagte Kahlhorst und strich sich nachdenklich über seinen glatten Schädel. »Und nur in Riesenmengen schädlich. Du kannst nie im Leben so viele Karotten essen, dass du zu viel Vitamin A zu dir nimmst. Das wäre ein ganzes Feld voll! Das schaffe nicht einmal ich. Was hast du vor?«

Frederic sah, dass Josephine hinter Kahlhorst in der Schlange stand. Bisher hatte Kahlhorsts Bauch sie verdeckt, aber nun war sie einen Schritt zur Seite getreten, um besser hören zu können.

»Ach, ich habe da bloß so eine Idee …«, murmelte Frederic.

»Du hast eine Menge davon, was?«, fragte Josephine spitz. »Ideen, meine ich.«

»Und?«, fragte Frederic zurück. »Soll ich dir welche abgeben?«

»Ideen sind nicht immer unbedingt etwas Gutes«, flüsterte sie. Dann verschmälerten sich ihre kalten grauen Augen zu Briefkastenschlitzen und sie schickte eine lautlose Botschaft hindurch: *Vorsicht.*

»Vor was?«, fragte Frederic laut, doch Josephine hatte offenbar etwas unglaublich Interessantes auf dem geschrubbten Marmorboden entdeckt und beachtete Frederic nicht weiter. Als er ein vermutlich versteinertes Wurstbrötchen ergattert hatte, drehte Frederic sich noch einmal nach ihr um. Doch sie stand nicht mehr in der Schlange. Er sah sie am anderen Ende der Pausenhalle mit HD Bruhns reden. Und als sie glaubte, er sähe es nicht, blickte sie zu ihm hinüber. Bruhns nickte und sagte etwas zu ihr, ganz leise – etwas, das keiner außer den beiden hören sollte. Etwas über Frederic.

Er merkte wieder, wie er fror. Das versteinerte Brötchen verfütterte er im Hof an die Tauben, die im Abrisshaus wohnten und nur manchmal herüberkamen. Er hatte keinen Hunger mehr.

Kunst gab auch Kahlhorst.

»Ich habe da so eine Idee«, sagte er in der nächsten Stunde und blinzelte Frederic zu. »Wir malen heute Karotten.«

Frederic seufzte. »Ideen sind nicht immer unbedingt etwas Gutes«, sagte er.

Kahlhorst hob eine Augenbraue. »Das war ein Satz, den ich von dir nicht erwartet hätte«, sagte er. Er sah besorgt aus. »Schläfst du in letzter Zeit schlecht?«

»Wie bitte? Nein. Doch. Aber der Spruch ist nicht von mir. Er ist von Josephine. Erinnern Sie sich nicht?«

Auf einmal war da Kahlhorsts stoppelbärtiges Gesicht ganz nah an seinem.

»Pass auf dich auf«, flüsterte Kahlhorst. Dann trat er einen Schritt zurück und verkündete laut irgendetwas über Karotten. Doch Frederic hörte nicht mehr zu. Pass auf dich auf?

Verwundert zog er sich an einen der Tische zurück und schnappte sich ein Blatt. In der Mitte des Tisches lagen drei Karotten. Vorn an der Tafel hing ein großes Foto vom Lehrerkollegium. Das Licht, das auf dem Foto durch die Blätter der Kastanie fiel, warf die Schatten der Lehrer auf den Hof. Kam es Frederic nur so vor, als wäre Bruhns' Schatten ein wenig zu dunkel geraten?

»Was genau sollen wir malen?«, flüsterte er dem starken Georg zu.

»Die Lehrer, die einen Berg Riesenkarotten erklimmen«, flüsterte Georg zurück. »Hast du nicht zugehört?«

»Er hört nie zu«, bemerkte Josephine, die mit einem frisch gefüllten Wasserglas an ihnen vorbeischritt.

Frederic kaute auf seiner Unterlippe herum. Dann zeichnete er Sport-Fyscher, der mit einem Pinsel als Balancierstab eine Karotte hinauflief. Und Kahlhorst, der in eine der Karotten hineinbiss. Und die Ziesel, die Mathelehrerin, die Wurzelrechnungen auf die Karotten schrieb. Claudius, den langweiligen Lateinlehrer, malte er ganz in Grau, und Frau Meier-Travlinski, die Erdkunde gab, mit einer Karte, auf der sie den Karottenberg einzeichnete. Ganz oben auf die Spitze stellte er HD Bruhns, der dort seinen Schlips als Fahne hisste.

Als er fertig war, nahm er das Bild, um es zum Trocknen wegzubringen.

Auf dem Weg sah er nach, was die anderen malten. Sie pinselten alle dasselbe: unten die Karotten und oben, in einer geraden Linie, die Lehrer. Genauso aufgestellt wie auf dem Foto. Kein Einziger bewegte sich aus der Reihe.

Als Frederic an dem Tisch vorbeikam, an dem Änna gerade malte, blieb er stehen. Sie saß neben Josephine. Auch die Lehrer auf den Bildern der beiden sahen eisig und reglos durch den Betrachter hindurch.

»Wieso warst du gestern bei Herrn Direktor Bruhns?«, fragte Josephine Änna. Sie hatte Frederic nicht bemerkt.

»Es war wegen Sport«, antwortete Änna und starrte auf ihr langweiliges Bild hinab. »Weil ich Sport nicht kann.«

»Du meinst: weil du Sport nicht magst.«

»Das hat nichts mit mögen zu tun.« Frederic hörte, wie sichÄnnas Stimme wand. »Ich kann es wirklich nicht. Nichts. Es ist alles so … schwierig. Zum Beispiel, das Gleichgewicht zu halten, auf dem Schwebebalken. Ich habe Angst, dass ich wieder runterfalle. Es ist, als wäre ich auf der rechten Seite schwerer.«

»Quatsch«, sagte Josephine kalt. »Du musst dich nur anstrengen. Es ist allein deine Idee, dass du es nicht kannst. Du weigerst dich.«

»Das ist nicht wahr!« Änna suchte nach Worten. »Es – es ist keine Idee von mir.«

Josephine sah sie an. »Keine Idee? Ich wette, doch. Ich wette, du hast sie.«

»Was?«

»Ideen.«

Sie sagte es mit dem gleichen Abscheu, mit dem andere Leute »Schildläuse« oder »die Pest« gesagt hätten.

»Mein Bild ist fertig«, murmelte Änna und stand auf. Als sie Frederic sah, schenkte sie ihm ein Lächeln, aber es war ein trauriges Lächeln. Er mochte dieses Lächeln nicht. Er folgte ihr zu dem großen Tisch, auf dem schon andere Bilder zum Trocknen ausgelegt waren. Änna hatte einen Pinsel mitgenommen und stand eine Weile unschlüssig vor ihrem Bild. Und dann, als Josephine es nicht sehen konnte, malte sie ganz schnell noch etwas darauf.

Frederic legte sein Bild neben ihres. Es dauerte, bis er entdeckte, was Änna hinzugefügt hatte. Schließlich fand er es und grinste. Sie war schlau. Niemand würde es sehen. Niemand, der nicht danach suchte. Es war etwas an Kahlhorst. Über seine Schultern, fast verdeckt von der Frisur der Ziesel, lugten die Spitzen von zwei gelb gefiederten Flügeln. Es wirkte lächerlich – der dicke Kahlhorst mit Flügeln. Aber sie waren da. Nur: Jemand hatte die Federn gestutzt.

Er hätte, dachte Frederic später, mit Änna reden sollen. Er hätte sie fragen sollen. Doch er kannte sie nicht. Und sie war ein Mädchen. Mit den meisten Mädchen konnte man nicht reden.

Frederic saß den ganzen restlichen Tag in der Küche an dem wackeligen Tisch, den Hendrik vor kurzem blau gestrichen hatte, damit wenigstens die Farbe ihn zusammenhielt. Er machte keine Hausaufgaben. Er vergaß den Abwasch. Er ging nicht ans Telefon, als es klingelte. Er verjagte die Spinne nicht, die zwischen den Kräutertöpfen auf der Fensterbank ihr Netz webte. Er machte die Tür nicht auf, als es klopfte und Lisa rief, sie wolle etwas Salz leihen.

Stattdessen saß er stundenlang auf dem gleichen Stuhl und starrte das Fläschchen der alten Dame an. Es stand auf dem blauen Tisch und fing das Nachmittagslicht ein. Sein Inhalt leuchtete wie Goldstaub, dann, als es später wurde, wie flüssige Bronze, und viel später, in der Abenddämmerung, wie rotes Blut.

Irgendwann kam Hendrik nach Hause, der heute anderswo Computer repariert hatte. Frederic steckte das Fläschchen in die Tasche und sie aßen schweigend Käsebrote zu Abend. Doch nachdem Hendrik zu Bett gegangen war, schlich Frederic zurück in die Küche, wo die Regale jetzt lange Straßenlaternenschatten warfen, und stellte das Fläschchen wieder auf den Tisch. Er starrte es weitere vierundfünfzig Minuten lang an.

Endlich seufzte er, nahm ein Stück Würfelzucker und legte es auf einen Teelöffel. Sein Herz pumpte wilde Aufregung durch jede Ader. Der Schraubverschluss der kleinen Flasche ließ sich ganz leicht lösen. Frederics Hand zitterte, als er sie umdrehte und zu zählen begann: Eins. Zwei. Drei. Vier. Die Tropfen hingen zähflüssig am Rand der Flasche – es war, als zögerten sie, sich auf den Zucker fallen zu lassen. Sieben, acht, neun, zehn … Der Zucker verfärbte sich orange. Frederic biss auf seine Unterlippe ... Neunzehn. Zwanzig. Die Flasche war halb leer. Er legte den Teelöffel vorsichtig auf einer Untertasse ab, verschloss das Fläschchen sorgfältig und stellte es ganz hinten in den Schrank. Erst danach nahm er den Löffel, führte ihn in den Mund, schloss die Augen und – schluckte den orangefarbenen Zucker auf einmal hinunter.

Er schmeckte bitter. Überhaupt nicht nach Karotten. Frederic öffnete die Augen. Nichts. Die Küche hatte sich nicht verändert. Er atmete langsam aus. Sie hatte ihn angeschwindelt.

»Gefärbtes Wasser«, flüsterte er und lachte erleichtert. »Es ist nichts als gefärbtes Wasser.«

Und dann ging er ins Bett und fiel in einen tiefen dunklen Schlaf. In seinen Träumen glitt Ännas Bild wie ein Fisch durch ein Meer aus orange gefärbtem Wasser. Doch er hatte sich geirrt. Es war kein gefärbtes Wasser gewesen.

Am nächsten Morgen sollte er es erfahren.

Hendrik war schon fort, als Frederic aufwachte. Er hatte einen Zettel an den Wasserkocher geklebt, auf dem stand, er müsse heute früher arbeiten und Frederic solle einen schönen Tag haben. Frederic schmierte sich eine Stulle für die Pause, trank seinen Kakao und schwieg allein. Es machte ihm nichts aus, ohne Hendrik zu frühstücken. Er dachte über eine Maschine nach, die gleichzeitig Brot toasten, Kakao kochen und Kaffee rösten konnte, verschob ihre weitere Entwicklung auf den Nachmittag und machte sich gedankenverloren auf den Weg zum Gymnasium St. Isaac. Vor dem Haus traf er Lisa, die gerade aus ihrem Fenster stieg, am Arm eine regenbogenbunte, Einkaufstasche.

Frederic nickte ihr zu, und erst nachdem er an ihr vorübergegangen war, fiel ihm auf, dass etwas verkehrt gewesen war.

Etwas war nicht so gewesen wie sonst.

Er drehte sich um. Und dann sah er es: Da war Luft zwischen Lisas Schuhsohlen und dem Bürgersteig. Sie … sie … *schwebte*. Nur eine knappe Handbreit über dem Boden. Aber sie schwebte. Eindeutig. Frederic blinzelte. Kein Zweifel. Lisa ging dort die Straße hinunter, die Einkaufstasche schlenkernd, pfeifend, wie eine ganz normale junge Frau, doch ihre Füße berührten den Asphalt nicht. Und das Irrste an der Sache war, dass sie selbst nichts davon zu wissen schien.

Die Straße sah aus wie immer. Frederic blickte sich vorsichtig nach allen Seiten um, doch der Bürgersteig erstreckte sich in grauer und endloser Normalität vor ihm, und die Häuserblocks reckten ihre eckigen Silhouetten so gelangweilt in den wolkigen Himmel wie jeden Tag. In den Bäumen an der Straße sang eine verschlafene Amsel. Eine Ampel schaltete von Rot auf Grün. Aus einem vorbeifahrenden Auto quoll Radioreklame.

Bestimmt hatte er sich das mit Lisa nur eingebildet. Er vergrub die Hände tief in den Taschen und schlenderte nachdenklich die Straße entlang: ein ganz normaler Schüler an einem ganz normalen Morgen. Im Schulhof standen ganz normale Fahrräder in ganz normalen Fahrradständern … und dann traf Frederic Änna.

Und die Normalität wich.

Änna ging langsam und schlurfte wie immer. Die Bäume an der Mauer rauschten mit ihren Ästen und blickten zu ihr hinab.

Sie sahen schon lange. Und nun sah auch Frederic, was die Bäume sahen: An Ännas rechtem Fuß war eine Kette befestigt. Eine grobgliederige, starke Eisenkette, an deren Ende eine Kugel hing. Er sah weg, sah wieder hin, kniff sich in den Arm: Die Kette blieb an ihrem Platz. Kein Wunder, dass Änna die Füße nicht hob – oder besser: den rechten Fuß. Sie schleifte bei jedem Schritt die schwere Kugel mit. Und auch Änna, dachte Frederic, wusste vermutlich nichts von der Kette.

»Änna«, sagte Frederic.

Sie drehte sich um und lächelte wieder ihr trauriges Lächeln, das ihm nicht gefiel. »Guten Morgen, Frederic.«

»Ich wollte dir nur sagen, du hast da – an deinem Fuß …«

Sie zog die Augenbrauen hoch. »Was?«

»Ach, nichts.«

Er konnte es nicht sagen. Es war zu absurd. Sie würde ihm nicht glauben.

Im Klassenzimmer setzte er sich benommen auf seinen Platz. Der Raum hatte sich nicht verändert: Die Hamster auf den Apothekenpostern grinsten so schamlos wie immer. Aber die anderen in der Klasse … die anderen hatten sich verändert. Alle. Träumte er? Er, Frederic der Träumer?

Er konnte sich nicht auf den Matheunterricht konzentrieren.

Hinter ihm saß der starke Georg und malte in seiner großkringeligen, langsamen Schrift etwas in sein Heft. Und auf einmal erschien es logisch, dass er so mühevoll schrieb. Er konnte den Stift kaum halten.

An diesem Morgen sah Frederic, dass Georgs Hände aus Eisen waren. An diesem Morgen sah Frederic, dass in Manuels Augen Primzahlen schwammen. An diesem Morgen sah Frederic, dass in manchen Wimpern Tränen aus Glas festhingen, die niemals gefallen waren. An diesem Morgen sah Frederic alles.

Er saß stumm auf seinem Platz und beobachtete, wie die Ziesel sie zum Bruchrechnen an die Tafel rief: einen nach dem anderen. Die geheimen Angsthasen mit ihren zuckenden Ohren, die schlauen Füchse, denen das rote Fell verräterisch aus dem Kragen lugte; er sah Zahnräder und keimende Pflanzen zwischen den teuren Markenpullovern und unter den Jeans, sah Maulkörbe und glatte Echsenschuppen, Gesichter aus Stein und aus Holz. Er sah Fingerabdrücke, wo andere nur unverletzte Haut sahen, und Flammen, wo andere Haare glaubten.

Und über alldem, dirigierend, kommandierend: die Ziesel, unter deren wippender Dauerwelle Frederic vergeblich die Ohren suchte, die er gestern noch gesehen hatte. In Wirklichkeit hatte sie keine. Sie hörte überhaupt nicht, was man zu ihr sagte. Sie sah nur die Zahlen auf der Tafel und in den Heften. In Frederics Kopf begann die Welt sich zu drehen. Oder war es sein Kopf, der sich drehte? Nach der ersten Stunde riss er das Fenster auf, atmete die Herbstluft tief ein und schloss die Augen.

Als er sie wieder öffnete, war die Ziesel fort, und an ihrer Stelle hatte Claudius mit der Lateingrammatik unter dem Arm das Klassenzimmer betreten. Aber es hörte nicht auf. *Es hörte nicht auf.*

Claudius besaß keinen Kopf mehr. Oder besser gesagt: Er besaß einen Kopf, aber es war der Kopf eines Karpfens. Wenn er den Mund öffnete, kamen nur Blasen heraus, die bis unter die Decke schwebten und dort mit einem feuchten »Plöpp« zerplatzten. Offenbar diktierte Claudius, denn alle anderen beugten sich über ihre Hefte und schrieben fleißig mit. Nur Frederic konnte nichts aufschreiben. Er konnte nichts verstehen. Es gab nichts zu verstehen. Claudius sagte nichts.

Frederic beobachtete mit offenem Mund, wie Claudius durch die Kiemen über seinem Hemdkragen atmete. Irgendwann fragte er Frederic etwas, doch bei Frederic kam nichts an als eine Abfolge von drei verschieden großen Blasen. Er schüttelte verwirrt den Kopf und die Klasse lachte.

»Frederic der Träumer!«, rief jemand von hinten. »Er hat keine Ahnung, worum es geht!«

In der Pause saß Frederic auf seiner Bank unter der knisternden Kastanie und hielt die Augen fest geschlossen. All diese Bilder! Es war zu viel. Vielleicht war es ein Fehler gewesen, die Tropfen aus dem Fläschchen zu schlucken. Vielleicht war all dies nicht wahr. Vielleicht war er krank. Oder er hatte Halluzinationen. Vielleicht waren in dem Fläschchen Drogen gewesen, kein Vitamin A. Er sehnte sich mit einem Mal danach, eine gewöhnliche Erklärung für die Dinge zu finden. Wenn er sich ein paar Tage ins Bett legte, wäre sicher alles vorbei.

»Es wird wieder Zeit, Herr Direktor«, hörte er da plötzlich Josephine sagen.

»Bei wem?«, fragte HD Bruhns' Stimme. Die beiden standen hinter der Kastanie und glaubten sich unbelauscht.

Frederic verlagerte sein Gewicht, die Bank knarzte und das Gespräch verstummte. Sie hatten ihn bemerkt. Verdammt.

Die nächste Stunde gehörte ohnehin HD Bruhns, und Frederic folgte ihm zögernd ins Klassenzimmer. Bruhns sah nicht verändert aus. Nur sein Schatten wirkte noch dunkler als auf dem Lehrerfoto. Schwarz, beinahe. Als er ans Pult trat und die Klasse verstummte, war er mit einem Stapel Papier bewaffnet.

Josephine reckte sich erwartungsvoll, als wäre HD Bruhns der Weihnachtsmann und der Stapel bestünde aus Geschenken.

»Ich möchte euch heute die Gedichtinterpretationen zurückgeben«, erklärte Bruhns und warf Frederic einen Blick zu. Frederic wand sich.

»Wie nicht anders zu erwarten, haben die meisten von euch exzellente Zensuren erreicht«, fuhr Bruhns fort. »Was mich mit Euphorie erfüllt. In den sechs Wochen, in denen ihr St. Isaac visitiert habt, habt ihr schon viel gelernt. Ihr seid auf dem idealen Weg. Nur Frederic der Träumer hat mich mal wieder enttäuscht.« Bruhns räusperte sich. »Eine sehr kreative und ironische Lösung, lieber Frederic. Darf ich zitieren: *Blablabla*.«

Er reichte Frederic das oberste Blatt, auf dem eine rote Sechs zu sehen war. Dabei beugte er sich dicht zu ihm hinunter und lächelte wieder, und jetzt sah Frederic, dass etwas mit seinem Lächeln nicht stimmte: Bruhns besaß zwei Doppelreihen glänzender, scharfer Zähne. Sein Mund war Frederic ganz nahe. Er spürte die Lust in Bruhns, zuzubeißen. Entsetzt wich er zurück – und da biss ihn wirklich etwas. Doch es war nicht Bruhns. Es biss ihn in die rechte Schulter, flink und flüchtig, aber diesmal reagierte Frederic schnell genug, um es zu erkennen: Josephine zog eben ihre Hand weg.

Frederic starrte ihre Finger an. Und endlich verstand er: An jeder Fingerspitze, direkt unter den fein säuberlich gefeilten, hellrosa lackierten Nägeln, prangte ein winziges Maul voller scharfer Zähne – lauter Miniaturausgaben jenes großen Mauls von HD Bruhns. Woher hatte Änna es gewusst? Frederic betrachtete den Schorf auf seiner rechten Hand.

Nein, er war nicht krank. In dem Fläschchen war keine Droge gewesen. Josephines Finger-Zähne waren genauso real wie seine Wunde. Er sah die fünf kleinen bissigen Mäuler wieder auf sich zukommen. Vielleicht streckte Josephine nur die Hand nach ihrer eigenen Klassenarbeit aus und wollte ihn gar nicht noch einmal beißen. Aber Frederic stand auf, versuchte es jedenfalls, spürte, wie sich wieder alles um ihn drehte, und merkte, dass er in Richtung Boden fiel. Kurz darauf war es dunkel um ihn. Er vernahm besorgte Rufe wie durch Meter von dichter Watte.

Und plötzlich hörte er aus dem Gewirr der Stimmen ein Gespräch heraus, das sicher nicht für ihn bestimmt war.

»Er ahnt etwas«, sagte Josephine leise.

»Du sagtest, es würde wieder Zeit?«, fragte HD Bruhns. »Bei wem?«

»Änna«, antwortete Josephine. »Ich glaube, sie hat Ideen. Auch wenn sie es nicht zugibt.«

»Morgen Nacht ist Neumond«, murmelte Bruhns, scheinbar zusammenhanglos.

Dann war es still. Frederic hatte das Bewusstsein verloren oder das Bewusstsein hatte ihn verloren, und für eine Weile gingen die beiden getrennte Wege.

»Frederic?« Das war Hendriks Stimme. »Frederic? Kannst du mich hören? Mensch! Frederic? Antworte mir!«

Frederic spürte, wie jemand seinen Körper schüttelte, aber noch drang das Geschüttel nicht zu seinem Kopf durch. Sein

Geist hatte sich irgendwo in den Bildern des Vormittags verheddert. Er kickte und strampelte sich durch diese Bilder, und dann, endlich, kam er frei. Frederic schlug die Augen auf.

Genau in diesem Moment gab ihm sein Vater eine Ohrfeige. Hinter der Ohrfeige war sein Gesicht zu sehen, verschwommen noch und unscharf, dann schärfer … Warum war Hendrik so ärgerlich? Er hatte die Hand zu einem weiteren Schlag erhoben, hielt aber jetzt mitten in der Luft inne.

»Hendrik«, flüsterte Frederic. »Hör … hör auf damit!«

Da ließ Hendrik die Hand sinken, zog Frederic hoch und umarmte ihn. Neben ihm saß ein Mann in einer signalorangefarbenen Jacke mit silbernen Reflektorstreifen an den Seiten, einem Koffer neben sich und einem Stethoskop um den Hals. An ihm war ein Schild »Notarzt« befestigt, und das war gut so, denn sonst hätte man ihn für einen verrückten Radrennfahrer auf der Flucht gehalten. Bei dem Mann standen noch zwei verrückte Radrennfahrer in orangefarbenen Jacken. Hinter ihnen hatte sich eine kleine Menge aus Schülern und Lehrern versammelt. Sie befanden sich in der Pausenhalle, am Fuß der großen Treppe, die mitten in die Halle hinabführte.

»Warum bist du so wütend?«, flüsterte Frederic in Hendriks Pullover.

»Wütend? Ich bin nicht wütend«, flüsterte Hendrik zurück. »Ich hatte Angst. Ich wollte, dass du aufwachst.«

»Nette Art, jemanden zu wecken«, knurrte Frederic. »Ihn zu ohrfeigen!«

»Besser, als einen überhaupt nie mehr zu wecken«, sagte Hendrik. Seine Stimme war ganz flach und staubig. »Sie haben mich angerufen. Was ist passiert?«

»Ich habe ...« Dinge gesehen, wollte Frederic antworten. Irre Dinge, wie in den Filmen, wenn jemand unter Drogen ist. Dinge, die es nicht gibt. Doch er sagte es nicht. Er blickte in das Gesicht von HD Bruhns, in dem zwei Reihen scharfer Zähne blitzten. Frederic seufzte innerlich. Er sah noch immer.

»Ich weiß nicht. Vielleicht bin ich krank«, murmelte er.

»Lass uns nach Hause gehen«, sagte Hendrik, stand auf und half Frederic auf die Beine. »Ich nehme den Jungen mit.«

»Gehen Sie so bald wie möglich zu Ihrem Hausarzt«, sagte der Notarzt. Hendrik nickte. »Lassen Sie ein EEG schreiben«, sagte der Notarzt. »Vermutlich war er nur unterzuckert. Aber man weiß nie.«

Frederic hatte keine Ahnung, was »unterzuckert« und was ein EEG war. Aber er wusste, dass ein Arzt – welcher auch immer – nichts bei ihm finden würde. Es sei denn, er war Augenarzt. Und er war sehr, sehr gut. Vielleicht würde er dann Spuren einer Überdosis Vitamin A entdecken und bei Frederic eine 500-prozentige Sehschärfe feststellen.

Bruhns und eine Handvoll Schüler begleiteten sie durch das bröckelige Portal mit den Engelchen, hinaus in den Hof.

»Gute Besserung«, sagte Josephine und winkte. Alle Münder ihrer linken Hand grinsten dabei verschlagen. Frederic sah weg.

Als Hendrik und er den Schulhof verließen, waren die anderen bereits wieder hineingegangen. Nur eine einsame kleine Gestalt stand noch unter der Kastanie, mitten in einem wirbelnden Kreisel aus Herbstlaub, und sah ihnen nach. Eine kleine Gestalt mit einer Kette und einer schweren Eisenkugel am Fuß.

Frederic fielen die letzten Worte ein, die er gehört hatte, ehe die Welt um ihn für ein Weilchen verschwunden war:

Es wird wieder Zeit. Bei wem? Anna. Morgen Nacht ist Neumond. Zeit für was?

Später saßen sie zu zweit in der Küche und tranken Tee.

»Sie haben mich auf dem Handy angerufen«, sagte Hendrik, den Blick in die Teetasse versenkt. »Zum Glück war ich ganz in der Nähe. Es war genau wie damals. Genau wie bei Anna. Nur dass damals das Telefon zu Hause klingelte.«

Eine Weile brummte nur der alte klobige Kühlschrank einen blauen Ton in die Luft.

»War sie ... schon tot?«, fragte Frederic schließlich in seinen Tee hinein. »Als du ankamst?«

»Ja. Ich ... war zu spät.« Hendrik stand abrupt auf. »Wir gehen morgen hin. Zum Arzt. Jetzt brauche ich erst mal eine Dusche. Wie ist es mit dir?«

Frederic blickte auf und bemühte sich zu lächeln. »Geh du zuerst.«

Hendrik nickte, zog seinen Pullover aus und hängte ihn über einen Küchenstuhl. Dann ging er die zwei Schritte durch den Flur bis zur Badezimmertür mit dem uralten aufgeklebten roten Fisch, streifte das karierte Hemd ab und drehte sich noch einmal zu Frederic um.

»Mach das nicht noch mal«, sagte er schroff.

Frederic erschrak. Er öffnete den Mund, um etwas zu sagen, doch seine Stimme war vorübergehend verloren gegangen.

Über Hendriks bloße linke Brust zog sich eine weite, klaffende Wunde. Sie war an einigen Stellen verschorft, an einigen beinahe verheilt und an einigen offen bis aufs Fleisch. Aus der Mitte rann ein Tropfen Blut, als wäre die Wunde dort gerade heute wieder aufgebrochen. Erst als die Dusche schon ein paar Minuten lang lief und er Hendrik leise summen hörte, begriff Frederic. Es war keine echte Wunde. Oder: Es war eine sehr echte Wunde. Aber eine, die nur er sah.

Woher stammte sie?

Frederic ging ins Wohnzimmer, machte die kleine Klemmlampe über Hendriks Schreibtisch an und betrachtete lange Annas Foto, das dort die verblichene Blümchentapete unterbrach. Es zeigte sie draußen im Garten, an einem Sommertag voll gelber Sonnenstrahlen. Die Schatten des Holunderstrauchs malten unregelmäßige Flecken auf ihr Gesicht. Früher hatte es ihn immer geärgert, dass man dieses Gesicht nicht genau erkennen konnte, doch nun kam es ihm vor, als blinzelte Anna ihm zwischen den Holunderschatten im Geheimen zu. Vielleicht hätte sie es gewusst. Vielleicht hätte sie ihm mit der Wunde helfen können.

»Ich verspreche dir, es herauszufinden«, flüsterte er Anna-auf-dem-Foto zu. »Und ich verspreche dir noch etwas. Ich werde auch herausfinden, was Bruhns vorhat. Es kann nichts Gutes sein. Ich werde ihm einen Strich durch die Rechnung machen. Und dann, dann werde ich mich darum kümmern, Hendriks Wunde zu schließen.«

Eine Menge Versprechen für einen einzigen Tag.

Vor allem, wenn man nicht die geringste Ahnung hat, wie man auch nur eines der vielen Versprechen einlösen soll.

3. KAPITEL

An einem Donnerstag gegen halb zwölf Uhr nachts

»Du hast wahrscheinlich nicht gleich verstanden, was all das bedeutete«, sage ich. »Oder?«

»Natürlich nicht«, antwortet Frederic. »Wie denn? Am Anfang war ich vor allem verblüfft. Und es war auch irgendwie gruselig. Ich wusste nie, was ich hinter der nächsten Ecke sehen würde.«

Er ist lauter geworden als nötig und nagt hektisch an seiner Unterlippe.

»Schon klar«, sage ich. »Es sollte kein Vorwurf sein. Ich hätte auch nichts verstanden.«

»Ich habe begonnen, es zu verstehen«, sagt Frederic leiser. »Nach und nach. Das Erste, was ich verstand, war die Kugel an Ännas Fuß. Ich wachte mitten in der Nacht auf und begriff plötzlich. Natürlich konnte Änna mit der Kugel nicht auf einem Schwebebalken balancieren. Nicht einmal ein Akrobat hätte das gekonnt. Aber Ännas Kugel war nicht einfach nur eine Kugel an einer Kette, die man mit einer Metallsäge durchsägen konnte. Es war eine Kugel aus Unsicherheit. Aus Angst. Die Dinge, die ich sah, waren … Meta…«

»Metaphern?«

53

»Richtig. Bilder. Wie geheime Botschaften. Bilder für die Stärken und Schwächen der Leute. Für all ihre geheimen Eigenschaften. Manche waren sofort klar. Manche waren kaum zu begreifen. Ich habe Sachen gesehen – fernbestimmte Kinder mit Antennen, abgestempelte Menschen mit Buchstaben auf der Haut, tief eintätowiert, Menschen mit Augen hinten, die ständig auf der Hut waren – es gibt für alles Bilder. Manchmal wollte ich sie gar nicht sehen.«

Er schweigt, vergraben in Erinnerungen an die Bilder.

»Sag mal, kommt jetzt Kapitel drei?«

»Wenn wir endlich damit anfangen, schon.«

Am nächsten Morgen stieg Frederic als Allererstes hinauf in den zweiten Stock und klingelte bei der alten Dame. Er wusste nicht mal ihren Namen. An der Klingel stand nur unleserliches Gekritzel. Er klingelte sieben Mal. Doch niemand öffnete. In der Wohnung blieb alles still. Seltsam.

Als er auf dem Weg zur Schule am Abrisshaus vorbeikam, entdeckte er durch eine Lücke in der Mauer jemanden im Hof. Er blieb stehen und sah genauer hin. Im Hof des alten Hauses standen drei alte metallene Mülltonnen, und vor diesen Tonnen hatte sich ein Mann in orangefarbener Müllabfuhrweste aufgebaut. Ein Mülleimerleerer. Aber was für Müll gab es in einem unbewohnten Abrisshaus abzutransportieren? Frederic blieb stehen. Auf der Schulter des Mannes saß ein verschlafenes Sandmännchen. Jetzt zog er einen Zeigestock aus der Tasche, hob ihn mahnend und sprach: »So, jetzt noch mal den Indikativ Präsens. Sum, es, est ...«

Der Mülltonnenlehrer lehrte die Tonnen vor dem Abrisshaus

Latein! Oder jedenfalls glaubte er, er würde sie Latein lehren. Ein Professor ohne Anstellung? Frederic schüttelte den Kopf und ging weiter.

Bei der Schule merkte er, dass er zu früh war, weil er ganz vergessen hatte, auf dem Weg Maschinen zu erfinden. Er setzte sich auf den rechteckigen Steinklotz, der vor der Schulmauer herumstand und in eingemeißelten, angeberisch großen Buchstaben GYMNASIUM ST. ISAAC verkündete. Bork Bruhns hatte den Stein dort aufstellen lassen – vermutlich ohne zu merken, dass er aussah wie ein Grabstein. Wenigstens konnte man bequem darauf sitzen.

»Ich brauche einen Verbündeten«, flüsterte Frederic den wippenden Ästen der Bäume zu. Die Bäume nickten zustimmend über die Mauer. »Es ist eine ganz rationale Überlegung«, wisperte Frederic. »Jemand muss mir helfen, Bruhns zu überwachen. Es ist nicht so, dass ich einen Freund brauche, weil ich allein bin. Ich bin gern allein. Wirklich.«

Die Bäume rauschten eine zweifelnde Antwort.

»Ihr braucht gar nicht so zweifelnd mit den Blättern zu schlackern!«, sagte Frederic.

Diesmal war etwas im Rauschen der Bäume, das sich anhörte wie ein Wort. Ein zweisilbiges Wort: *Männer.* Oder *Penner.* Oder …?

»Änna?«, fragte Frederic die Bäume. »Änna geht nicht. Sie ist ein Mädchen. Und außerdem ist sie mir unheimlich.«

Er hörte im Wind etwas wie *freilich.* Oder *Frühling. Zeigling.* Oder sagten die Bäume am Ende *Feigling?*

»Ach was!«, sagte Frederic empört. »Ich brauche eben einen Jungen, mit dem ich reden kann!«

In diesem Moment kam der starke Georg die Straße entlang.

»He, Georg«, sagte Frederic.

»He, Frederic«, sagte der starke Georg. Er scharrte verlegen mit den Füßen, als wäre es ihm unangenehm, mit Frederic zu sprechen. »Bist du wieder okay?«

»Glaub schon«, meinte Frederic.

»Warum hast du in Deutsch nur *Blablabla* geschrieben?«, fragte Georg.

»Mir war so«, antwortete Frederic.

»Hast du keine Angst, dass dein Vater schimpft, wenn du schlechte Noten schreibst?«

»Nö«, sagte Frederic. »Wieso sollte er? Mein Vater schimpft wegen anderer Sachen. Zum Beispiel, wenn ich umfalle und ihn zu Tode erschrecke. Aber wegen Noten? Noten sind doch unwichtig.«

»Glaubst du?«, fragte Georg. »Die anderen glauben das nicht.«

Der Wind wehte sein Hemd am Kragen ein wenig auseinander, und da sah Frederic, dass der starke Georg mit den Eisenhänden innen ganz schwach und weich war. Seine zarte rosa Babyhaut spannte sich über rosa Babyspeck, und darunter schien es keine Knochen zu geben. Die Eisenhände hatte sich der starke Georg wohl nur angeschafft, damit man nicht merkte, wie schwach er war. Nun, einer mit Eisenhänden war vielleicht nicht die schlechteste Wahl, wenn man einen Verbündeten brauchte.

»Hast du Lust, heute nach der Schule mit zu mir nach Hause zu kommen?«, fragte Frederic. »Wir könnten …« Mein Gott, was *tat* man mit dem starken Georg, um ihn für sich zu gewinnen? »Ich könnte dir meine Maschinensammlung zeigen. Alle selbst gebaut. Ich habe sogar eine Maschine, die von selbst einen Fußball wegkicken kann.«

»Echt?«, fragte der starke Georg. Dann überzog sich sein dickes Gesicht mit plötzlicher Besorgnis. »Aber ich kann heute nicht«, sagte er. »Ich muss Hausaufgaben machen. Und dann muss ich zur Mathenachhilfe.«

»Morgen?«, fragte Frederic.

»Morgen muss ich genauso Hausaufgaben machen! Und lernen, für die nächste Lateinarbeit.«

»Ich nehme an, übermorgen musst du auch lernen?«, erkundigte sich Frederic.

Der starke Georg nickte. »Herr Direktor Bruhns sagt, wenn ich mich ordentlich anstrenge, kann etwas aus mir werden.«

»Kein Zweifel«, murmelte Frederic. Fragte sich bloß, was.

Die anderen Schüler begannen, aus den Bussen zu strömen und das Tor zu stürmen.

»Wir sollten reingehen«, sagte Georg. »Sonst kommen wir zu spät.«

Frederic vermied es an diesem Tag, Änna in die Augen zu blicken, in denen so viel Traurigkeit lag. Er vermied es überhaupt, in ihre Richtung zu gucken. Er wollte die Kette an ihrem Fuß nicht ansehen müssen und nicht in seinen Ohren die Bäume *Feigling* rauschen hören.

Heute Nacht war Neumond, hatte Bruhns gesagt. Und irgendetwas Schreckliches würde geschehen, mit Änna. Frederic jedoch gab das Schreckliche eine Chance: Er würde Bruhns nachschleichen und alles darüber herausfinden. Es kam ihm vor, als benutzte er Änna für seine Zwecke. Er fühlte sich scheußlich.

In der Pause verirrte er sich ganz *aus Versehen* ins Sekretariat, um Bruhns' Privatadresse im Computer der Sekretärin zu suchen. Die Sekretärin war zum Glück mal wieder nicht da. Nur die gewohnte kalte Tasse Kaffee leistete Frederic Gesellschaft. Auf dem Bürostuhl vor dem Computer stand die große, klobige Kaffeemaschine. Als Frederic seine Finger auf die Tastatur legte, gluckerte sie so plötzlich, dass er zusammenzuckte. Der kleine rote Knopf leuchtete wie ein böses Auge, und oben spuckte die Maschine fauchend etwas dampfendes heißes Wasser aus. Moment. War sie nicht eben noch ausgeschaltet gewesen? Und was tat überhaupt die Kaffeemaschine auf dem Bürostuhl? Er schüttelte irritiert den Kopf und beachtete sie nicht weiter. Vielleicht hatte jemand sie dorthin gestellt, um daran zu denken, dass sie repariert werden musste.

Frederic richtete seinen Blick auf den Bildschirm und zwang den Computer, die Listen mit den Adressen der Lehrer auszuspucken. Es war nicht ganz unpraktisch, dass Hendrik die Computer reparierte und programmierte: Alle Computer, die Hendrik bearbeitete, trugen das gleiche Passwort. Hendrik hatte es Frederic nie gesagt und Frederic hatte ihn nie danach gefragt. Er wusste es auch so. Es hieß ANNA.

Als er sich beinahe bis zur richtigen Liste durchgeklickt hatte, ging die Tür auf und er duckte sich schnell hinter den Schreibtisch. Fast stieß er dabei die Kaffeemaschine von ihrem Bürostuhl. Sie gluckerte wieder, als ärgerte sie sich. Gleich darauf fiel ein ungewöhnlich dunkler Schatten auf den Boden vor Frederics Füßen. HD Bruhns. Frederic hielt den Atem an.

Aber Bruhns wühlte nur auf dem Tisch herum, fand zwischen Briefpapier und Kugelschreibern, was er suchte, und sagte: »Ha!«

Frederic hob vorsichtig den Kopf. Er sah gerade noch, wie HD Bruhns eine frische Plastikpackung mit Hundespielzeug aufriss, einen roten Gummiball mit blauen Noppen herausfischte und seine spitzen Zähne hineinrammte. Mit dem Ball in der Hand und einem sehr zufriedenen Ausdruck auf dem hageren Gesicht verschwand er hinter der Tür mit der Aufschrift »REKTORAT«. Der Gummiball quietschte protestierend. Frederic schüttelte zum wiederholten Mal an diesem Tag ungläubig den Kopf. Dann richtete er sich auf, schrieb Bruhns' Adresse vom Bildschirm ab und machte den Computer aus.

Neben ihm, auf dem Bürostuhl, gurgelte die Kaffeemaschine, die ein geheimes Eigenleben zu führen schien. Frederic floh aus dem Sekretariat, bevor die Maschine auf Ideen kam. Man wusste nie.

Um halb zwei saßen Frederic und Hendrik in einem weißen Wartezimmer, das stechend nach Desinfektionsmittel und Duftspray roch – ein missglückter Versuch, das Desinfektionsmittel zu übertönen. Um halb drei saßen sie immer noch dort. Hendrik wippte nervös mit den Füßen.

»Ich hab schon nichts«, sagte Frederic. »Hör auf, dir Sorgen zu machen.«

»Ich mach mir keine Sorgen«, widersprach Hendrik.

Auf seinem Hemd breitete sich ein großer dunkler Fleck aus. Die Wunde suppte.

»Was ist los?«, fragte Hendrik. »Wieso starrst du mich so an?«

»Oh, nichts«, murmelte Frederic und senkte den Blick auf seine Schuhe.

Doch er sah noch immer den dunklen Fleck auf Hendriks Hemd vor sich. Und er begann zu begreifen: Natürlich machte sich Hendrik Sorgen. Und genau das war der Grund dafür, dass die Wunde wieder aufgebrochen war. Hendrik machte sich ständig Sorgen, zu viele Sorgen: Die Wunde konnte unmöglich heilen. Und mit einem Mal war Frederic auch klar, wer sie gerissen haben musste. Es war Anna gewesen. Anna, die an einem Montag im Herbst unter die Räder eines Autos geraten war. Vor acht Jahren. Wenn jemand einen Arzt brauchte, dann Hendrik. Jemand musste nach all dieser Zeit seine Wunde nähen.

Doch als sie endlich an der Reihe waren, schüttelte der Arzt Hendrik die Hand, ohne den Fleck zu bemerken.

Die meisten Ärzte sind wohl blind für unsichtbare Wunden.

»Setzen-Sie-sich«, sagte der Arzt. »Und-du-hierhin«, sagte er. »Tut-es-weh-wenn-ich-fest-hier-draufklopfe?«, sagte er. »Du-bist-sicher-geimpft«, sagte er. »Atme-mal-tief-ein-und-aus«, sagte er.

Danach fragte er Frederic dreiundzwanzig Mal, ob ihm zuerst schwarz vor Augen gewesen war oder er zuerst umgefallen war. Irgendwie schien er sich die Reihenfolge der Dinge nicht merken zu können.

»Ich hab nichts, oder?«, fragte Frederic schließlich.

Der Arzt machte mit dem Kopf eine Bewegung, die man als Nicken oder als Kopfschütteln deuten konnte, je nachdem, was man hören wollte.

Dann schrieb er Frederics Namen auf ein Karteikärtchen, zog eine Schublade in seinem Kopf auf, die Frederic bisher nicht gesehen hatte, und steckte die Karte hinein. Aaaha.

»Gut, dass wir uns mal ausführlich unterhalten haben!«, sagte der Arzt.

Zu Hause verzog sich Hendrik mit einem Laptop in sein Arbeitszimmer, auf dem er für jemanden ein Programm einrichten sollte. Frederic breitete den Stadtplan auf dem Boden aus: Die Johann-Wolfgang-von-Schiller-Straße, in der Bruhns wohnte, war eine fahrrädliche Viertelstunde entfernt. Er würde Hendrik sagen, er wolle früh schlafen, und gleich nach dem Abendessen losfahren.

Aber bis zum Abendessen waren es noch drei Stunden. Schließlich hielt Frederic es in der Wohnung nicht mehr aus. Er lief die Treppen hinunter und klopfte an Lisas Fenster.

»Herein«, sagte Lisa und öffnete.

»Benutzt du immer noch das Fenster?«, fragte Frederic.

Sie nickte. »Ich gewöhne mich daran.«

»Ich habe eine Idee, wie du abschließen kannst«, meinte Frederic. »Sonst klaut jemand …« Er sah sich um. Wer wollte schon eine staubige Topfpalme klauen oder eine alte Stehlampe mit Fransen? Oder moderne Bilder, auf denen kein Mensch etwas erkennen konnte?

»… zum Beispiel den Fernseher«, sagte er, erleichtert, etwas gefunden zu haben.

»Oh, der ist sowieso kaputt.« Lisa lachte. »Ich habe ihn nur, um die Leute von der GEZ zu ärgern, die reingucken und denken, sie könnten mir Geld abknöpfen.«

Frederic schüttelte den Kopf. Lisa war schon ziemlich verrückt.

»Du bist schon ziemlich verrückt«, sagte er. »Ich baue dir trotzdem ein Schloss. Ich kann solche Dinge. Früher war ich richtig gut in Physik und Mathe, ganz ohne Hausaufgaben – ein Schloss zu bauen ist einfach.«

»Du baust es *jetzt?*«, fragte Lisa.

Frederic nickte. »Es ist dringend, dass es jetzt gebaut wird«, erklärte er und sah ihr an, dass sie ihm das nicht glaubte. Aber er konnte ihr ja schlecht erzählen, dass er ein Schloss bauen musste, um nicht dauernd über Bruhns nachzudenken und sich zu Tode zu fürchten, oder?

»Hast du einen Strohhalm?«, fragte er deshalb. »Und etwas Wurstkordel?«

Kurze Zeit später bohrten und schraubten und drahteten Lisa und er alle möglichen Dinge zusammen, bis Hendrik von oben aus dem Fenster rief, es sei Abendessenszeit. Die Fenster-schließ-Maschine war beinahe fertig. Alles, was noch fehlte, war ein bestimmter Saugnapf. Frederic legte ihn draußen aufs Fensterbrett und wischte sich die öligen Hände an der Hose ab.

»Frederic?«, sagte da jemand über ihm. Er fuhr hoch. Es war Kahlhorst, der umfangreiche Biolehrer von St. Isaac.

»Herr Kahlhorst!«, rief Lisa.

Frederic sah von einem zum anderen. Kannten die sich? Woher?

»Frau Eveningsky!« Ein breites Grinsen erschien auf Kahlhorsts Gesicht. »Wohnen Sie jetzt hier? Ich wollte nur eben um die Ecke zum Zigarettenautomaten.«

Wer's glaubt, dachte Frederic. Zigarettenautomat. Eine blödere Ausrede konnte man wohl nirgends finden. Spionierte Kahlhorst Frederic hinterher – im Auftrag von HD Bruhns?

»*Allerdings* wohne ich hier«, sagte Lisa, die also doch einen Nachnamen hatte. »Wie läuft's in St. Isaac?«

»Na ja«, sagte Kahlhorst mit einem Seitenblick auf Frederic. »*Sie* sind noch immer auf der alten Schule?«

Lisa nickte und Kahlhorst seufzte. »Ich hätte niemals dort weggehen sollen.«

»Aber ich dachte, St. Isaac zahlt mehr?«

»Ja, das schon. Es ist nur …« Wieder dieser Seitenblick auf Frederic.

Frederic jedoch hatte damit zu tun, Lisa anzustarren. »Du bist auch … Lehrerin?«

Lisa lächelte. »Wäre es dir lieber, wenn ich etwas anderes wäre? Fritteuse oder Blumentöpferin?«

»Haha«, sagte Frederic.

Kahlhorst kramte ein Taschentuch aus der Innentasche seiner Jacke hervor, um sich die Schweißperlen vom Gesicht zu wischen. Dazu musste er die Jacke öffnen, und Frederic verstand mit einem Mal, weshalb er unaufhörlich aß. Kahlhorst hatte ein schwarzes Loch im Bauch. Ein großes, gieriges schwarzes Loch, das man sogar durch den Stoff seines gestärkten Hemdes dunkel hindurchschimmern sah. Alles, was er aß, musste unweigerlich in diesem schwarzen Loch verschwinden. Schwarze Löcher, das wusste Frederic aus Physik, konnte man nicht füllen. Sie zogen alle Materie an und schluckten sie auf Nimmerwiedersehen. Plötzlich tat Kahlhorst ihm leid. Vielleicht war er doch kein Spion.

Über Frederic tröpfelte ein laues abendliches Gespräch ohne besondere Inhalte dahin, während er all dies dachte. Schließlich verabschiedete sich Kahlhorst sehr förmlich. Aber ehe er ging, griff er gedankenverloren in Richtung Fensterbrett, hob etwas auf, das dort lag, ohne recht hinzusehen, und steckte es in den Mund.

Erst als er schon um die Ecke verschwunden war, fiel Frederic auf, was es gewesen war. »Der Saugnapf!«, rief er. »Er hat den Saugnapf von unserer Fenster-schließ-Maschine gegessen!«

»Wer? Herr Kahlhorst?« Lisa schüttelte ungläubig den Kopf.

»Fünf Minuten sind längst vorbei!«, rief Hendrik in diesem Moment von oben. »Kommst du jetzt rauf oder soll ich dein Abendessen runterwerfen?«

»Was ist mit Lisa?«, rief Frederic zurück.

»Die will sicher auch mal ihre Ruhe haben«, knurrte Hendrik. »Komm jetzt.«

Frederic sah Lisa an und zuckte hilflos mit den Schultern. »Er meint es nicht so.«

»Oh, ich glaube, er meint genau, was er sagt«, erwiderte Lisa. »Er möchte mit dir alleine essen. Er kennt mich nicht mal. Warum sollte er mich zum Abendessen einladen?«

Sie klang ein bisschen enttäuscht.

Warum, dachte Frederic, sollte Hendrik Lisa zum Abendessen einladen? Damit er sie kennenlernte, deshalb. Weil sie nett war. Das reichte doch. Aber vermutlich war genau das für Hendrik ein Grund, niemals mit ihr zu sprechen.

Nach dem Abendessen wartete Frederic, bis Hendrik mit einem Buch in seinem Ledersessel am Wohnzimmerfenster versunken war. Das Leder war brüchig von einem langen Leben mit Hendrik und mit Büchern. Zu Büchern sprach Hendrik mehr als zu Menschen. Wenn er einmal in eine Unterhaltung mit einem von ihnen versunken war, konnte man ihm alles erzählen und er glaubte es aus reiner Bequemlichkeit.

»Ich gehe … äh … ins Bett«, sagte Frederic und steckte seinen Kopf samt Schlafanzugkragen durch die Wohnzimmertür. »Ich bin unheimlich müde.«

Hendrik sah auf und musterte ihn eine Weile eingehend. Doch schließlich nickte er wortlos und sank zurück in sein Buch. Frederic wechselte den Schlafanzug gegen ein Paar Jeans und den dicken Wollpullover, den Anna vor einem gewissen Montag im Herbst für Hendrik gestrickt hatte und der Hendrik in der Wäsche eingegangen war. Als er sein Fahrrad aus dem Flur auf die Straße schob, spürte er die kratzige, alte Wolle auf seinen Armen und war dankbar für sie. Der Herbstwind wirbelte Zeitungsfetzen durch die dunkle Straße und griff mit kalten Fingern nach Frederic. Doch es war nicht der Herbstwind, der ihn frösteln ließ. Es war die Aufregung, und er versteckte sich vor ihr im Kragen des Pullovers. Es kam ihm vor, als wohnte Annas Wärme noch immer auf eine tröstende Weise in den fusseligen Maschen. Frederic atmete tief durch, schwang sich auf sein Rad und fuhr hinaus in die Nacht. Auch das Rad hatte er von Hendrik geerbt, obgleich es nicht eingegangen war. Hendrik selbst fuhr nicht mehr Fahrrad. Frederic hatte sechs Jahre mit ihm darum gekämpft, dass er wenigstens *ihn* fahren ließ.

Die Nacht schlang ihre Arme um Frederic und trug ihn auf Händen aus Laternenlicht und Wolkenschatten durch ihre Straßen. Denn die Nacht hatte eigene Straßen, ganz andere als der Tag. Es waren zwei Welten, dachte Frederic, zufällig vereint in derselben Stadt. Sie ähnelten sich kaum und man brauchte nicht einmal Vitamin A, um ihren Unterschied zu bemerken. Er hatte das Nachtgesicht der Stadt schon früher gesehen und es hatte ihn stets beunruhigt: Bei Tag waren die Straßen breit und freundlich, die Namen auf ihren Schildern deutlich lesbar, die leuchtend bunten Blumenrabatten ordentlich bepflanzt.

Die Straßen der Nacht jedoch bestanden aus schmalen Einschnitten zwischen turmhohen Wänden, die steil in den Himmel ragten und sich oben einander zuneigten, als wollten sie den Sternenhimmel ganz ausschließen. Die Buchstaben auf den Schildern kringelten sich in einem seltsamen Eigenleben und verweigerten sich dem Versuch, im Vorbeifahren gelesen zu werden. Die Blumen in den Rabatten hatten ihre Farben sorgfältig verschlossen und seltsame Gewächse aus dichter Dunkelheit sprossen jetzt zwischen ihnen. Die fahle Straßenbeleuchtung schuf neue Schatten und neue Zweifel, statt zu erleuchten und zu erhellen. Selbst das Kopfsteinpflaster schien unter den Reifen des Fahrrads zu buckeln.

Es kam ihm vor, als dauerte es ein oder zwei Jahrhunderte, bis er die richtige Straße erreichte. Er musste absteigen und das Schild eine Weile streng ansehen, ehe es aufgab, seine Buchstaben in eine einigermaßen lesetaugliche Reihenfolge brachte und Frederics Verdacht bestätigte: Er befand sich in der Johann-Wolfgang-von-Schiller-Straße. Frederic schob das Fahrrad vorsichtig den Bürgersteig entlang, vorbei an sorgsam gestutzten

Ligusterhecken und frisierten Sträuchern, und zählte Hausnummern. Kurz vor dem Haus mit der Nummer 8 blieb er stehen, lehnte das Fahrrad an einen Busch und schlich bis unter ein erleuchtetes Fenster. Weiße Spitzengardinen verbargen den Raum hinter dem Fenster, doch ab und zu glitten verschwommene Schemen vorüber. Zerbrochene Stücke von leisen Sätzen drangen durch das Fensterglas. HD Bruhns sagte: »Den Schalter«, jemand anders sagte: »Dass den Strom an …«, und eine dritte Stimme: »Indie Gara.«

Indie Gara entpuppte sich einen Moment später als Ziel der drei Sprecher hinter der Scheibe, nämlich »in die Garage«. Die Haustür öffnete sich so rasch und lautlos, dass Frederic keine Zeit blieb, sich zu verstecken. Er presste sich an den rauen Putz der Wand und schloss die Augen. Eine Erinnerung aus der Kindheit: Wer die Augen geschlossen hat, kann nicht gesehen werden. Unsinn, natürlich. Sein Atem ging schnell und flach. Annas Pullover schmiegte sich an seinen Hals wie ein stummer Freund. Wenn er sich nur ganz in ihm hätte verstecken können!

Drei Paar Schritte verließen das Haus, entfernten sich; das Garagentor quietschte. Frederic blinzelte. Nein, sie hatten ihn nicht entdeckt. Er beobachtete, wie Bruhns' schwarzer Schatten über das grasnarbenlose Pflaster glitt und gleich darauf mit seinem Herrn im Betonbauch der Garage verschwand. Auch die anderen beiden kannte Frederic: Es waren die Mathe-Ziesel und Fyscher, der Sport und Physik gab. Als Fyscher sich einmal umdrehte, um mit der Ziesel zu sprechen, sah Frederic, dass er eine riesige Zunge besaß, wie die Zunge eines großen, hechelnden Hundes. Er musste sie mehrmals einrollen, um sie in seinem Mund unterzubringen. Aus einem seiner Mundwinkel rann ein Speichelfaden. Frederic erinnerte sich an viele Stunden, in denen Fyscher sie um den Sportplatz gejagt hatte, Runde um Runde, während er selbst mit seiner Trillerpfeife am Rand stand und sie zufrieden beobachtete. Was leckte er auf mit seiner riesigen Zunge? Den Schweiß ihrer Erschöpfung? Ihre Angst, der Letzte zu sein? Frederic schauderte. In diesem Augenblick rollte etwas Großes, Dunkles, Unförmiges aus der Garage und er vergaß seine Gedanken an Fyschers gierige Zunge.

»Sie ist startklar«, hörte er Bruhns flüstern, der gleich darauf hinter dem unförmigen Gebilde auftauchte. Das Licht einer Taschenlampe wanderte über den Gegenstand, und Frederic kniff die Augen zusammen.

Es war eine Maschine. Eine riesige Maschine, bestehend aus Schläuchen, Schaltern, Rädern, Stahlbändern, Metallfedern und – Saugnäpfen. Frederic sah ihre einzelnen polierten Teile im schwachen Licht der Taschenlampe glänzen. Die Straßenlaternen in der Johann-Wolfgang-von-Schiller-Straße schienen allesamt hinüber zu sein. Oder hatte jemand nachgeholfen? Er wünschte, er hätte aufstehen und näher treten können. Die Maschine von allen Seiten begutachten, ihre Metallflanken berühren, ihre Sprungfedern testen, über ihre Schalter streichen können. Sie war etwas Böses, er wusste es, und doch konnte er nicht umhin, sie zu bewundern. Hatte Bruhns die Maschine gebaut? Bruhns, der jetzt zärtlich ihre Aufbauten tätschelte?

»Gutes altes Mädchen«, sagte der HD. »Ich habe sie gestern geölt. Bitte, meine Herrschaften, steigen Sie ein. Wir haben heute Glück. Bei der Dunkelheit können wir besonders ungestört arbeiten. Eine wunderbare Neumondnacht wartet auf uns.«

Frederic hörte ein feines, zahniges Lächeln in seiner Stimme. Noch jemand wartete. Änna.

Der HD öffnete eine Tür seitlich an der Maschine und die Ziesel und der Fyscher stiegen hinein. Bruhns selbst nahm vorne zwischen den Schläuchen und Schaltern Platz wie auf einem Kutschbock, drehte einen Schlüssel im Zündschloss, legte einen Hebel um – und ein Zittern durchlief den Körper der Maschine. Das leise, wohlige Schnurren eines Motors ließ die Nacht vibrieren. Die Maschine setzte sich in Bewegung, langsam zunächst, schließlich schneller und schneller. Frederic starrte ihr nach, wie sie die Straße hinunter verschwand. Dann löste sich die Starre des Staunens, die ihn gefesselt hatte. Er sprang auf und riss sein Fahrrad aus dem Busch.

Einen Moment später war er wieder unterwegs durch die Nacht.

Die dunklen Mäuler der Hauseingänge schienen ihm mit toten Blättern Windwarnungen zuzuwispern: Kehr um! Fahr nach Hause! Vergiss, was du gesehen hast!

Frederic trat schneller in die Pedale. Ein paarmal glaubte er, die Maschine verloren zu haben, doch er fand sie jedes Mal hinter der nächsten Biegung wieder. Einmal begegneten sie einem Penner, der den Bürgersteig entlangwankte, behängt mit einer stolzen Sammlung von Einkaufstüten und Regenschirmen. Er starrte die Maschine an, schüttelte den Kopf und wankte weiter.

»Scheiß K-Korn!«, hörte Frederic ihn murmeln. »Versetzen den mit wa-wa-weiß-ich-was, a-absichtlich, ich sag's euch, um uns vu-vu-verrückt zu machen!«

Er hob eine halb leere Flasche und prostete sich selbst zu. Dabei verlor er das Gleichgewicht und fiel vor Frederic quer über die Straße. Frederic bremste, verlor ebenfalls das Gleichgewicht und fluchte. Wenn er die Maschine jetzt verlor!

Der Penner starrte ihn vom Boden aus an. »D-du!«, lallte er und pikte mit einem unsteten Zeigefinger nach Frederic. »Du hascha … Schascheln! Oder issas auch da K-Korn?«

Frederic richtete das Fahrrad auf. Am Ende der Straße bog die Maschine ab.

»Schta…schascheln!«, wiederholte der Penner anklagend. Aber Frederic hörte ihm nicht mehr zu, und als der Alte seinen Hinterreifen festhielt, riss er sich gewaltsam los.

»Pa-pass auf!«, lallte der Penner ihm nach, nuscheliger denn je. »De-de-der Schacht isch … ge-ge-gefählisch! D-der geht su den Alb… Alb…«

»Ja, ja«, antwortete Frederic im Fahren, »der Schachtisch geht zu den Alpen. Und deine Kornflasche ist ein Wildschwein.«

Er hatte jetzt keine Zeit für Penner. Er trieb das Fahrrad gnadenlos durch die Straßen, hetzte der Maschine nach. Die Wollpulloverärmel schlackerten um seine Arme wie eine zu große Haut, und in seiner Lunge schien jemand mit einer spitzen Nadel die Lungenbläschen aufzustechen – schneller! Schneller! Schneller!

Und dann, endlich, hatte er sie eingeholt.

Und dann, endlich, bremste HD Bruhns die Maschine vor einem schmalen hohen Reihenhaus mit Rosenranken an der Vorderfront und fuhr drum herum, in den Hinterhof. Auf dem Volkshochschulkurs-getöpferten Klingelschild las Frederic: *Mark, Hedwig und Änna Blumenthal.*

An einem Donnerstag gegen halb zwölf Uhr nachts erfuhr Frederic Lachmann die Wahrheit. Nicht die ganze Wahrheit (die ganze Wahrheit würde er noch eine Weile nicht erfahren, und die wirklich-absolut-ganze Wahrheit erfährt man nie). Aber einen Teil der Wahrheit. Einen wichtigen Teil, den niemand kannte außer Bork Bruhns und eine Handvoll seiner Lehrkräfte ... und noch zwei Personen, die hier zunächst nicht genannt werden möchten.

An einem Donnerstag gegen halb zwölf Uhr nachts lehnte Frederic Lachmann das alte Rad seines Vaters gegen eine Hauswand, wo es zwischen den Rosenranken nicht auffiel.

An einem Donnerstag gegen halb zwölf Uhr nachts fuhr im tiefen Schatten eines Hinterhofs eine seltsame Maschine eine Leiter aus, die langsam und lautlos aus ihrem Inneren in die Höhe wuchs.

An einem Donnerstag gegen halb zwölf Uhr nachts drehte sich Änna Blumenthal in ihrem Bett unter der bunt zusammengewürfelten Decke vom Bauch auf den Rücken.

Frederic lauschte eine Weile auf das Summen der Maschine, das die Tonart gewechselt hatte. Was tat die Maschine? Was tat Bruhns? Frederic duckte sich, versuchte, ein Teil der Schatten zu werden, und schlich der Maschine nach in den Hof – so lautlos, dass er selbst kaum glaubte, er wäre wirklich hier.

Zuerst begriff er nicht, was er im Hinterhof sah. Die Maschine besaß jetzt einen Hals, bestehend aus einer stabilen Leiter. Und auf dieser Leiter waren HD Bruhns und Fyscher in die Höhe unterwegs, unter dem Arm das Ende eines dicken Bündels Schläuche. Die Ziesel stand seitlich vor einer Art ausgeklapptem Mischpult an der Maschine, blickte ab und zu nach oben und bediente Hebel und Schalter. Dann kniete sie sich hin und befestigte eine Art Staubsaugerbeutel an der Rückseite der

Maschine. Eine Vielzahl von Knöpfen hatte begonnen, abwechselnd rot, grün und gelb zu blinken. Das Ganze glich dem wilden Löscheinsatz einer wahnsinnigen nächtlichen Feuerwehreinheit. Nur dass es kein Löscheinsatz war.

Irgendwie war es Bruhns inzwischen gelungen, das Fenster dort oben zu öffnen, und nun kletterte er hinein. Frederic überlegte rasend schnell. Er könnte versuchen, die Polizei zu rufen und ihnen etwas von einem Einbruch zu erzählen. Er konnte die Bewohner des Hauses wach klingeln. Doch dann würde er nie erfahren, was Bruhns und seine Leute vorhatten.

Nein. Irgendwie musste er auch in den ersten Stock gelangen. Er ließ Bruhns Bruhns sein und schlich zurück zur Vordertür, drückte beide Daumen, drückte die Zehen … und hatte Glück: Die Tür war offen. Kurz darauf stand Frederic mit fliegendem Herzschlag in einer fremden Wohnung. Er hechtete eine hölzerne Innentreppe hoch, rutschte beinahe auf einem Flickenteppich aus – fand sich in einem Korridor und tastete sich eine Raufasertapete entlang. Er stieß an eine Kommode, umrundete sie – da glitt etwas raschelnd zu Boden und warf sich ihm zu Füßen wie stummes Nachtgetier. Er biss sich einmal mehr auf die Unterlippe, um nicht vor Schreck aufzuschreien. Seine Hände tasteten auf dem Boden herum – und er atmete tief durch. Was sich auf ihn geworfen hatte, war nur eine Ansammlung von Stofftaschen: Einkaufstaschen, die er von ihrem Haken an der Garderobe gerissen hatte. Hinter der Garderobe fanden seine Finger an der Wand Bilderrahmen … ein Regal, auf dem etwas saß, das sich verdächtig nach einer Sammlung von Porzellanpuppen anfühlte … und mehrere Türen, die von dem Korridor abgingen. Hinter welcher Tür lag der Raum, durch dessen

Fenster Bork Bruhns vor Minuten eingestiegen war? Frederic lauschte an den glatten, schlafenden Holzflächen. Und dann hörte er sie flüstern.

»Hast du's?« Das war Bruhns. »Hält es so?«

»Moment.« Fyscher. Ein Schnalzen seiner blutdurstigen großen Zunge. Ein Zischen. »Jetzt. In Ordnung. Vakuum liegt an.«

Vakuum?

Bruhns wieder: »Kontrolle: Vakuum eins?«

Fyscher: »Sitzt.«

Bruhns: »Vakuum zwei?«

Fyscher: »Sitzt.«

Bruhns: »Vakuum drei …«

Er zählte bis sechs durch und wisperte dann: »Kreisläufe? Ableitender Kanal?«

»Frei«, antwortete Fyscher, kaum hörbar.

»Zuleitender Kanal?«

»Frei.«

Zwei Paar leise Schritte entfernten sich; das Fenster quietschte.

»Absaugen an!«, befahl Bruhns.

Ein leises schlürfendes Geräusch ertönte. Frederic hielt es nicht mehr aus. Er drückte die Klinke hinunter, öffnete die Tür einen Spaltbreit, und im sparsamen Licht von Bruhns' Taschenlampe bot sich ihm ein Bild, das noch viel unheimlicher war als das Bild der Maschine unten im Hof. Die Schläuche – er zählte sieben – wanden sich durchs Fenster herein wie Schlangen, kringelten sich auf dem gewebten Teppich und endeten in einem Chaos aus Ventilen und weiteren Knöpfen … am Kopfende eines Bettes. Die unpassend niedliche, mondförmige Lampe,

73

die dort an der Wand hing, hatte jemand ausgesteckt. Neben dem Ventilchaos standen HD Bruhns, der jetzt Gummihandschuhe trug, und Fyscher, dessen große Zunge unruhig hin und her schlug wie der Schweif einer Raubkatze. Über das Bett jedoch liefen Riemen mit glitzernden Schnallen, die Fyschers grobe Hände jetzt ein wenig enger zurrten.

Und *in* dem Bett lag eine kleine Gestalt. Sie wirkte in dem ganzen Durcheinander von Technik so winzig, als könnte der nächste Windhauch sie fortpusten. Doch man hatte sie ja vorausschauend festgebunden: Änna.

Frederic schluckte. Ihre Augen waren geschlossen und ihr Gesicht wirkte friedlich. Sie schlief. Manchmal zuckte sie leicht. Dann sah er ihre Augäpfel hinter den geschlossenen Lidern rollen. Sie träumte. An ihrem Kopf jedoch waren die Enden der sieben Schläuche mit Saugnäpfen befestigt und etwas wie dünne Schatten lief durch sechs der Schläuche in Richtung Fenster. Etwas lief aus Änna heraus.

»Das ist eine Menge!«, flüsterte Bruhns. »Eine Menge abzupumpen. Es wurde wirklich höchste Zeit. Die Ideen müssen nur so gewuchert sein auf diesem Nährboden.«

»Haben Sie den Schalter unten richtig eingestellt?«, fragte Fyscher flüsternd. »Was da durch die Schläuche fließt, sieht mir fast zu dunkel aus. Wenn wir am Ende nur die Albträume abpumpen! Als es das letzte Mal passiert ist, mussten wir in der nächsten Nacht wiederkommen und …«

Bruhns schnitt ihm das Wort mit einer Handbewegung ab. »Ich habe selbst darauf geachtet, dass beide Hebel umgelegt sind, der schwarze *und* der weiße. Zweifeln Sie an mir?«

»Nein, nein, ich … es ist nur …«

»Dann denken Sie nicht so viel nach. Sonst könnte es sein, dass ich Sie auch einmal nachts besuche!«

Fyscher verstummte.

Bruhns trat grinsend zum siebten Schlauch, durch den etwas Zähflüssiges, Helleres unterwegs zu sein schien. Etwas, das vom Fenster aus in Ännas Kopf hineinfloß statt hinaus. »Vanille«, murmelte er und drückte den Schlauch prüfend mit Daumen und Zeigefinger ein wie einen Fahrradreifen. »Die nächsten Monate wird unsere kleine Änna von Vanillepudding träumen. In Pudding wachsen keine Ideen.«

Er lachte leise. »Stellen Sie sich vor, Fyscher, Sie zweifeln zu viel an mir und eines Tages fülle ich Ihren Kopf mit Träumen von Pudding ab, süßem Pudding, der Sie einlullt. Was hätten Sie wohl lieber, he, Fyscher? Vanille- oder Schokopudding?«

Fyscher schwieg. Nur seine Zunge ruckte weiter rastlos. Nervös. Auch er hatte Angst vor Bork Bruhns. Aber in seinen Augen sah Frederic noch etwas anderes blitzen: Gier.

»Besser, Sie zweifeln nicht und nehmen Ihren Anteil des Schulgeldes«, sagte Bruhns. Fyscher nickte zungezuckend. Frederic ballte die Fäuste. In ihm kämpften zwei einsilbige, vielschichtige Gefühle: Angst und Wut. Er wollte die Tür aufstoßen, sich auf Bruhns stürzen, ihm seine Fäuste in die Magengrube rammen. Und er wollte sich umdrehen. Weglaufen. Nie mehr wiederkommen. Sich die Ohren zuhalten. Die Augen vor der Wahrheit verschließen. Alles vergessen.

Er tat weder das eine noch das andere. Angst und Wut bissen sich in der Mitte ineinander fest, und Frederic blieb stehen, wo er war, reglos, ein Teil der Nacht an einem Donnerstag gegen zwölf Uhr.

Das schlürfende Geräusch wurde jetzt langsam leiser; es gurgelte noch ein paarmal in den Leitungen; dann war alles still. Die Maschine schwieg. Ein Lächeln aus zwei Zahnreihen breitete sich über Bruhns' Gesicht. Er löste die Saugnäpfe von Ännas Kopf und begann, wortlos die Schläuche einzurollen, während Fyscher die Schnallen und Riemen von Ännas Körper löste. Sie schlief noch immer. Doch ihr Gesicht war jetzt ruhig geworden, zu ruhig, starr wie eine Maske. Und Frederic wusste, wovon sie träumte: Vanillepudding. Am nächsten Tag würde sie Kahlhorst keine Flügel mehr malen und HD Bruhns nicht mehr widersprechen.

Bruhns, der ihnen allen die Träume stahl. Bruhns, der sie zu ideenlosen Musterschülern machte. Mitläufern. Bah! Ekel breitete sich in Frederic aus, schlüpfrig, ruhelos und glatt wie Fyschers Zunge, die nur Frederic sehen konnte.

Er dachte an Ännas kleine Gestalt auf dem Schulhof, die ihm nachgeblickt hatte, als er mit Hendrik fortgegangen war. Sie sah nicht. Aber sie schien zu ahnen, dass etwas nicht stimmte mit St. Isaac. Sie *hatte* es geahnt. Jetzt war sie wieder wie die anderen: eine leere, gehorsame Marionette. Eine Hülle.

Und auf einmal war Frederic klar, was er tun musste.

Er drehte sich um, zog sich lautlos zurück in den Korridor, griff in den Berg von Stofftaschen, krallte sich die größte, die er ertasten konnte, und raste die Treppe hinunter. Er musste sich zusammenreißen, die Tür leise zu schließen. Sekunden später war er wieder im Hinterhof, eine geduckte Gestalt, auf dem Weg zur Rettung der Welt – nun ja: zumindest einer ganzen Schule –, bewaffnet mit nichts als einer Stofftasche.

Bruhns und Fyscher waren oben im ersten Stock noch immer

dabei, die Schläuche zusammenzulegen. Die Ziesel, die offenbar nichts mehr zu tun hatte, lehnte an der Wand und rauchte.

Jetzt! Frederic huschte gebückt hinüber, in den Schatten der Maschine, kniete sich vor sie und entfernte den Sack, den die Ziesel zuvor dort befestigt hatte. Eine Hand krallte er um die Öffnung, damit der kostbare Inhalt nicht entwich. Merkwürdig. Der Sack war leicht wie eine Seifenblase.

Frederic blieb keine Zeit, darüber nachzudenken. Er stülpte die Stofftasche über den Sack, gab die Öffnung frei, spürte, wie etwas von dem Sack in die Tasche floss – oder flatterte oder kugelte –, und band die Tasche zu. Ein kleiner Teil des Fließenden, Flatterigen, Kugelnden entwich in die Luft, stieg auf und war verschwunden wie Seifenblasen, wie Pusteblumensamen, wie ein Windhauch. Aber das meiste hatte er retten können. Es schien sich in der Stofftasche zu regen.

Frederic baute den Sack wieder in die Maschine ein. Es war nicht schwer, ein wenig wie bei einem Staubsauger. Im Dunkeln sah man nicht, wie verräterisch leer der Sack war, außer man war schlau und prüfte es mit der Hand. So wie Bork Bruhns es bei einem gewissen Schlauch voller Vanillepudding getan hatte.

An einem Freitag um halb ein Uhr nachts setzte sich eine Maschine mit drei Gestalten an Bord in Bewegung und verließ den Hinterhof der Familie Blumenthal, in ihrem Bauch zwanzig ausfahrbare Stufen.

An einem Freitag um halb ein Uhr nachts drehte sich Änna Blumenthal in ihrem Bett vom Rücken zurück auf den Bauch.

An einem Freitag um halb ein Uhr nachts glaubte ein gewisser Direktor Bruhns, mit einem Sack voll gefährlichem Sondermüll nach Hause zurückzukehren, der dringend bald entsorgt werden musste. Doch er täuschte sich. Der Sack in den metallenen Klammerfingern seiner Maschine war leer.

An einem Freitag um ein Uhr nachts kroch ein dreizehnjähriger Junge erschöpft in sein Bett. Und als er einschlief, ruhte sein Kopf auf einer Stofftasche voller Träume. Die Tasche hätte vermutlich unter der Decke geschwebt, hätte er nicht darauf gelegen. Der Junge wusste nicht, wovon die Träume handelten. Sie gehörten ihm nicht.

Er würde sie zurückgeben.

Und das war erst der Anfang.

4. Kapitel

Sie warten

»Hat Hendrik eigentlich gemerkt, dass ich nachts weg war?«

»Vielleicht schon.«

»Das dachte ich mir. Aber er hat nichts gesagt.«

»Hast du dir gewünscht, er hätte etwas gesagt? Irgendwann in der Geschichte?«

»In manchen Momenten, ja. Wenn ich nicht wusste, was ich tun sollte. Oder ob es richtig war, was ich tat. Manchmal habe ich mir sogar gewünscht, er würde auf den Tisch hauen und alles verbieten, und die ganze Sache wäre auf einen Schlag zu Ende. Es wäre so einfach gewesen. Ich hätte keine Angst mehr haben und nicht mehr mutig sein müssen und …«

Er kaut schon wieder an seiner Unterlippe. Diese Unterlippe muss einiges aushalten. Na ja, denke ich, sie ist es wohl gewohnt.

»Andererseits wären dann auch die schönen Dinge nicht passiert. Und zum Schluss …«

»He!«, sage ich. »Du hast gesagt, ich darf nichts verraten. Dann darfst *du* aber auch nichts verraten!«

»Ach so. Ich hatte ganz vergessen, dass jemand liest, was ich sage. Schreibst du jetzt weiter?«

»Na klar.«

Der Spiegel zeigte Frederic am nächsten Tag dicke Augenringe. Er hielt sein Gesicht unter den Wasserhahn, aber auch das kalte Wasser änderte nichts: Auf seinen Zügen lag der Schatten einer riesigen Maschine voller Schläuche und Saugnäpfe, Kabel und Knöpfe. Für eine Weile versuchte er, sich einzureden, er hätte dies alles nicht wirklich erlebt. Doch dann fiel sein Blick auf die Stofftasche, die unter seinem Kopfkissen hervorgeglitten war und nun an der Zimmerdecke schwebte. Es war wahr.

Nicht er hatte geträumt. Änna hatte geträumt. Und was sie geträumt hatte – nein, ihr ganzer Kopfvorrat an weiteren Träumen –, befand sich in dieser Stofftasche.

Frederic kletterte auf seinen Schreibtisch und fischte die zugeknotete Tasche aus der Luft. Eine Weile drehte er sie in den Händen. Etwas raschelte darin, ganz zaghaft und leise, wie Blütenblätter oder Vogelgefieder. Einen Moment erwog er, die Tasche in seinen Schulrucksack zu stopfen. Aber es war zu gefährlich. Frederic würde bis zum Nachmittag warten müssen. Er steckte die Tasche in den Kleiderschrank, zwischen seine T-Shirts. Er würde auf sein Fahrrad steigen und zurück zu Ännas Haus fahren. Und dann würde er ihr die Träume wiedergeben.

Was sie wohl sagen würde? Würde sie sich freuen? Er stellte sich ihr schmales Gesicht vor, ihre stets besorgten Augen … Verdammt, er wusste noch nicht einmal, wie man jemandem seine Träume zurückgab! Beim Frühstück packten ihn zwischen zwei Schlucken Tee Zweifel: War es überhaupt möglich? Oder brauchte man die Maschine, um die Träume zurückzupumpen?

»Keinen Hunger?«, fragte Hendrik. Frederic tauchte aus seinen Gedanken auf wie aus einer besonders tiefen Art von Tiefsee und starrte das Brötchen auf seinem Frühstücksbrett an. Offenbar hatte er es mit Marmelade beschmiert, aber nicht angerührt.

Er schüttelte den Kopf. »Ich nehm es mit auf den Schulweg«, sagte er. »Ich komme sonst zu spät.«

Es klang weder eilig noch überzeugend. Hendrik warf ihm einen zweifelnden Blick zu. Doch Frederic ging einfach.

Als er dann am Abrisshaus vorüberkam, war der Mülltonnenlehrer im Hof dabei, den Tonnen das Futur II beizubringen, während auf seiner Schulter das winzige Sandmännchen gähnte.

»Ich werde gesehen haben, du wirst gesehen haben, er wird gesehen haben: videro, videris, viderit.«

Die Tonnen antworteten nicht, sie waren nur Tonnen, wie immer. Frederic schlüpfte durch die Mauerlücke, öffnete die nächste Tonne und steckte ihr das Marmeladenbrötchen ins lebose metallene Maul, das sich mit einem Klicken wieder schloss. Der Mülltonnenlehrer drehte sich erschrocken um.

»Keine Angst.« Frederic lächelte. »Ich verrate Sie nicht. Wir haben alle unsere verrückten Angewohnheiten.«

Er sah sich im Hof um, dessen Pflaster von Moos und Gras überwachsen war. Zersplitterte Blumentöpfe lagen in den Ecken, und die Fenster, die auf den Hof hinaussahen, waren zerbrochen und blind. Dahinter schien es in der Dunkelheit zu wispern.

»Ist Ihnen nicht unheimlich zwischen diesen alten Mauern?«, fragte er den Mülltonnenlehrer.

»Doch, manchmal«, gab der Mülltonnenlehrer zu. »Das Unglück hängt in den Wänden des Hauses. An Regentagen kann man es fühlen.«

»Stimmt es, dass es hier spukt?«

Der Mann zuckte mit den Schultern. »Ich glaube nicht an Geister.«

»Aber … Sie glauben daran, dass man Tonnen Latein lehren kann.«

»Das ist etwas anderes. Geister sind nur eine Ausrede. Eine Ausrede für das Vergangene, das man nicht loswird.« Er wandte sich wieder den Tonnen zu: »Was heißt: Er wird unglücklich gewesen sein?«

Die Tonnen antworteten noch immer nicht.

»Störrische Biester!«, schimpfte der Mülltonnenlehrer. Doch da war Frederic schon zurück auf den Weg geschlüpft, weg von dem Unglück, das im Abrisshaus in den Wänden hing. Es hatte nichts mit seiner Geschichte zu tun.

Dachte er.

Als Frederic kurz darauf durch das Portal mit den pausbäckigen Engeln ging, wurden seine Hände feucht vor Aufregung. Hatte Bruhns gemerkt, dass jemand die Träume zurückgestohlen hatte? Oder glaubte er, sie wären aus der Maschine herausgefallen? Er musste die Träume loswerden, ehe Bruhns ihn verdächtigen konnte. Er musste Änna beiseitenehmen und sie fragen, ob sie an diesem Nachmittag zu Hause sei … ein *Mädchen* fragen, ob es nachmittags zu Hause sei?

»Reiß dich zusammen«, sagte Frederic laut zu sich selbst, »das ist nun wirklich zurzeit dein kleinstes Problem.«

Aber er kam nicht dazu, Änna zu fragen. Änna war nicht mehr da. Das hieß: Rein äußerlich war Änna natürlich da. Sie saß auf

82

ihrem Platz ganz hinten am Fenster und sah hinaus. Aber als Frederic sich umdrehte und ihren Blick suchte, waren ihre Augen so leer, als hätte jemand alles dahinter ausgewischt. In der Pausenhalle hingen jetzt die Bilder von den Karotten und den Lehrern. Frederics Bild hatten sie nicht aufgehängt. Aber in der Pause entdeckte er Ännas Bild. Änna stand gerade davor und runzelte die Stirn. Es war, als versuchte sie, sich an etwas zu erinnern.

»He, Änna«, sagte Frederic. Sie zuckte zusammen.

»Warum hast du die Flügel gemalt?«, fragte er leise.

»Flügel?« Sie sah ihn an, erstaunt. »Sind es … Flügel? Das Gelbe?«

»Ich glaube. Die Spitzen von Flügeln. Der Rest ist hinter Kahlhorsts Rücken verborgen. Wie bist du darauf gekommen?«

»Ich … weiß es nicht«, sagte sie. »Ich weiß nur noch, dass ich etwas Gelbes gemalt habe. Es ist Unsinn. Menschen haben keine Flügel.«

»Vielleicht doch«, meinte Frederic.

Änna schüttelte langsam den Kopf. »Du redest komisches Zeug«, sagte sie und ließ ihn stehen.

Frederic hielt sie am Arm zurück, und er merkte, wie sie sich unter seiner Hand verspannte, ängstlich, auf der Hut.

»Du hast gesagt, du hättest gesehen, wie Josephine mich gebissen hat«, flüsterte er eindringlich. »In der Deutscharbeit am Montag. Weißt du das noch?«

»Du spinnst«, flüsterte Änna. »Wieso sollte sie dich beißen?«

Sie schlüpfte aus seinem Griff und verschwand im Gedränge. Frederic sah sich um. Er drohte in dem Meer aus ideenlosen, traumlosen Gesichtern zu ertrinken, die an ihm vorbeifluteten.

Zum ersten Mal stellte er sich die Frage: Warum nicht auch ich? Warum hat Bruhns meine Träume nie gestohlen? Denn dass er das nicht getan hatte, war klar. Die Träume, so hatte Bruhns selbst in jener Nacht gesagt, sind der Nährboden für eigene Ideen. Und Frederics Kopf war bis zum Rand voll mit Ideen.

In der letzten Stunde schrieben sie eine Lateinarbeit, die offenbar vorverlegt worden war. Aber da Claudius nur in Fischblasen sprach, hatte Frederic das nicht mitbekommen. Er übersetzte lauter Dinge, die keinen Sinn ergaben (»Herkules wird den Beamten beleuchten« – was zum Teufel tat Herkules mit einem Beamten? Und warum hatte er »einen kleinen Knochen im Gesicht ...«?), und gab ein beinahe weißes Blatt ab. Bruhns sah er den ganzen Tag über nicht. Vielleicht saß er zu Hause und suchte in den geheimnisvollen Kanälen der Maschine nach den verloren gegangenen Träumen?

Nach der Schule folgte Frederic Änna, um sie endlich zu fragen, ob sie nachmittags zu Hause sein würde. Leider verwickelte Josephine ihn in ein Gespräch über lateinische Verben, das er abwechselnd mit »unregelmäßig« und »Konjunktiv« beantwortete, ohne ihr zuzuhören. Und so holte er Änna erst kurz hinter dem Schultor ein. Sie war gerade dabei, in ein Auto zu steigen. Hinten in dem Auto türmten sich Koffer und Taschen.

»Änna ...«, begann Frederic und merkte, dass er sie schon wieder am Arm festhielt. Es wurde ihm offenbar zur Gewohnheit, sie am Arm festzuhalten. Änna wurde es zur Gewohnheit, ihm den Arm zu entwinden.

»*Was* denn?«, fragte sie, schon halb versunken in den Rücksitz des Autos.

»Fahrt ihr weg?«

»Übers Wochenende. Verwandtenbesuch«, antwortete sie.

»Wer ist denn der junge Herr?«, fragte Ännas Vater vom Fahrersitz.

»Willst du ihn uns nicht vorstellen?«, fragte ihre Mutter vom Beifahrersitz.

»Nein«, sagte Änna leise, aber bestimmt. »Frederic. Ich würde jetzt gerne die Autotür schließen.«

»Aber …«, sagte Frederic. Aber was? Was wollte er ihr sagen? Du kannst jetzt nicht wegfahren, ich habe deine Träume bei mir zu Hause im Kleiderschrank?

Er seufzte und trat einen Schritt zurück. Die Autotür fiel mit einem Krachen ins Schloss. Frederic murmelte ein sinnbefreites »Viel Spaß dann noch« und sah zu, wie Ännas Vater das Auto wendete. Als er einen Blick auf sein Gesicht erhaschte, erschrak Frederic. Er hatte die Augen fest geschlossen. Genau wie seine Frau. Sorglos. So fuhren Ännas Eltern zu ihrem Verwandtenbesuch, fröhlich, lächelnd und blind für das, was zählte. Und hinten im Auto saß ihre Tochter und hatte keine Träume mehr.

Als Frederic nach Hause kam, raschelte es im Kleiderschrank. Er nahm die Stofftasche heraus und betrachtete sie lange. Wie konnten die Träume eines Menschen nur alle in eine Stofftasche passen? Mussten sie dazu nicht unendlich dicht zusammengepresst sein? Beinahe war ihm, als könnte er spüren, wie die Nähte der Tasche knackten und sie sich dehnte, mit jeder Minute mehr. Hoffentlich platzte die Tasche nicht irgendwann.

Dieses Wochenende wurde das längste, das Frederic je erlebt hatte. Die Minuten krochen auf schweren Füßen vorbei und schienen Frederic zu verhöhnen. Es regnete ununterbrochen. *An Regentagen,* hatte der Tonnenlehrer gesagt, *kann man das Unglück in den Wänden des Abrisshauses fühlen …*

Am Samstagvormittag ließ Frederic die Tasche für eine Stunde aus den Augen, um zurück zu Bruhns' Haus zu fahren. Bruhns putzte in der Garage sein sauberes Auto. Von der Maschine keine Spur. Wäre die Stofftasche nicht gewesen, Frederic hätte schließlich doch geglaubt, er hätte sich das Ganze eingebildet.

Am Sonntagmorgen schließlich begann etwas, aus der Tasche herauszuwachsen. Es schob sich durch die engen Maschen im Stoff – etwas wie dünne Fäden. Am Sonntagnachmittag sah Frederic, dass es Wurzeln waren. Er rupfte die Tasche jetzt alle halbe Stunde vom Schreibtisch, wo sie versuchte, festzuwachsen. Zwei der Wurzeln krochen in einem unbeobachteten Moment über den Fußboden, unter Frederics Zimmertür hindurch und ins Bad.

Er erwischte sie dabei, wie sie den Wasserhahn öffneten und gierig tranken. Von da an goss er die Tasche ab und zu. Er traute sich nicht, die Wurzeln einfach abzuschneiden, denn er wollte Ännas Träume nicht verletzen. Hätte er nur gewusst, ob es gute oder böse Träume waren! Vermutlich brauchte sie auch die bösen.

In der Nacht zum Montag legte Frederic die Tasche zurück in den Kleiderschrank, den er zu diesem Zweck freigeräumt hatte. Doch er stellte sich seinen Wecker und zupfte einmal pro Stunde alle Fadenwurzeln aus dem Holz des Schrankfachs.

Am Morgen grinste ihn aus dem Spiegel die gleiche übermüdete Fratze an wie schon am Freitag. Und Frederic war beinahe ein bisschen böse auf Änna. Es wurde höchste Zeit, dass er ihre Träume loswurde. Wie sollte er jemals mehr über Bork Bruhns und seine Maschine herausfinden, wenn er ständig auf eine blöde Stofftasche aufpassen musste, die es sich in den Kopf gesetzt hatte, bei ihm Wurzeln zu schlagen?

»Ich bin doch nicht das Kindermädchen für anderer Leute Träume«, knurrte er und steckte die Stofftasche ganz unten in seinen Schulrucksack. Es war gefährlich. Es war dumm. Aber es war notwendig. Er würde versuchen, Änna die Tasche irgendwann an diesem Vormittag zurückzugeben.

Claudius sprach in Blasen vom Ergebnis der Lateinarbeit. Frederic sah aus dem Fenster. Er bekam eine Fünf, und Claudius blubberte ihm vorwurfsvoll ins Gesicht. Frederic nickte höflich, ohne ein Wort zu verstehen. In Claudius' Karpfenbart hatten sich einige Algen verfangen – vielleicht Überreste seines Frühstücks. Josephine wedelte mit einer Eins, und als sie nach dem Pausenklingeln an Frederic vorüberging, streckte sie blitzschnell ihre Maulfinger aus und biss ihn mit zwei von ihnen in die linke Schulter. Frederic drehte sich genauso schnell um und wollte ihr seine Faust in den Magen rammen. Doch dann ließ er es. Er schenkte ihr ein breites Lächeln, sah die Verwirrung in ihrem Gesicht und beglückwünschte sich innerlich. Ein gutes Zeichen. Und verdammt noch mal, er konnte eines gebrauchen.

Er krallte seine Finger in die Plastiktüte, in die er die Stofftasche gepackt hatte, damit niemand ihre Wurzeln sah, und folgte Änna aus dem Klassenzimmer. Sie schleifte ihre Eisen-kette den Flur entlang zur Toilette und Frederic triumphierte.

Während er wartete, gingen die letzten Schüler und Lehrer durch den Flur, und schließlich war er leer – leer bis auf Frederic und eine Tasche voller zusammengedrängter Träume (»*kompri-miert*«, hätte Bruhns gesagt).

Die Stimmen der anderen quollen durch ein gekipptes Fens-ter vom Hof herauf. Er sah die vertrauten Fingerblätter der Kastanie im Wind schaukeln. Seine Hände schwitzten.

Und dann öffnete sich die Tür zum Mädchenklo und Änna trat heraus. Sie sah ihn sofort. Und in ihren grauen Augen blitzte die Furcht auf. Sie wollte an ihm vorbeischlüpfen, doch er versperrte ihr den Weg. Was dachte sie in diesem Moment?

Die Furcht in ihren Augen wuchs, und es war, als griffe sie nach ihm.

»Was willst du?«, fragte Änna mit ganz kleiner Stimme. Sie sah sich um. Es war niemand da, der ihr Frederic vom Leib halten konnte.

»Ich muss mit dir reden«, sagte Frederic. »Es ist wichtig. Aber nicht hier.«

»Lass mich vorbei.«

»Nein.«

Er packte ihr Handgelenk. Er war stärker als sie. Es war ihm zuwider, sie festzuhalten. Er schleifte sie halb den Flur entlang, führte sie die schmalen Hintertreppen hinunter, tiefer, tiefer, bis in den Keller, wo sie nur einmal die Woche Werken hatte. Mod-rige, abgestandene Luft empfing sie. Frederic fand einen Licht-schalter, und eine fahle Neonröhre flackerte an der Wand auf.

»Ich schreie«, sagte Änna. »Wenn …«

»Wenn was?«, flüsterte er. »Was glaubst du, habe ich vor?«
Er schüttelte den Kopf, verzweifelt. »Bitte, bleib!«

Er musste sie loslassen. Er brauchte beide Hände, um die
Stofftasche zu entknoten. Seine Augen suchten in den ihren
etwas hinter der Wand aus Furcht. Er gab Änna frei und
sie machte einen Schritt rückwärts. Jetzt wird sie wegrennen,
dachte er. Aber sie blieb stehen und beobachtete, wie er die
Stofftasche aus der Plastiktüte nahm, wie er sich an dem Knoten zu schaffen machte.

»Was wird geschehen, wenn du sie öffnest?«, flüsterte sie.

»Ich weiß es nicht«, antwortete er ehrlich.

Und dann glitt der Knoten auseinander, und –

»Was ist das?«, hörte er Änna fragen. Er konnte sie nicht
mehr sehen. Etwas floss, glitt, flatterte an ihm vorüber, füllte die
Luft, schloss das kranke Neonlicht aus, schloss überhaupt alles
aus. Es war, als stünden sie in einer Schneekugel. Und dann
legte sich der Schneekugelschnee. Doch es war kein Schnee, in
dem Frederic und Änna standen. Es war eine unendlich weite
Blumenwiese. Ihre hüfthohen Blüten ergossen sich überschäu-
mend bis an die Wände des breiten Kellergangs und ließen
nichts von seinem kalten Steinboden übrig. Zuerst dachte Frederic, es wäre ein Feld voller Sonnenblumen, doch als er genauer hinsah, merkte er, dass die Blüten nicht aus Blütenblät-
tern bestanden, sondern aus gelben Federn. In ihrer Mitte lagen
Zentren aus glänzendem Spiegelglas. Frederic beugte sich über
eine der Blumen und sah sich selbst und Änna darin. Auf Ännas
Spiegelgesicht lag ein zaghaftes, ungläubiges Lächeln.

»Das – das war alles in meinem Traum neulich«, flüsterte sie.
»Ich hatte es vergessen, aber jetzt erinnere ich mich.«

Frederic nickte. »Du hattest es nicht vergessen«, sagte er. »Jemand hat den Traum gestohlen. Ihn und eine ganze Menge andere.«

»Andere Träume?« Änna sah sich um. Hier und da tauchten aus dem hohen Blumenfeld Wesen und Gegenstände auf, um gleich wieder darin zu verschwinden: Frederic sah für Bruchteile von Sekunden die Ohren eines himmelblauen Kaninchens, den Kopf von Ännas Mutter mit einem unsinnig breiten Hut aus liniertem Schulpapier, eine überdimensionale Flasche, die der seinen mit dem Vitamin-A-Extrakt erstaunlich ähnlich sah …

»Von diesen Dingen habe ich noch nicht geträumt«, sagte Änna. »Vielleicht träume ich später von ihnen.«

Frederic nickte. »Die Blumen sehen aus wie die Flügel auf deinem Lehrerbild. Woher weißt du, dass Kahlhorst Flügel hat?«

»Hat er welche?« Sie sah ihn an, nachdenklich. »Ich hab es irgendwie gespürt«, antwortete sie nach einer Weile. Dann wandte sie sich wieder dem Feld zu. »Woher kommen all die kahlen Flecke?«, fragte sie. »Sie sehen irgendwie verbrannt aus. Davon habe ich nicht geträumt.«

»Vielleicht«, sagte Frederic, »kommen sie von der Maschine. Möglicherweise macht sie die Träume an manchen Stellen kaputt, wenn sie zu nahe an ihrem glühenden Motor vorbeigepumpt werden.«

»Welche Maschine?«, fragte Änna. Ihre Stimme klang, als spräche sie im Traum. Bei diesem Gedanken fiel Frederic wieder ein, weshalb sie eigentlich hier waren.

»Du musst das alles wieder an dich nehmen«, sagte er, ohne

ihre Frage zu beantworten. »Ehe die Pause vorbei ist. Ehe jemand uns hier unten findet. Ich weiß zwar nicht, wie ...«

Änna ließ ihren Blick über das Feld aus gelben Blumen schweifen. Es wuchsen nicht nur gelb gefiederte Sonnenblumen um sie herum, sondern auch Sonnenuhren an langen Stielen. Frederic sah die Schatten ihrer Zeiger wandern, obgleich es hier im Keller keine Sonne gab.

»Sie wandern zu schnell«, flüsterte Änna. »Vielleicht wollen sie sagen: Die Zeit drängt. Warum, Frederic?«

Er zuckte mit den Schultern, abermals ratlos, und in diesem Moment begann das Blumenfeld, ganz von selbst in Änna hineinzufließen. Es wurde zusammengerafft wie eine Tischdecke, an deren Ecken jemand zieht, und verschwand in ihren Augen. Sie sah das Feld in sich hinein wie ein Staubsauger, mitsamt den darin verborgenen Wesen, die noch geträumt werden sollten. Frederic vergaß vor Verblüffung sogar, den Kopf zu schütteln.

Sekunden später war der Keller wieder leer und das kranke Neonlicht setzte sich zurück auf die Wände wie ein schleimiger Belag. Zu Frederics Füßen lag die leere Stofftasche. Er sah Änna an, die noch immer neben ihm stand. Ihre Augen hatten sich verändert. Da war wieder dieses geheime Leuchten in ihnen.

»Frederic«, wisperte sie. »Was ...? Habe ich das eben geträumt? Die Sonnenblumen voller Federn? Die Uhren?«

»Ja«, sagte er. »Ja, das hast du wohl geträumt.«

In diesem Augenblick – oder war es ein Ohrenhör? – klingelte die Schulglocke den Tod der Pause ein. Frederic legte eine Hand auf Ännas Schulter; ganz kurz, ganz leicht.

»Tu so«, wisperte er, »als hättest du die Träume nicht zurück-bekommen. Tu so, als hättest du keine einzige eigene Idee in deinem Kopf. Widersprich keinem.«

»Ich verstehe nicht. Wer hat sie mir weggenommen? Und was haben die Träume mit den Ideen zu tun?«

»Alles«, antwortete Frederic. »Ich erkläre es dir, wenn ich es selbst komplett verstanden habe.«

Als Frederic und Änna sich längst wieder auf der Treppe befan-den, gingen hallende Schritte durch die Reste des zeitgeschalte-ten Neonlichts im Keller.

»… finde ich es doch eine skurrile Idee, Karotten und Lehrer auf Bildern parallel zu postieren«, sagte HD Bruhns gerade. »Von jetzt an lassen Sie unsere jungen Künstler Stillleben malen. Pfirsiche. Äpfel. Antike Amphoren voll Vanillepudding. Wenn es sein muss, Schokoladenpudding.«

»Wie Sie wünschen, Herr Direktor«, antwortete Kahlhorst. Hätte Bruhns die bunten Flügel gesehen, die Zentimeter für Zentimeter auf seinem Rücken nachwuchsen, hätte ihn das si-cher beunruhigt.

Auf dem kalten Kellerboden leuchtete etwas Gelbes. Kahl-horst entdeckte es bereits von Weitem. Kunstlehrer haben gute Augen, vor allem für Farben.

»Die Decke hier muss unbedingt mal wieder gestrichen werden«, sagte Kahlhorst. HD Bruhns hob den Blick zur De-cke, und Kahlhorst trat rasch auf das Gelbe, ehe auch Bruhns es sah.

»Tatsächlich?«, fragte der HD. »Dann streichen Sie sie.« Er

warf einen Blick auf die Uhr. »Ich muss weiter. Und wenn Sie mit Ton arbeiten: Lassen Sie die Schüler keine zu absurden Dinge aus Ton kreieren. Vasen, Kahlhorst. Einfache Vasen.«

Kahlhorst nickte. Erst als Bork Bruhns und sein ungewöhnlich dunkler Schatten die Treppe hinauf verschwunden waren, trat er beiseite und hob das Farbige auf, das jetzt etwas zerknautscht aussah. Es war eine Blüte, ganz aus sonnengelben Federn. In ihrer Mitte glänzte ein runder Spiegel, in den Kahlhorsts eiliger Schuh ein Netz aus feinen Spinnenrissen getreten hatte. Aus diesem Netz blickte ihm sein eigenes Gesicht entgegen, gefangen wie eine Fliege.

»Seltsam«, sagte Kahlhorst zu sich selbst. »Überaus seltsam.«

Er glättete die Blüte behutsam und steckte sie in die Tasche seines abgewetzten Jacketts. »Stillleben«, murmelte er. »Vasen. Okay. Aber *wieso* Vanillepudding?«

Nachdem am Wochenende gar nichts geschehen war, geschah an diesem Montag alles auf einmal. Frederic sah in der sechsten Stunde aus dem Fenster und träumte (genau wie in der fünften, vierten, dritten und überhaupt in jeder Stunde), als er unter den Bäumen an der Mauer eine Bewegung bemerkte. Jemand stand da im Schatten, jemand, der beinahe mit diesem Schatten verschmolz und sich viel Mühe gab, genau das zu tun. Er musste schon eine ganze Weile dort stehen, denn Frederic hatte ihn nicht kommen sehen. Was den Jemand verriet, war nicht sein Körper, denn er trug einen dunkelgrauen Anzug, der Teil der Mauer hätte sein können. Was ihn verriet, war sein eigener Schatten. Ein Schatten, dunkler als die Schatten der Bäume, tiefer und schwärzer. Etwas Helles blitzte im Schatten auf und war wieder fort. Zähne. Es war niemand anderer als HD Bruhns.

Warum versteckte sich Bruhns auf seinem eigenen Schulhof?

Jetzt, wo Frederic wusste, dass er da war, war es ein Leichtes, ihn zu beobachten. Der Direktor wippte unruhig auf den glänzenden schwarzen Schuhen, warf einen Blick auf die Armbanduhr … Er wartete.

Frederic sah den, auf den er wartete, ehe Bruhns ihn sah. Er stieg aus einem der zerborstenen Fenster des Abrisshauses neben St. Isaac. Dann kletterte er auf die Mauer. Es war ein alter Mann, sein Gesicht faltig und knitterig wie zerknülltes Papier. Unter dem Arm trug er eine lederne Aktentasche und auf dem Kopf einen verbeulten Hut. Überhaupt alles an ihm erschien verbeult oder gebraucht: das graue Hemd, das vielleicht einst weiß gewesen war, die weinrote Weste, deren Knöpfe fehlten, das Jackett, das an den Schultern und Ellenbogen speckig glänzte. Dennoch strahlte der alte Herr eine gewisse Würde aus, während er die Mauer entlangbalancierte, in einer Hand einen Gehstock mit gekrümmtem Griff. Was hatte ein alter, abgewetzter Mann im Abrisshaus zu suchen, wo außer streunenden Katzen nur noch das Unglück in den Wänden wohnte? Jetzt hatte er Bruhns erreicht …

»Frederic«, sagte die Meier-Travlinski, »du möchtest uns sicher erklären, wie man dieses Klimadiagramm auswerten kann.«

Frederic riss seinen Blick vom Schulhof los und versuchte zu begreifen, worum es ging. Die Meier-Travlinski starrte ihn an und schien darauf zu warten, dass er irgendetwas tat. Über ihr

94

Gesicht zog sich eine feine Zeichnung von Linien, und Frederic betrachtete sie interessiert. Es waren Breiten- und Längengrade. Der Nullmeridian verlief genau über die Nasenspitze der Meier-Travlinski.

»Weißt du überhaupt, auf welcher Seite im Buch wir sind?«, fragte sie schließlich.

Frederic hörte, wie sich jemand räusperte, und sah sich um. Änna. Sie hatte sich in seine Richtung gebeugt und schien Luft zu holen, um ihm die Seitenzahl zuzuflüstern, doch Frederic schüttelte kaum merklich den Kopf. Änna begriff, sank in ihre gewöhnliche, teilnahmslose Position zurück und schwieg.

Im Spiegel sah Frederic, wie Josephine ihre scharfen Augen wieder von Änna abwandte. Sie durfte es nicht merken. Sie durfte nicht merken, dass Änna ihre Träume wiederhatte.

»Seite 35«, sagte die Meier-Travlinski. Frederic schlug Seite 35 auf. Ein sinnloses hellblaues Klimadiagramm reckte sich ihm schadenfroh entgegen. Er musste das hier irgendwie hinter sich bringen, um wieder aus dem Fenster sehen zu können. Mist. Er hatte keine Ahnung, was die Linien in dem Diagramm bedeuteten.

»Regen«, sagte er vage. »Es geht um Regen …« Himmel, war ihm der Regen egal.

»Der Niederschlag«, erklärte die Meier-Travlinski spitz, »ist nun das *Einzige*, das nicht in dem Diagramm verzeichnet ist.« Die Klasse lachte schallend.

»Genau das meine ich«, sagte Frederic. »Dass er nicht verzeichnet ist. Er fehlt. In einem Klimadiagramm sollte der Niederschlag verzeichnet sein.«

Der Nullmeridian der Meier-Travlinski zuckte, als sie die

Nase nachdenklich krauste. »Da hast du allerdings nicht ganz unrecht.«

Frederic atmete auf. Die Eisenhand des starken Georgs schnellte in die Höhe wie eine Feder, Josephine meldete sich ebenfalls, und so zog die Meier-Travlinski ihre Aufmerksamkeit von Frederic ab wie eine feindliche Armee. Uff. Er wartete, bis er sicher sein konnte, dass die Aufmerksamkeit an anderer Front kämpfte, dann lenkte er seinen Blick wieder aus dem Fenster, hinab in den Hof.

Dort stand der alte Herr jetzt neben Bruhns. Er reichte ihm kaum bis ans Kinn. Die beiden waren in ein Gespräch vertieft, und Bruhns Zähne blitzten wieder. Schließlich schüttelten sie sich die Hände. Die Hand des Alten war rheumatisch und gekrümmt, Bruhns' Hand schlank und blass wie ein Fisch. Einen Moment später sah der HD sich um, vergewisserte sich, dass niemand ihn beobachtete, und überquerte den Hof mit seinen langen, gebügelten Schritten, um durch die Vordertür wieder in sein offizielles Leben als Direktor einzutreten.

War er wirklich so dumm, dass er die Fenster des Gebäudes vergessen hatte? Nein, sagte Frederic sich. Niemand *sah* aus diesen Fenstern. Niemand in St. Isaac kam auf die Idee, während des Unterrichts aus dem Fenster statt an die Tafel zu sehen. Niemand außer ihm.

Der alte Herr unten im Schulhof kletterte zurück auf die Mauer. Doch er verschwand nicht wieder durch die Fenster des Abrisshauses. Er stieg auf der anderen Seite der Mauer in einen Bus, der gerade dort hielt. Frederic entzifferte die Nummer 13 auf der Anzeige. Er sah auf die Uhr. In zehn Minuten würde die Schulglocke klingeln. Zehn Minuten waren zu lang. Er hob die

Hand, und die sorgsam gezupften Augenbrauen der Meier-Travlinski schnellten erstaunt in die Höhe.

»Frederic?«, fragte sie. »Du möchtest etwas anmerken? Ich meine: Sehe ich richtig? Du meldest dich freiwillig?«

»Ich muss heute früher gehen«, sagte Frederic. »Der Neffe des Enkels meines Großvaters mütterlicherseits feiert seinen hundertsten Todestag und ist krank.«

Damit stand er auf, nahm seinen Rucksack und machte sich auf den Weg zur Tür.

Die Meier-Travlinski starrte ihm mit offenem Mund nach. »Aber das …«, begann sie.

»Vielen Dank für Ihr Verständnis«, sagte Frederic und schloss die Klassenzimmertür mit einem leisen Klicken hinter sich. Das Letzte, was er sah, war Ännas Gesicht. Er hoffte inständig, dass außer ihm niemand das Grinsen bemerkte, das in ihrem rechten Mundwinkel zuckte.

Beim Hoftor warf er einen raschen Blick zurück zu den ehrwürdigen Mauern von St. Isaac. Die steinernen Engel über dem Haupteingang schienen ihm zuzublinzeln. Vielleicht hatten auch sie Bruhns Schatten satt, der jeden Tag den Boden unter ihnen verdunkelte. Vielleicht hatten sie die Stille satt, die das Gelächter früherer Zeiten ersetzte. Vielleicht hatten sie die gesitteten Gespräche der zukünftigen Firmenchefs und Politiker satt. Vielleicht hatten sie Josephine und ihre bissigen Hände satt. Vielleicht dachten die steinernen Engel, es würde Zeit, dass jemand sie bunt anmalte.

Der Bus Nummer 13 fuhr alle sieben Minuten. Frederic setzte sich nach hinten. Ihm blieb nicht einmal Zeit, eine Fahrkarte zu kaufen. Hoffentlich kam kein Kontrolleur vorbei. Im Bus grinste ein Aufkleber, der erklärte, schwarzfahrende Kleinverbrecher hätten vierzig Euro extra zu bezahlen. Frederic ignorierte den Aufkleber und sah aus dem Fenster, wo der Oktober die Straßen mit rotem Laub schmückte. Oktober-Passanten zogen ihre Oktober-Schals enger und niesten in Oktober-Taschentücher. Vor den Gemüseläden strahlten orangefarbene Oktober-Kürbisse, vor den Kleidergeschäften drängelten sich rotnasige Oktober-Frauen, und Kindergartenkinder trugen Oktober-Drachen unter den kurzen Armen.

Frederic suchte die Bürgersteige nach einem alten Herrn mit Stock und Aktentasche ab. Wo war der Alte ausgestiegen? Frederics Chance, ihn wiederzufinden, kam dem Nullwert bedrohlich nahe. Trotzdem. Der Bus bog in die Innenstadt ab, schlängelte sich durch schmale Gassen und hielt schließlich am Marktplatz, wo der Fahrer verkündete, dies wäre die Endhaltestelle. Dann zündete er sich unter dem Rauchverbotsschild eine Zigarette an.

Frederic stieg aus und stand eine Weile unschlüssig auf dem Kopfsteinpflaster des Marktplatzes herum. Verdammt. Der Alte war nicht hier. Und selbst wenn er hier war, würde er ihm wohl kaum im nächsten Moment auf die Schulter tippen. Enttäuscht ließ sich Frederic von der Menschenmenge zwischen die Marktstände fluten.

Er kam genau fünf Meter weit.

Dann tippte ihm jemand auf die Schulter.

Frederic fuhr herum und blickte in ein altes, faltiges Gesicht. Eine Hutkrempe verschattete die durchdringenden blauen Augen, und unter dem Gesicht kämpfte eine fleckige weinrote Weste mit einem angegrauten Hemd um die optische Vorherrschaft.

»Junger Mann«, sagte der Alte, seine Stimme knitterig wie eine stark gebrauchte Zeitung. »Kannst du mir sagen, wo ich Stecknadeln finde?«

»Stecknadeln?« Frederic starrte ihn an. *Frag ihn!*, rief eine verzweifelte Stimme in seinem Kopf. *Frag ihn, frag ihn!*

Der alte Herr hielt eine Liste in der Hand. »Und Fischköpfe«, sagte er.

»Fischköpfe?« *Hör auf, seine Worte zu wiederholen! Frag ihn, was er mit Bruhns besprochen hat! Frag ihn, was er im Abrisshaus getan hat! FRAG IHN!*

»Und Haarschleifen«, murmelte der Alte, »in Lila und Blassblau.«

Frederic versuchte, die Schrift auf der Liste zu entziffern.

»Rohes Steak«, las er laut. »Blutwurst, Knochen, Innereien … dahinten ist ein Metzger. Haben Sie eine Hundezucht oder so was?«

Eine Kleinhundezucht: die Haarschleifen. Investierte Bruhns das Privatschulgeld in eine Hundeschule voller Pekinesen und Rehpinscher?

Doch der alte Herr schüttelte den Kopf. »Keine Hunde. Wo kriege ich schwarze Tinte? Und Dinge wie Wut, Angst oder schwere Schritte? Außerdem bräuchte ich hundert Gramm Donnergrollen.«

Frederic musterte ihn perplex. »Vielleicht versuchen Sie's mal mit Beethoven? Dahinten ist ein Musikladen.«

»Schön. Dann hätten wir da noch eine Handvoll frischer Blütenblätter, fünfundzwanzig rote Rosen, drei Englischlehrbücher, einen Stromausfall, zwei Eimer Strandsand, drei Meter weiße Seide …«

Der alte, gekrümmte Finger wanderte über die Liste. »Zwei festkochende Bananen, ein Glas saure Gurken … und eine tote Katze.«

Frederic schüttelte den Kopf. »Das begreife ich nicht. Wo ist der Zusammenhang?«

»Ich habe keine Ahnung«, antwortete der Alte. Seine durchdringenden Augen schienen sich in Frederics Gesicht festzusaugen, und er musste sich zwingen, dem Blick nicht auszuweichen. Tote Katzen. Schwere Schritte. Der Alte war verrückt, kein Zweifel.

»Ich mache mich besser auf den Weg«, sagte der Mann jetzt. »Sie warten.« Damit drehte der Alte sich um und verschwand in der Menge, den Gehstock eilig schwingend.

»Wer?«, fragte Frederic seinen sich entfernenden Rücken. »*Wer* wartet?«

Er hechtete dem alten Herrn nach, schob gereizte Kinderwagen und geblümte Hausfrauen zur Seite, schlängelte sich zwischen Einkaufsnetzen und quengelnden Kleinkindern durch.

»Moment!«, rief Frederic. »Ich muss Sie etwas fragen! Was hat Bruhns …«

Der Alte drehte sich ruckartig um. Seine Augen trafen die von Frederic ein letztes Mal, und diesmal sah Frederic Furcht darin aufglimmen. War es der Name, der den Alten zusammenzucken ließ? Der Mann schlüpfte hastig durch eine Lücke zwischen zwei Gemüseständen in die nächste Marktgasse, und Frederic sprintete ihm nach. Hier standen die Blumenverkäuferinnen und zwischen ihnen ein paar dauergewellte Hobbygärtnerinnen, die fachkundig Ritterspornblüten darauf prüften, ob sie fest- oder mehlig kochend waren. Frederic blickte sich suchend um. Von dem alten Herrn jedoch gab es keine Spur – es war, als hätte der Erdboden ihn verschluckt.

Aber der Erdboden, das ist allgemein bekannt, verschluckt trotz der schönen Redensart nur auf Vulkaninseln Leute, und auch dort ist es im Allgemeinen selten.

5. Kapitel

Noch acht Tage

»Ich hätte ihn gleich fragen sollen«, sagt Frederic. »Vielleicht wäre alles viel einfacher gewesen, wenn ich es getan hätte.«

»Vielleicht. Aber dann hätten wir nicht so viel zu erzählen.«

»Warum ringt man sich immer erst dazu durch, etwas zu tun, wenn es zu spät ist?«

»Ich weiß nicht. Es scheint dir häufiger zu passieren.«

»Wann denn noch?«

»Na jetzt, im fünften Kapitel. Du hättest Änna gleich am nächsten Tag alles erzählen können. Von der Maschine und Bork Bruhns' Zähnen und allem. Aber du hast es nicht getan. Stattdessen hast du gewartet, bis du beinahe in den dunklen …«

Frederic legt den Finger an die Lippen. »Noch nicht! Du hast doch gesagt, es kommt erst im fünften Kapitel.«

»Aber wir sind im fünften Kapitel. Es fängt gerade an.«

»Ach so? Dann bin ich ja gespannt, was du so schreiben wirst.«

Frederic blinzelte eine Weile, als könnte er den alten Mann durch Blinzeln zurückrufen. Überflüssig zu sagen, dass es nicht gelang.

»Suchst du was?«, erkundigte sich eine ausladende Frau, die mit einer blauen Schürze in einem Wald aus Astern und Dahlien stand.

»Haben Sie zufällig gerade einen alten Herrn mit einem Gehstock gesehen?«, fragte Frederic durch die Blumen. »Und mit einer weinroten Weste, an der die Knöpfe fehlen? Er müsste gerade hier aus dem Durchgang zwischen den Ständen gekommen sein.«

Die Frau schüttelte den Kopf. »Nein. Habe ich zufällig gerade nicht.« Sie lachte. »Du siehst aus, als wärst du einem Geist begegnet!«

»Hm«, machte Frederic nachdenklich. »Wer weiß.«

Da nahm die Frau drei große Sonnenblumen aus einem Eimer. Ihre Blätter waren schon leicht welk, aber noch schienen sie in ihren Händen wie kleine Kreise aus Lichtstrahlen.

»Hier«, sagte sie und reichte Frederic die drei Sonnenblumen. »Ich schenk sie dir.«

Frederic bezweifelte, dass drei Sonnenblumen sein Problem lösen würden, nickte aber höflich und nahm sie. Man konnte nie wissen.

Er ging zu Fuß, um besser nachdenken zu können. Tote Katzen, Donnergrollen und Gurken. Während er weiterhin versuchte, den Zusammenhang zwischen ihnen zu finden, trugen ihn seine Füße ganz von selbst in das Viertel, durch das er nachts mit dem Rad gefahren war. Hätte er nur mit jemandem über alles reden können! Bei Tag sahen die Straßen freundlich und hell aus, die Hauseingänge hatten nichts Beunruhigendes, nur Briefkastenklappen, und der Himmel war hoch und blau. Er merkte erst, wo er war, als sich vor ihm die Wand erhob, an die er Donnerstagnacht sein Fahrrad gelehnt hatte.

Mark, Hedwig und Änna Blumenthal, verkündete das bekannte Schild an der Klingel. Frederic schluckte. Er sah an der mit Rosen bewachsenen Fassade empor.

Regte sich dort oben nicht ein Vorhang? Beobachtete ihn jemand? Das Fenster zu Ännas Zimmer ging auf den Hinterhof hinaus …

»Na, Kleener, hat jemand Geburtstag? Für wen sind denn die Blumen?«

Frederic zuckte zusammen. Hinter ihm stand eine der Frauen, die von Beruf Nachbarin sind. Anstelle von Augen besaß sie ein Fernglas, und ihre Ohren waren unnatürlich groß.

»Ich – ja – äh«, stotterte er und starrte die Sonnenblumen in seiner Hand an, als sähe er sie zum ersten Mal. »Für meine Tante Hedwig«, sagte er schnell. »Die hat Geburtstag.«

»Ach was? Ich dachte immer, die Frau Blumenthal, die hätte im Dezember Geburtstag.«

»Es ist ein etwas verspäteter Strauß«, erklärte Frederic eilig und kam sich ungefähr so intelligent vor wie ein Ofenrohr. »Oder eher ein … etwas verfrühter Strauß. Ich – äh – wollte ihn nur eben abgeben.«

Er legte die drei Sonnenblumen auf das Fußblech vor der Tür.

»Besser, du schreibst eine Notiz dazu«, meinte die Nachbarin und beäugte die Sonnenblumen mit ihren Fernglasaugen. »Sonst weiß die Frau Blumenthal nie und nimmer, warum sie im Oktober Blumen bekommt.«

Frederic nickte und kramte in seiner Hosentasche. Das Einzige, das er fand, war eine alte Busfahrkarte. Die Nachbarin grub aus der geräumigen Tasche ihrer Strickjacke einen Kugelschreiber aus und beugte sich neugierig vor, als Frederic mit der Wand als Unterlage zu schreiben begann. Zuerst wollte er etwas Unsinniges schreiben: *Für unser Tantchen, von der lieben Cousine Millie* oder *Der Bluntschli im Schlafrock war sehr lecker: in Liebe, Ottokar Müller.* Doch plötzlich fiel ihm etwas anderes ein.

Die Blumen sind, um die Brandlöcher in deinem Feld zu flicken, schrieb er. *Sie sehen fast so aus wie die Blumen aus dem Traum.*

Die Fernglasaugen der Nachbarin fuhren ein paarmal aus und wieder ein wie ein Teleskop und sie schüttelte den Kopf. »Das verstehe ich nicht.«

»Brauchen Sie auch nicht«, sagte Frederic lächelnd und legte den Zettel zu den drei Sonnenblumen. Es würde reichen, wenn Änna es verstand.

In dieser Nacht erwachte Frederic von einem Pfiff. Einem scharfen, durchdringenden Pfiff.

Das Zimmer war dunkel.

Er sah an die Decke, reglos, nur leise atmend.

Jemand war da. Er konnte es spüren. Jemand war ganz nahe. Er hätte gerne den Kopf gewandt, um auf dem Digitalwecker nachzusehen, wie spät es war. Doch er wagte nicht, sich zu bewegen. Er hatte geträumt. Was war das gewesen, in seinem Traum? Einen Moment lang dachte er: *Vanillepudding.* Und er erschrak. Dann erinnerte er sich, dass er von Bruhns' brummender Maschine geträumt hatte. Der Vanillepudding war an den

Seiten aus ihr herausgequollen; eine gelbe, matschige Masse, und als Fyscher versucht hatte, die Maschine vorwärtszusteuern, war sie mit ihren Rädern auf dem eigenen Pudding ausgerutscht. Er sah noch HD Bruhns vor sich, der im Fahrerhäuschen der Maschine saß und eine Sonnenblume festhielt wie einen langen Lolli: Die blitzenden Zähne rissen gierig Blütenblatt um Blütenblatt vom Stängel – er hatte geträumt, und zwar seine eigenen, unverfälschten Träume.

Aber jetzt träumte er nicht mehr, oder? Warum hallte dann das Brummen der Maschine noch immer in seinen Ohren? Er hob den Kopf, Millimeter nur, und da sah er sie: die sieben Schläuche mit den sieben Saugnäpfen an ihren Enden. Die Saugnäpfe waren nicht an seinem Kopf befestigt, sondern verharrten einen Fingerbreit davon entfernt in der Luft, als könnten sie aus irgendeinem Grunde nicht näher kommen.

»Verflixt!«, hörte er jetzt eine bekannte Stimme murmeln. »Es muss doch gehen!«

Eine lange hagere Hand tauchte in seinem Blickfeld auf, ergriff einen der Saugnäpfe und versuchte, ihn an Frederics Stirn zu drücken. Er schloss die Augen bis auf einen Spalt. Niemand durfte merken, dass er wach war. Durch die halb geschlossenen Lider sah er die geschlängelten, bläulichen Adern auf Bruhns Hand im blassen Licht der Nacht.

»Sitzen die Saugnäpfe?«, hörte er Sport-Fyscher vom Fenster her flüstern.

Frederic beobachtete, wie Bruhns den Kopf schüttelte. »Ich begreife das nicht ...«, wisperte er, »... genau wie letztes Mal ...«

»Zuleitung frei, Ableitung frei«, meldete Fyschers Stimme. »Frau Ziesel meldet: Motor läuft. Und: Traum-Auffangsack eingespannt. Daran liegt es nicht.«

»Nein«, wisperte Bruhns, »daran liegt es nicht.«

Er nahm sein Gesicht aus Frederics Blickfeld. »Das gab es noch nie«, flüsterte er. »Nie. Aber bei ihm ist es schon der vierte Versuch.«

»Und sein Vater zahlt nicht einmal das ganze Schulgeld. Sie sollten es aufgeben.«

»Aufgeben?«, zischte Bruhns. »Sicher nicht. Es geht nicht um das Geld. Nicht in diesem Fall. Es geht darum …« Er verstummte. »Darum, wer von uns gewinnt. Er oder ich«, fügte er nach einer Weile hinzu. »Ich lasse mich nicht von einem dummen kleinen Jungen für blöd verkaufen. Er macht mich wütend. Dieser Junge, Fyscher, wird St. Isaac mit einem Einser-Abitur verlassen und Bankchef werden, genau wie alle anderen. Er wird das tun, was man ihm sagt, und keine Fragen mehr stellen und keine Ideen haben. Ich lasse nicht zu, dass jemand meine Pläne durchkreuzt. Ich …«

»Pst! Herr Direktor Bruhns! Nicht so laut!«

»Sagen Sie Frau Ziesel, sie soll die Maschine anwerfen. Wir versuchen es.«

»Obwohl die Saugnäpfe …? Ich denke, das ist keine gute Idee …«

»Und wie oft habe ich Ihnen schon gesagt, Sie sollen nicht denken? Es steht Ihnen nicht, wenn Sie denken. Sie sind Sportlehrer, kein Philosoph. Also halten Sie den Mund und geben Sie meinen Befehl weiter.«

Gleichzeitig würde das, dachte Frederic, wohl schwierig sein.

Das Summen der Maschine schwoll an. Er spürte einen Sog an der rechten Schläfe. Und plötzlich wurde er panisch. Wenn es doch funktionierte? Wenn sie ihm die Träume aus dem Kopf saugten, während er wach war? Würde es wehtun? Mit einem Mal war es ihm egal, ob Bruhns wusste, dass er nicht schlief. Er versuchte, sich zur Seite zu rollen, sich der Maschine mit ihren sieben Saugnäpfen zu entziehen, doch er konnte sich nicht rühren. Sie hatten ihn am Bett festgeschnallt, genau wie Änna neulich. Nicht einmal den Kopf konnte er weiter als einige Grad drehen – jetzt erst merkte er, dass ein breiter Riemen über seine Stirn lief. Der Sog wurde stärker, die Maschine noch lauter. Aus der Öffnung eines Saugnapfes tropfte nun eine kalte glibberige Masse in sein Haar: Pudding.

Frederic fühlte ihn außen, auf seiner Haut, doch er fand keinen Weg in seinen Kopf, keinen Weg in die Welt seiner Gedanken und Ideen.

»Wann ist die letzte Sondersendung gekommen?«, erkundigte sich Bruhns flüsternd, während der Pudding Frederics Haare verklebte und der Sog das Blut unter seine Haut jagte.

»Gestern«, antwortete Fyscher. »Wir brauchen jetzt noch drei Sendungen, dann reicht es.«

»Wie lange noch?«

»Vielleicht noch acht Tage.«

»Es wird wirklich Zeit. Wenn sie unseren Mann nicht beim letzten Mal an der Grenze erwischt hätten, wäre es längst so weit! Seltsam, wir leben seit fünfzehn Jahren mit dem Risiko. Aber jetzt, wo ich mich dazu entschlossen habe, es zu beseitigen, erscheinen mir acht Tage unendlich lang.«

»Und die Keller sind voll.«

»Das vor allem. Wenn sie unzufrieden werden, wenn sie einen Aufstand anzetteln – ich möchte nicht daran denken. Ich habe Albträume davon.« Er lachte trocken wie knisterndes Papier im Kamin, kurz bevor es entflammt. »Aber die kann ich ja loswerden, nicht wahr? Ich habe schließlich schon früher meine eigenen Albträume abgepumpt.«

»Es muss ein komisches Gefühl sein …«

»Ja, es schmerzt. Aber die meisten Kinder spüren es gar nicht. *Ketamin*, Fyscher. Betäubt lange genug. Es wird fast nicht mehr gehandelt, weil man Albträume davon bekommt. Na, was soll's. Wir pumpen die Albträume vom Ketamin einfach mit ab, in einem Aufwasch. Außerdem war das Zeug billig.«

»Wieso haben wir Frederic nicht betäubt?«

»Ich wollte, dass er es spürt. Er hat mir genug Ärger gemacht. Verzeihen Sie. Ein kleiner persönlicher Racheakt. Wir haben alle unsere Schwächen.«

»Natürlich.« Frederic konnte sich Fyschers Lächeln vorstellen, auch wenn ihm vermutlich seine Zunge dabei im Weg war. »Schwächen machen sympathisch.«

Naaa ja, dachte Frederic.

»Aber er scheint überhaupt nichts zu spüren«, flüsterte Bruhns verärgert. »Er scheint einfach weiterzuschlafen.«

»Haben Sie die letzte Ladung Träume schon weggebracht?«

Bruhns zögerte. »Ja«, sagte er schließlich. »Gleich am nächsten Tag.«

Ach was, dachte Frederic. Gar nichts hast du weggebracht, du Heuchler. Nicht eine einzige geträumte Federblume. Du fragst dich, wo sie sind, und es würde dich maßlos wundern, die Wahrheit zu erfahren. Triumph durchströmte ihn warm und golden, und seine Angst vor der Maschine schwand. Sie konnte ihm nichts anhaben. Sie hatte ihm noch nie etwas anhaben können.

»Acht Tage noch, dann ist es aus mit den Träumen«, zischte Bruhns. »Aus mit der Gefahr. Dann kann uns keiner mehr etwas anhaben.«

Die Maschine verstummte. Schritte gingen zum Fenster. »Frau Ziesel macht Zeichen«, flüsterte Sport-Fyscher. »Der Motor läuft heiß. Aber unten kommt nichts an.«

»Lösen Sie die Saugnäpfe«, befahl Bruhns betont ruhig. »Wir kommen wieder.«

Frederic schloss die Augen. Er spürte am Lufthauch, wie jemand über ihm herumfuhrwerkte, und kurz darauf verschwand der Druck der Riemen um seinen Körper. Er atmete auf. Er konnte sich wieder bewegen. Doch er tat es nicht, noch nicht. Erst als er Bruhns' und Fyschers Stimmen draußen auf der Leiter hörte, richtete er sich langsam auf. Die Enden der sieben Schläuche glitten über den Fußboden auf das angelehnte Fenster zu. Unten schien jemand daran zu ziehen. Frederic kletterte aus dem Bett und bückte sich blitzschnell. Er bekam einen der Saugnäpfe zu fassen wie eine davonhuschende Maus, hielt ihn fest – und hatte ihn im nächsten Moment lose in der Hand. Der Schlauch rutschte saugnapflos durch die Fensteröffnung.

Frederic betrachtete den abgerissenen Gummikreis verwundert. In der Mitte besaß er ein Loch; dort, wo er von seinem Schlauch abgerissen war. Ansonsten sah er aus wie ein ganz normaler Saugnapf. Man könnte das Loch zukleben und ihn für Lisas Fenster-schließ-Apparat verwenden …

Halt. Da draußen fluchte jemand! Einer von ihnen kam die Leiter wieder hoch! Frederic schlüpfte hastig zurück unter die

Bettdecke und schloss abermals die Augen, den Saugnapf in der Faust verborgen. Kurz darauf hörte er, wie Bruhns den Fußboden absuchte und dabei leise vor sich hin schimpfte.

»Hier muss doch irgendwo … ein Saugnapf kann sich doch nicht einfach in Luft auflösen!«

Er fühlte Bruhns' kalten Schatten auf seinem Gesicht. Die Angst verkrampfte seine Magenwände zu einem kleinen harten Knoten. Ahnte Bruhns, dass er wach war? Er spürte seinen Atem auf den Wangen, einen Atem mit dem Geruch nach Macht und Furcht.

»Du denkst, du kannst mich auf den Arm nehmen«, zischte Bruhns. »Aber du irrst dich, mein Kleiner. Wenn ich dich in acht Tagen nicht geschafft habe … in acht Tagen, wenn die Träume ihre letzte Nacht erlebt haben … wirst du vielleicht mit ihnen gehen.«

Dann verließ er Frederics Zimmer mit einem unterdrückten Fluch und einer gewissen vorläufigen Endgültigkeit. Zumindest in dieser Nacht würde er nicht zurückkehren. Was jedoch würde in acht Tagen geschehen? Nach der letzten Nacht der Träume?

Das Brummen der Maschine entfernte sich durch die Dunkelheit und Frederic trat ans Fenster. Er dachte zurück an den durchdringenden Pfiff, der ihn geweckt hatte. War es der Pfiff einer Maschine voller Saugnäpfe gewesen?

Oder hatte jemand ihn warnen wollen?

Die Straße unten war leer wie eine Computerseite, ehe eine Geschichte beginnt. Frederic hob seinen Blick zu den Sternen, doch die Sterne waren nicht da. Graues Herbstgewölk hatte sich zwischen sie und die Stadt geschoben und zerrann nun in breite Streifen, die Frederic an die Gurte und Riemen erinnerten, mit denen man ihn festgeschnallt hatte. Vor den Wolken jedoch ragten die klobigen dunklen Umrisse des Balkons vom zweiten Stock in die Nachtluft. Und von jenem Balkon hing etwas herunter, etwas wie eine lange, sich windende Schlange. Es war keine Schlange. Es war der Schwanz einer Ratte, unterarmdick, leicht behaart und geringelt. Jemand stützte sich oben aufs Balkongeländer und sah nach unten. Frederic glaubte, im schwachen Licht das faltige Gesicht der alten Dame zu erkennen, die er aus der Falle befreit hatte. Was er gehört hatte, war nicht der Pfiff eines Menschen gewesen.

Sondern der Warnlaut einer Ratte.

Beim Frühstück legte Frederic die Lateinarbeit auf den Tisch. Hendrik unterschrieb die Fünf kommentarlos. Dann sah er auf und musterte Frederic.

»Was«, fragte er langsam und bedächtig, »hast du mit deinen Haaren gemacht?«

»Mit meinen Haaren?« Frederic tastete. »Ach, das! Das ist Vanillepudding.«

»Gibt es … einen besonderen Grund dafür, dass du *ohne* Vanillepudding in den Haaren einschläfst und *mit* Vanillepudding in den Haaren aufwachst?«

»Ich …«, begann Frederic. Jetzt hätte er es ihm erzählen können. Alles. In diesem Moment war er sooo nahe daran. So nahe wie ein Blatt Papier dick ist. Doch der Moment verstrich, und er tat es nicht.

»Besser, ich wasche die blöden Haare noch vor der Schule«, sagte er und verschwand ins Bad.

Josephine fing ihn unter den steinernen Engeln von St. Isaac ab. Sie zog ihn beiseite, und die Mäuler an ihren Fingerkuppen verbissen sich dabei für einen kurzen Augenblick in den Stoff seines Sweatshirts.

»Ich bin nicht blöd!«, sagte sie. »In Erdkunde so einfach zu gehen … Ich weiß nicht, was, aber du führst etwas im Schilde.«

Frederic zog sein Sweatshirt aus ihren Fingerzähnen. »Kann kein Schild sehen«, antwortete er schroff. »Müsste wohl so ein Achtung-Schild sein, auf dem in einem roten Dreieck ›JOSEPHINE‹ steht.«

Sie starrte ihn an, verdutzt. »Das ist nur so eine Redensart mit dem Schild.«

»Danke, das weiß ich«, sagte Frederic. »Statt Josephine könnte man auf das Schild auch lauter kleine Zähne malen, was?«

Sie trat einen Schritt näher, so nah, dass ihre Nasenspitzen sich beinahe berührten. Er musste fast schielen, um sie anzusehen.

»Es ist mir nicht entgangen, dass Änna versucht hat, dir vorzusagen«, flüsterte sie. »Ist sie Teil deines Plans?«

»Ich habe keinen Plan«, antwortete Frederic. Was, dachte er, leider stimmte. »Ich hatte bloß keinen Bock mehr auf die blöde Meier-Travlinski und ihren öden Erdkundeunterricht.«

»Sie heißt *Frau* Meier-Travlinski«, verbesserte Josephine. Ihre Stimme war so spitz wie die Zähne an ihren Fingern. »Und ich glaube dir kein Wort. Kein einziges.«

114

Frederic verschränkte die Arme. »Nicht einmal die Haupt-wörter?«

»Und du warst nicht in Erdkunde«, sagte Josephine, die auch diesen Witz nicht verstanden hatte. »Ich beobachte dich. Viel genauer, als du denkst. Ich beobachte euch alle. Ihr merkt es nicht, aber ich habe es von Anfang an getan. Deshalb hängt der Spiegel im Klassenzimmer. Damit die Aufpasser euch beobach-ten können. Es gibt in jeder Klasse einen Aufpasser. Man wird es nur, wenn man so schlau ist wie ich.«

»Oder so dumm«, konterte Frederic.

Hinter ihnen schob sich jetzt ein Strom von Kindern vorüber und verschwand im schattigen Maul von St. Isaac, um einen neuen, ideenlosen Tag zu beginnen. Kahlhorst ließ sich mit ih-nen durch die Tür schwemmen und winkte kurz, als er Frederic sah. Seine gestutzten Flügel schienen an den Spitzen ein wenig nachgewachsen zu sein.

»Ich«, flüsterte Josephine stolz, »bin eine von den Einge-weihten.«

»Wenn du von Pudding sprichst, so viel weiß ich auch«, sagte Frederic und biss sich im selben Moment so fest auf die Zunge, dass er sein eigenes Blut schmeckte. Mist. War es genau das, was sie gewollt hatte? Hören, dass er Bescheid wusste?

Doch auf ihrem spitzen, kalten Gesicht lag Erstaunen. »Du … weißt …? Aber du bist kein … Aufpasser?«

»Auch ich bin ein Aufpasser«, antwortete Frederic. »Ich passe nur auf etwas anderes auf.«

Auf die Ideen, wollte er sagen. Auf die Träume. Auf die Frei-heit. Auf mich selbst. Auf … Änna. Vielleicht.

»Quatsch«, sagte Josephine. »*Ich* bin die Aufpasserin in unserer Klasse. Und wenn du so weitermachst wie bisher, wirst du es bereuen, glaub mir. So jemanden kann ich in meiner Klasse nicht dulden. Jemanden, der Fünfen und Sechsen schreibt und mitten im Unterricht einfach aufsteht und geht. Ich bekomme eine Menge dafür, dass ich aufpasse.«

»Was denn?«, fragte Frederic, ehrlich neugierig.

Sie kam mit dem Mund ganz nahe an sein Ohr heran und wisperte: »Ich kann nicht nur zwischen Vanille- und Schokoladenpudding wählen. Oh nein.«

»Sondern?« Ließen sie ihr ihre Träume? Unmöglich. Aber mit irgendetwas hatte Bruhns sie doch geködert?

»Ich habe eine dritte Möglichkeit«, wisperte Josephine. »Erdbeerpudding.«

Frederic sah sie an, ungläubig, dann fing er an zu lachen. Das Lachen füllte ihn von Kopf bis Fuß aus, er war wie ein Heißluftballon voll Lachen, und beinahe konnte er fühlen, wie er abhob. Doch dann geriet ihm das Lachen in die Kehle, und er glaubte, daran ersticken zu müssen. Es war kein fröhliches Lachen. Es schmeckte bitter wie Gift. Erdbeerpudding! Sie glaubte tatsächlich, etwas Besseres zu sein. Er wandte sich ab und trat durch die Tür unter den Steinengeln, ehe Josephine beginnen konnte, ihm leidzutun.

Sie hielt ihn fest. »Du hast meine Frage nicht beantwortet. Was ist mit Änna? Steckt sie mit dir unter einer Decke?«

»Ach, Änna.« Frederic machte eine abfällige Handbewegung. »*Die* dumme Gans. Keine Ahnung, warum sie mir vorsagen wollte. Aus irgendeinem Grund läuft sie mir nach. Dabei ist sie genauso ideenlos und langweilig wie ihr alle. Hundeöde, und das ist noch eine Beleidigung für den Hund.«

Damit ließ er Josephine stehen und mischte sich unter die Masse der Schüler, die durch die Pausenhalle und die Treppen hinauf zu den Klassenzimmern strömten.

Als er sich noch einmal umdrehte, hörte er das Schlorren von Eisen auf dem Boden und entdeckte, dass Änna hinter ihm ging. Sie warf ihm einen Blick zu, der Tonnen wog, und er sah eine Träne aus ihrem einen Auge rollen, lautlos. Verletzt.

Hundeöde. Oh nein.

Sie hatte mitgehört und nicht verstanden, dass Frederic sie nur schützen wollte.

Im Unterricht sah Frederic wie stets aus dem Fenster. Die Kastanie verlor ihre ersten Blätter. Seine Augen suchten den alten Herrn mit dem abgewetzten Jackett, doch er war nirgendwo zu sehen. Frederics Blick wanderte durch den Hof, über die Mauer, wanderte zurück ins Klassenzimmer und blieb an einem zusammengefalteten Stück Papier hängen, das aus seiner halb offenen Stiftedose ragte.

Jemand musste es kurz vor Beginn der Stunde hineingesteckt haben.

Frederic vergewisserte sich, dass Claudius mit seinen Fischaugen nicht zu ihm herübersah. Dann entfaltete er den Zettel und las:

Ich danke dir für die drei Sonnenblumen.

Ich verstehe dich nicht. Warum hast du mir die Träume zurückgegeben? Und die Blumen vor meine Tür gelegt? Wenn du mich gar nicht leiden kannst?

Ich laufe dir nicht nach. Ich dachte, du läufst mir nach.

117

Ich hatte sogar Angst vor dir deswegen. Mir ist noch nie jemand nachgelaufen. Wohl auch diesmal nicht. Ich werde nicht mehr versuchen, dir vorzusagen.

Änna.

Frederic schluckte. Alles in ihm verlangte danach, Änna zu antworten. In seinem Kopf entstanden Buchstaben, Worte, Sätze.

Änna. Es ist alles ganz anders, als du denkst. Sie beobachten dich. Überall. Ich habe dir doch gesagt: Du musst so tun, als wärst du brav und langweilig. Warte. Nur noch ein Weilchen. Ich werde dir alles erklären.

Doch auf der Seite, die er kurze Zeit später aus seinem Hausaufgabenheft riss, erschienen andere Sätze:

Änna. Schreib mir nicht. Lass mich in Ruhe. Du nervst.

Frederic.

Er hatte den Zettel gerade gefaltet, als Josephine sich meldete und fragte, ob sie zum Papierkorb gehen dürfe, um ihren Bleistift zu spitzen. Wieso musste sie in Latein einen Bleistift spitzen? Claudius machte eine Blase, die offenbar Ja bedeutete, denn Josephine stand auf. Und gleich darauf wurde Frederic klar, weshalb sie zum Papierkorb wollte. Auf dem Weg dorthin kam sie an Frederics Tisch vorbei und griff ganz plötzlich nach Ännas Brief, der dort lag.

Josephine war schnell, doch Frederic war schneller.

Er schnappte ihr den Brief weg, knüllte ihn zusammen und steckte ihn in den Mund. Josephine starrte ihn an. Ihr Blick war pure, unverdünnte Säure. Frederic starrte zurück, kampflustig, und zerkaute langsam das Papier. Er beförderte die Stücke mit der Zunge ganz nach hinten in seinen Gaumen, würgte; zwang sich zu schlucken.

Josephine drehte ab und stampfte zum Papierkorb. Selbst von hinten konnte man sehen, wie wütend sie war. Frederic lächelte.

Dann faltete er seinen eigenen Brief zu einem Flieger und schoss ihn quer durchs Klassenzimmer. Josephine musste ihn sehen. Sie *sah* ihn. Sie wandte sich vom Papierkorb ab, bückte sich, las. Kurze Zeit später kam der Brief bei Änna an. Josephine lieferte ihn ab wie ein Postbote, ihr Gesicht überquellend von falscher Liebenswürdigkeit. Frederic sah Ännas fragenden Blick. Ist dieser Brief, fragte ihr Blick, wirklich von dir? Und er nickte quer durchs Klassenzimmer. Das Lächeln in seinem Herzen verdorrte wie ein Gedicht auf Asphalt.

Schreib mir nicht. Lass mich in Ruhe.

Sie würde ihn in Ruhe lassen und sicher sein, sicher vor Josephine und vor Bruhns und Fyscher und vor der Traum-sammel-Maschine. Für eine Weile. Alles war gut.

Aber wenn alles gut war, warum fühlte er sich dann so rundherum scheußlich?

Schließlich war es ihm egal, was Änna von ihm dachte. Ganz egal. Sie war ein Mädchen. Er kannte sie nicht. Er hatte nichts mit ihr zu tun. Oder?

Es geschah wenig später, in der fünften Stunde, in Bio.

Kahlhorst, der gerade einen Schokoriegel aß und glaubte, keiner würde es merken, sagte, er bräuchte jemanden, der für ihn im Sekretariat einen Stapel Arbeitsblätter über den Lebenszyklus der Gemeinen Sumpfmücke kopierte. Josephine meldete sich, und zuerst dachte Frederic, sie täte es, weil sie sich immer meldete – einfach aus Gewohnheit. Aber als Kahlhorst ihr zunickte, sagte sie: »Ich möchte jemanden mitnehmen. Zu zweit geht es schneller mit dem Kopieren, dann verpassen wir nicht so viel von Ihrem interessanten Unterricht.«

Kahlhorst warf ihr einen skeptischen Blick zu. Vermutlich fand nicht einmal er die Lebenszyklen der Gemeinen Sumpfmücke besonders prickelnd.

»Ich nehme Frederic mit«, erklärte Josephine. Als wäre Frederic eine Einkaufstasche. Hätte er sich in diesem Moment bloß geweigert! Josephine war schlau. Und später fragte sich Frederic, ob nicht eine ganz besondere Art von Ideen in ihrem Kopf verblieb, die im Erdbeerpudding besonders gut gedieh. Die gemeinen, hinterhältigen Ideen, die Bruhns gefielen. In jedem Fall erhob er sich von seinem Platz und ging mit.

Auf dem Weg zum Sekretariat schwieg Josephine. Doch sie schwieg, das spürte Frederic, in Vorbereitung auf etwas. Wie eine tickende Zeitbombe.

Die Zeitbombe explodierte im Sekretariat.

Frederic konnte mal wieder nirgends eine Sekretärin entdecken; nur die große Kaffeemaschine stand auf dem Bürostuhl und gluckerte vor sich hin. Josephine kopierte das Arbeitsblatt dreißig Mal, ohne dass sie Frederic zu irgendetwas gebraucht hätte. Danach ging sie zum Fensterbrett, nahm die Gießkanne, die dort neben dem Parmafaulchen stand, und kam zurück.

»Was willst du denn gießen?«, fragte Frederic. »Mich? Bist du jetzt komplett übergeschnappt?«

Wenn sie dachte, er hätte Angst vor Wasser, hatte sie sich getäuscht. Doch Josephine hatte nicht vor, das Wasser über Frederic zu kippen.

»Sag mir, woher du das mit dem Pudding weißt«, verlangte sie und baute sich vor ihm auf. Hinter ihr schob Windows bunte Fenster über den Pausenbildschirm des Computers.

»Ich sehe Dinge«, antwortete Frederic. Warum sollte er sie belügen? Die Wahrheit war unglaubwürdig genug.

»Was für Dinge?«

»Alles. Ich sehe die Dinge, die andere Leute nicht sehen.«

»Nein. Ich bin es, die Dinge sieht. Im Spiegel. Wenn jemand Quatsch macht. Wenn jemand Ideen hat. Wenn jemand Widerstand leistet und Fragen stellt. Ich bin die Aufpasserin.«

»Ich sehe noch mehr Dinge«, erklärte Frederic.

»Und jetzt glaubst du wohl, Herr Direktor Bruhns macht dich zum Oberaufpasser, oder wie?«, zischte Josephine. Und erst da begriff Frederic. Sie hatte die ganze Zeit darüber nachgedacht, seit heute Morgen. Sie hatte Angst um ihren Posten. Josephine hatte alles falsch verstanden. Josephine war *eifersüchtig*.

Sie sah Frederic in die Augen, hob die Gießkanne und begoss ganz langsam die Tastatur des Computers hinter sich. Es gab ein leises Knistern in dem Gerät, die unschuldig-bunten Pausenfenster erloschen, und der Bildschirm wurde schwarz. Probeweise drückte Josephine ein paar Tasten, doch nichts geschah. Der Computer war tot. Josephine schenkte Frederic ein strahlendes Lächeln.

Dabei kniff sie sich selbst in den Oberarm, sodass rote Flecken entstanden, als hätte jemand anders sie festgehalten. Und dann stieß sie die Tür des Sekretariats auf und schrie in den Gang hinaus, so laut sie konnte: »Hilfe! Hilfe! Frederic dreht durch! Er – au! Aaaau! Hiiiilfe!«

Eine Viertelstunde später war das Sekretariat voller Menschen. Der Computer war nicht mehr zu retten. Tausend Fragen schwirrten durch die Luft, tausend Leute wollten mit Frederic reden. Er beantwortete keine ihrer Fragen, er redete mit niemandem: Er schwieg.

»Warum hast du …«, fragten sie. »Du bist wohl ganz außer …«, sagten sie, »wie konntest du nur …«, und: »Hast du eine Vorstellung, wie teuer …«

Die Kaffeemaschine auf ihrem Stuhl gab aufgeregte Blubbergeräusche von sich. Hätte sie nur sprechen können, dachte Frederic. Die Kaffeemaschine war seine einzige Zeugin. Er fühlte sich unsanft am Arm gepackt und fortgezogen, erhaschte dabei einen kurzen Blick auf Kahlhorst und seine gelben Flügelspitzen – doch auch Kahlhorst schien nicht zu wissen, was er denken sollte. Bruhns zerrte Frederic ins Rektorat und schloss die Tür.

»Besser, junger Mann«, sagte er, »wir rufen deinen Vater an.«

Frederic verschränkte die Arme und starrte ihn an. Bruhns schüttelte den Kopf, kam ganz nahe, entblößte seine Zähne … Frederic zwang sich, nicht zurückzuweichen.

»Beißen Sie mich ruhig«, sagte er. »Ich bin geimpft. Gegen Tollwut und gegen Tetanus.«

»Beißen?« HD Bruhns fuhr zurück, erschrocken, als hätte er selbst gerade erst gemerkt, was er vorhatte. »Wieso sollte ich dich beißen? Bist du noch zu retten?«

Er griff nach dem schwarzen Telefon, sah in ein Notizbuch und wählte. Frederic erkannte Hendriks Nummer.

»Sie sollten Ihren Sohn abholen«, sagte Bruhns in den Hörer. »Ja. Ja, jetzt gleich. Es ist dringend. Etwas passiert? Ja. Oh ja. Allerdings. Grund zur Sorge? Das will ich wohl meinen.«

Frederic sprang auf, um ihm den Hörer aus der Hand zu reißen, doch HD Bruhns hatte schon aufgelegt.

»Sie … Sie …«, keuchte Frederic. »Das können Sie doch nicht machen!«

»Was kann ich nicht machen?«, fragte der HD mit einem zuckersüßen Lächeln.

»Sie können ihm doch nicht einfach sagen, es wäre etwas passiert …«

»Junger Mann, du hast gerade einen beinahe neuen Computer ad exitum gebracht – will sagen: zerstört –, der seine paar Tausender wert ist. Und zwar ohne jeden Grund. Ich würde sagen, es ist genug passiert.«

»Aber darum geht es nicht! Mein Vater denkt jetzt, *mir* wäre etwas passiert! Sie haben ja keine Ahnung, was …«

Er brach ab und sank auf seinen Stuhl zurück. Bruhns beugte sich interessiert über den breiten Schreibtisch; seine langen, schmalen, adrigen Hände trommelten unruhig auf dem Holz. »Dir wäre etwas passiert? Denkt er das? Nun … vielleicht ist es Zeit, *dass* dir etwas passiert. Was meinst du?«

Hendrik kam zehn Minuten später. Er atmete schwer, und die Wunde blutete wieder – ein dunkles Mal auf seinem hellblauen Pullover. Wenn das so weiterging, würde sie niemals heilen. Hendrik sah von Frederic zu Bruhns und wieder zurück, fragend. Bruhns erklärte. Frederic hörte nicht zu. Hendrik nickte.

Später im Hof sah Frederic zu den Fenstern empor, hinter denen seine Klasse die zweite Doppelstunde über den Lebenszyklus der Gemeinen Sumpfmücke über sich ergehen ließ.

Eines der Fenster stand offen. Jemand saß dort und beobachtete sie. Josephine, dachte Frederic. Doch es war nicht Josephine. Es war Änna.

Auf dem Weg nach Hause schob Hendrik sein Fahrrad schweigend neben Frederic her. Erst vor der Haustür entdeckte er irgendwo in seinem Sprachzentrum vereinzelte Satzbausteine.

»Wieso hast du das getan?«

»Ich habe es nicht getan«, antwortete Frederic. »Das war Josephine. Sie hasst mich.«

»Weshalb?«

»Weil ich ihr gesagt habe, dass ich Dinge sehe. Zähne. Und die Eisenkugel. Sie ist die Aufpasserin. Für Bruhns. Hendrik, es ist alles so kompliziert …«

Die Worte fielen aus ihm heraus wie überreife Äpfel. Aber überreife Äpfel werden faulig, und Frederics Worte hatten im Gärvorgang ihren Zusammenhang verloren. Er merkte selbst, dass das, was er sagte, keinen Sinn ergab. Dennoch konnte er nicht aufhören zu reden. Er redete bergab und fand die Bremse nicht: Von Erdbeerpudding und Sonnenblumen redete er, von Rattenfallen, von toten Katzen und von Sondersendungen, von Riesenzungen und Stofftaschen und Fingerzähnen und Saugnäpfen …

124

Am Ende holte er tief Luft und sah Hendrik an. Hendrik runzelte die Stirn.

»O-kaaaa-y-yy?«, sagte er schließlich langsam. Und dann, nach einer Minute Schweigen, ohne auf Frederics Wortschwall einzugehen: »Wir können das nicht bezahlen. Den Computer. Nicht zusätzlich zum Schulgeld für St. Isaac und alles. Vielleicht ist es doch besser, wenn du auf eine andere Schule gehst. Du wolltest sowieso weg, oder?«

Hatte er Frederic denn überhaupt nicht zugehört?

»Nein!«, rief Frederic. »Doch. Natürlich wollte ich weg. Aber jetzt nicht mehr! Ich kann nicht weg! Ich muss etwas herausfinden – es sind nur noch acht Tage! Lass mich noch acht Tage auf St. Isaac, nur noch acht! Später, wenn ich irgendwann Geld verdiene, zahle ich den blöden Computer zurück!«

Hendrik nickte. »Wir sollten bald noch mal zum Arzt, glaube ich.«

Das also war es. Er dachte, mit Frederics Kopf wäre etwas nicht in Ordnung. Frederic hätte genauso gut versuchen können, einer Wand zu erklären, was auf St. Isaac los war. Die Wand hätte ihn wenigstens nicht für verrückt gehalten.

Hendrik seufzte. Und dann sagte er etwas Erstaunliches. Er sagte: »Acht Tage gebe ich dir. Wenn es in acht Tagen nicht besser ist, gehst du. Es ist günstiger, die Schule zu wechseln, ehe sie einen hinausschmeißen. Wenn sie das tun, ist es schwer, eine andere Schule zu finden. Hörst du? Und … lass die Finger von den Computern.«

Frederic nickte. »Ich verspreche es. Sie werden mich nicht hinausschmeißen. Ich fasse keinen Computer mehr an.«

Warum verstehen Erwachsene nie, was man ihnen zu erklä-

125

ren versucht? Warum versucht man Erwachsenen zu erklären, was sie ohnehin nicht verstehen?

Auf der Treppe trafen sie die alte Dame aus dem zweiten Stock, und Hendrik grüßte sie mit einem höflichen Nicken. Frederic starrte sie nur an. Sie hatte tatsächlich einen langen, rosa geringelten Rattenschwanz. Und Schnurrhaare links und rechts der faltigen, altersfleckigen Nase.

Sie war nicht allein. Bei ihr war ein alter Herr, mit dem sie sich so leise unterhielt, dass Frederic im Vorbeigehen kein Wort verstand. Erst in der Wohnung drang das Bild ganz in sein Bewusstsein: die Rattendame und der alte Herr, auf dem Weg die Treppe hinunter – er stürzte ans Küchenfenster, um auf die Straße hinabzublicken.

Ja. Er war es.

Die beiden verabschiedeten sich vor dem Haus, und der alte Herr stieg auf ein wackeliges schwarzes Fahrrad.

»Hendrik?«, rief Frederic. »Ich muss noch mal weg, hab' was vergessen – mach dir keine Sorgen …«

Er raste die Treppe so schnell hinunter, dass er dreimal beinahe ausgerutscht wäre. Jetzt nur keine Zeit verlieren: Das Rad die Stufen hinaufzerren, aus dem Keller, an Lisas Tür vorbei, die zwar noch immer verschlossen, aber dafür frisch und leuchtend gelb gestrichen war, durch die Haustür, auf die Straße, aufsteigen, sich umsehen –

»He, Frederic!«, rief Lisa, die im Schneidersitz über ihrem Fensterbrett schwebte und las. »Wohin …?«

»Keine Zeit!«, rief Frederic. »Muss da entlang!«

Und damit befand er sich auch schon auf der Straße; der schnellste Radfahrer der Stadt, zumindest in dieser Minute: Der alte Mann mit dem speckigen, abgewetzten Jackett war ihm weit voraus, doch Frederic würde ihn einholen. Diesmal würde er ihm nicht entwischen.

Er war ihm auf den Fersen, oder besser: auf dem Reifenprofil.

»Er ist da entlang«, sagte Lisa. »Aber schon vor einer Weile. Warum musst du ihn denn so dringend sprechen?«

Das Mädchen sah auf den Boden. »Nur so.«

»Du kannst ihm ja nachfahren. Er hat eine Spur hinterlassen.«

»Eine Spur?«

»Allerdings. Dort, siehst du?«

»Was ist das? Gelbe Farbe?«

Lisa zuckte mit den Schultern. »Ich nehme an, sie stammt von meiner Tür. Ich benutze sie nicht, und da wollte ich sie wenigstens streichen.«

»Gelb, wie die Sonnenblumen«, murmelte das Mädchen. »Gelb, wie die Federn.«

Dann stieg es auf sein eigenes Rad und fuhr die Straße hinunter, der sonnenfederngelben Spur nach. Beim Treten schien das Mädchen Schwierigkeiten zu haben, so als stimmte etwas mit ihrem rechten Fuß nicht.

»He!«, rief Lisa. »Wie heißt du überhaupt?«

Frederic erreichte den alten Herrn eine Straße weiter, gerade rechtzeitig, ehe er abbog. Er hielt sich in ausreichender Entfernung, damit der Alte ihn nicht entdeckte. Der Alte fuhr langsam, aber stetig, weiter und weiter, und nach einer Weile ließen sie den Teil der Stadt, den Frederic kannte, hinter sich. Die Häuser wurden neuer und begannen, alle gleich auszusehen; Neubaugebiete, deren Gebäude wirkten wie Spielzeughäuser auf einem Regal im Laden: weiß-mit-rotem-Dach-plus-zwei-Quadratmeter-Garten mal 25, danach braun-mit-schwarzem-Dach mal 30, zur Abwechslung pastellgrau-mit-Jägerzaun mal 15, und Frederic dachte, dass er aus dieser Gegend wahrscheinlich nie, nie wieder hinausfinden würde. Identische Golden Retriever trotteten hinter identischen Toren auf und ab, und identische glückliche Jungfamilien fuhren identische Autos in identische Garagen … von Bruhns wusste Frederic, dass »identisch« dasselbe ist wie »gleich«. Die ganze Umgebung befand sich offenbar in einer Identitätskrise: Zu viel Identität tut auch nicht gut.

Nach den Neubausiedlungen wurden die Straßen breiter und staubiger, warfen ihre Mittelstreifen ab und schmückten sich mit Schilderbäumen: 200 Meter zu Paulchens Pommes-Paradies, Holgers Werkzeug-Reparatur, Inlet-Outlet, Matratzenlager Rosie … Immer weiter fuhr der alte Herr, vorbei an den brachliegenden Parkplätzen des Industriegebiets, vorbei an Haldenmüll auf Müllhalden und Wertstoffsammelstellen wertloser Stoffe. Und dann, schließlich, als Frederic schon befürchtete, der Alte hätte sich in den Kopf gesetzt, mit dem Fahrrad einmal um den Globus zu hetzen, hielt er vor einer Mauer an, stieg ab und öffnete ein großes Eisentor.

Dürres, mageres Gelbgras streckte dahinter seine Halme in die abgasige Luft, und Frederic dachte »Abgras«. Es beruhigte sein flatterndes Herz, Worte zu erfinden.

Der alte Herr zog das Tor hinter sich wieder zu, doch zum Glück besaß es kein Schloss. Nachdem Frederic sein Fahrrad ein Stück weiter weg auf den Boden gelegt hatte, schlüpfte er ihm nach; schlüpfte zwischen den eisernen Torflügeln hindurch und –

Was hatte er erwartet? Ein Schloss? Eine Blumenwiese voller sonnengelber Federblumen?

Er stand auf einem riesigen alten Fabrikgelände, und mitten darauf ragte eine riesige alte Fabrik in den Himmel. Ihre Schornsteine hatten wohl schon seit Langem das Rauchen aufgegeben, und ihre Tore waren allesamt verschlossen und rostig.

Das Nachmittagslicht malte einen scheinheilig blauen Himmel voller kleiner weißer Wolken hinter die Fabrik, und der Wind knarrte irgendwo in ihren Eingeweiden sein unmelodisches Lied. Schrotthaufen zierten das Gras: hier ein alter Sessel, dessen Sprungfedern unternehmungslustig aus der Sitzfläche ragten, dort ein verbogener Fahrradrahmen, ein Schuh, ein Stück Maschendrahtzaun, ein Stapel von Well-Asbestplatten.

Der alte Mann ging zwischen Müll und Abgras hindurch auf die Fabrik zu. Frederic wartete im Schatten der Mauer, zu der auch das Metalltor gehörte. Hier auf offenem Gelände würde es schnell auffallen, wenn er dem Alten direkt folgte. Er sah von ferne, wie der Mann einen Schlüsselbund aus der Tasche holte und eine Seitentür der Fabrikhalle aufschloss. Einen Augenblick später war er in der Dunkelheit hinter der Tür verschwunden. Frederic atmete tief durch. Wahrscheinlich war es dumm, dem alten Mann zu folgen. Wahrscheinlich war es gefährlich. Wahrscheinlich sollte man es nicht tun.

Er schlich durchs Gras, nervös wie ein Kaninchen, lauschte hinter sich, wirbelte herum, fühlte seinen Atem rasen: War da nicht ein Schatten am Tor gewesen? Hatte auch er, der Verfolger, einen Verfolger?

An der Längsseite der Fabrikhalle, wenige Meter von ihrer Wand entfernt, klaffte ein rechteckiger schwarzer Schacht. Frederic blieb in einiger Entfernung davon stehen und lauschte. Etwas schien sich in dem Schacht zu regen. Sollte er sich näher heranschleichen und nachsehen, was sich dort rührte? Nein. Nicht jetzt. Jetzt musste er dem Alten nach. Doch als er die Tür erreichte, war sie verschlossen. Natürlich. Frederic legte sein Ohr daran. Auch drinnen regte es sich wie Lebendiges. Eine Art Sausen war von dort zu vernehmen, ein Flattern und Flügeln, Knistern und Rauschen, Wispern und Kichern … Etwas huschte über ihn hinweg, und er erschrak. Aber es war nur eine Schwalbe, die durch eine winzige Öffnung in der Mauer ins Innere der alten Fabrikhalle schlüpfte. Schwalben. Frederic lächelte. Jetzt, wo er an der Halle emporsah, entdeckte er noch etwas anderes dort: eine Art bratpfannengroßer runder Metallkreise, die im Abstand von einigen Metern an der Wand angebracht waren, in mehreren Reihen übereinander. Sie sahen aus wie überdimensionale Deckel von Gurkengläsern.

Was tat der alte Mann dort drinnen? Wohl kaum die Schwalben füttern.

Nein, da war noch etwas in der Halle außer den Schwalben. Mensch! Die Maschine!

Es gab keine andere Erklärung.

Frederic begann, um die Halle herumzuwandern. Vielleicht fand er irgendwo einen zweiten Eingang? Aber die kahlen Mauern erstreckten sich einganglos vor ihm, anhaltlos, stumm. Er umrundete die Halle ganz, bog um die letzte Ecke, zurück zu der Seite der Fabrik, die er zuerst begutachtet hatte – und die Welt verschwand.

Es gab kein dürres Gras und keine Schrotthaufen mehr. Es gab nur noch weißen Nebel; dicke, undurchdringliche Schwaden. Nebel? Aus heiterem Himmel?

Er tastete um sich, blind, hilflos, verwirrt – panisch wollte er sich umdrehen und fortlaufen. Doch auf einmal war er sich nicht mehr sicher, in welche Richtung er laufen musste. War die Fabrikwand wirklich vor ihm? Oder hinter ihm?

Dann vernahm er das Flüstern. Es kam aus dem Nebel. Er konnte keine einzelnen Worte verstehen. Aber er erkannte die Stimmen. Er hatte sie flüstern hören, nachts, im Hinterhof unter Ännas Fenster und später in seinem eigenen Zimmer: Da war die trägzüngige Stimme von Fyscher, daneben, verwoben mit ihr, zischte die Ziesel – und noch mehr: Dutzende von Stimmen, leise und unangenehm.

Frederic atmete tief durch, um einen klaren, logischen Gedanken zu fassen. Beim Atmen jedoch geriet ihm der Nebel in den Hals, kroch ihm tief in die Lunge, und er musste husten. Und da verstand er. Dies war kein Nebel und auch kein Rauch von brennendem Gras oder brennendem Holz. Die weiße Welt, in der er sich befand, bestand aus Tabakqualm. Und der Qualm schien aus dem Boden zu quellen. Der Schacht! Der schwarze Schacht, den er zuvor gesehen hatte! Jemand in diesem Schacht rauchte jetzt. Aber wer? Der Fyscher und die Ziesel? Was taten sie unter der Erde? Und wer waren die anderen, die im Hintergrund?

Sie warten, hatte der alte Mann auf dem Markt zu ihm gesagt.

Waren es jene dort unter der Erde, die auf Haarbänder, Schnittlauch und tote Katzen warteten?

Frederic ging langsam rückwärts, dorthin, wo er das offene Feld vermutete, fort von der Fabrikhalle. Noch einen Schritt ... noch einen ... einen letzten ... Bewegte er sich im Kreis? Der Qualm tat, als wäre er ein Labyrinth, und ließ Frederic nicht gehen. Sein linker Fuß tastete im Nichts und er schnappte vor Schreck nach Luft. Das war er, der Schacht: gierig, tief und unbarmherzig. Und von dort unten kamen die Stimmen. Den Fyscher und die Ziesel hörte er jetzt nicht mehr, ihre leisen Worte wurden von anderen Geräuschen übertönt, die sich in den Vordergrund drängten: Klagelaute, Schreie, Brüllen, Stöhnen, Seufzen. Er konnte nichts verstehen.

Doch der Schacht wollte, dass er verstand. Der Schacht griff nach ihm, so wie der Abgrund nach dem greift, der Höhenangst hat. Frederic fühlte sich mit Macht in die Tiefe gezogen. Was auch immer dort unten war: Er wollte nicht in es hineinfallen. Als er das dachte, merkte er, dass er das Gleichgewicht bereits verloren hatte. Er öffnete den Mund zu einem Schrei.

In diesem Augenblick trat jemand in den Qualm, packt ihn am Handgelenk und zog ihn zurück. Aus dem Qualm heraus. Er stolperte über die Füße der anderen Person, und einen Moment später fanden sie sich beide auf dem Boden wieder, im dürren Gras, zwischen dreckigen Plastikverpackungen und rostigen Drahtrollen.

»He ... Frederic!«, keuchte Änna.

Er kam auf die Knie. Stand auf. Zerrte sie auf die Füße. Wie kam sie hierher? Wie hatte sie ihn gefunden? Keine Zeit für Fragen. Im Qualm war jetzt eine Stimme, verzerrt vom Rauch: *Ist da jemand?*

Eine zweite: *Mir war, als hätte ich jemanden gesehen.*

Sie rannten. Fort von dem Nebelfeld der Zigarren, fort von dem schwarzen Schacht darin, fort von der alten Fabrik, fort von den Schritten, die ihnen jetzt folgten. Da war das Tor. Sie zwängten sich hindurch, Frederic hob sein Rad auf, und auch Änna ergriff den Lenker eines Fahrrads.

Das Industriegebiet flog an ihnen vorbei, die Menschen im Neubaugebiet starrten ihnen mit identischem Stirnrunzeln nach, die Straßen wurden enger, die Häuser älter ... niemand folgte ihnen. Oder?

Und schließlich, Lichtjahre weit entfernt und doch nur einen Wimpernschlag, merkte Frederic, dass er an einer Wand lehnte und nach Atem rang. Neben ihm lehnte Änna. Es war die Wand des Hauses mit der Landkartenfassade. Und im Fenster schwebte Lisa noch immer mit untergeschlagenen Beinen und tat so, als wäre sie ganz und gar vertieft in ein Buch. Aber sie hielt es verkehrt herum.

»Wer etwas verändern will, muss sehen«, sagte Frederic, als er kurz darauf mit Änna in der Küche stand.

»Sehen?«, fragte Änna zaghaft.

Er nickte und holte den Würfelzucker aus dem Schrank. Am Wasserkocher klebte wieder einmal ein Zettel, der diesmal verkündete, Hendrik würde erst gegen acht Uhr wiederkommen. Frederic erinnerte sich, dass er ihn recht eilig verlassen hatte. Armer Hendrik. Er musste wirklich denken, sein Sohn wäre auf dem besten Wege, verrückt zu werden.

Änna und Frederic setzten sich gegenüber an den blauen Küchentisch.

»Warum bist du mir gefolgt?«, fragte Frederic.

Ihre grauen Augen waren ernst. »Warum hast du Sonnenblumen vor meine Tür gelegt? Warum hast du mir geschrieben, ich solle dich in Ruhe lassen?«

»Okay.« Er lächelte. »Wir sind quitt. Keine Antworten.«

Und sie lächelte zurück, ein schmales, scheues Lächeln, das sich nicht ganz heraus auf ihr Gesicht traute. »Keine Antworten. Hauptsache, ich war da. Es wäre vermutlich keine gute Idee gewesen, in diesen Schacht zu fallen.«

»Nein, das wäre es nicht. Ich … Danke.«

Wurde er rot?

»Und wegen des Briefs in der Schule …«

»Keine Antworten«, wiederholte sie. »Ich habe es schon verstanden. Dass es ein Trick war. Okay, am Anfang noch nicht. Aber später. Ich habe es irgendwie … gespürt.«

Er nickte. Änna war jemand, der die Dinge spürte. Genauso, wie sie gespürt hatte, dass Kahlhorst Flügel besaß. Und dass Josephine Frederic gebissen hatte.

»Wenn du siehst, ist es noch einfacher«, sagte Frederic.

»Wenn ich … sehe?«, fragte sie.

Er stellte die winzige Flasche mit dem orangefarbenen Inhalt auf den Tisch: feierlich. Als wäre sie der Gral und das Goldene Vlies und sämtliche verlorenen Picasso-Werke in einem. Er hatte es entschieden, als sie ihn aus dem Nebel gezogen hatte. Er konnte nicht allein weitermachen. Er brauchte einen Freund.

Er brauchte *sie*.

Änna stützte den Kopf auf die Hände und sah zu, wie Frederic das Stück Würfelzucker auf einen Teelöffel legte und den restlichen Inhalt der Flasche daraufträufelte, bis der Zucker sich orange färbte und zu einem Häufchen zerschmolz.

»Ich habe Angst«, flüsterte Änna. »Was für Dinge werde ich sehen?«

»Alles«, antwortete Frederic. »Die Wahrheit. Über die Leute. Wie ich.«

Sie nickte. Alles andere hatte er ihr bereits auf dem Weg hierher erzählt: von Bruhns und seiner Maschine und den Träumen, von den Stimmen aus dem Schacht, einfach von allem; hektisch und stotternd. Aber sie hatte ihn verstanden. Sie war nicht Hendrik. Sie war Änna.

Als sie ihm den Teelöffel aus der Hand nahm, zitterten ihre Finger. Doch sie schloss die Augen, öffnete den Mund und schob den Zucker mit Todesverachtung hinein. Frederic beobachtete jede ihrer Bewegungen. Er sah zu, wie sich ihr Mund schloss, wie sie schluckte, wie sie den letzten Krümel von ihrer Oberlippe leckte, einer schmalen roten Oberlippe, und mit einem Mal wurde ihm ein wenig komisch zumute. Er hatte noch nie über die Lippen eines Mädchens nachgedacht.

Änna öffnete die Augen und sah sich um. »Wusste ich es doch«, sagte sie.

»Was? Was wusstest du?«

»Oh, über dich.«

Er sah an sich hinab. »Was ist mit mir?«

In diesem Moment knirschte Hendriks Schlüssel im Schloss. Änna sprang auf, nervös. »Es … es ist wohl besser, wenn ich jetzt gehe«, sagte sie. »Wir sehen uns morgen in der Schule. Ich werde so tun, als wäre alles normal, aber vielleicht können wir uns hinterher unterhalten?«

Frederic war ebenfalls aufgestanden. Er streckte einen Arm aus, um sie zurückzuhalten, doch seine Hand blieb in der Luft hängen, ohne sie zu berühren.

»Du kannst sicher zum Abendessen bleiben. Ich glaube nicht, dass mein Vater etwas dagegen hat.«

Änna schüttelte den Kopf. »Meine Eltern machen sich sicher schon Sorgen.«

»Sie sind blind«, murmelte Frederic. »Du wirst schon sehen.«

Doch das hörte Änna nicht mehr. Sie stieß in der Tür mit Hendrik zusammen, der ein erstauntes »Oh« von sich gab – für seine Verhältnisse schon eine dreiseitige Rede –, und gleich darauf hörte Frederic ihre Schritte auf der Treppe.

Die Kette an ihrem rechten Fuß rasselte leise und die schwere Eisenkugel polterte Stufe für Stufe hinab wie ein mittlerer Erdrutsch.

Es wurde Zeit, dass jemand diese Kette sprengte. Bald.

Noch sieben Mal vierundzwanzig Stunden bis zur letzten Nacht der Träume. Was immer das hieß.

6. KAPITEL

Die letzte Nacht

»Ich hatte also eine Spur hinterlassen? Weil ich an Lisas Tür vorbeigeschrammt war? Deshalb hat Änna mich gefunden? Oder hast du dir die Spur nur ausgedacht?«

»Vielleicht war die Spur eine Metapher.«

»Ein Bild für etwas anderes? Und wofür stand die Spur?«

»Metaphern erklärt man nicht. Entweder erklären sie sich von allein, oder sie bleiben ein Rätsel.«

»Aber nicht jedes Rätsel ist eine Metapher, oder? Zum Beispiel das Rätsel, was nach der letzten Nacht der Träume geschehen würde. Das stand nicht für etwas anderes.«

»Wer weiß?«

»Es war einfach nur ein Rätsel. Wir mussten es lösen, und das haben wir getan, wenn auch beinahe zu spät. Ich wusste gleich, dass wir zurückgehen mussten. Zu der alten Fabrik. Nachdem Änna weg war, habe ich den Dietrich aus der Kiste neben meinem Bett geholt. Es ist ein besonderer Dietrich. Ich kann ihn dir zeigen, wenn du willst. Ich habe ihn noch. Er ist aus einem Dosenöffner hergestellt.«

»Zeig ihn mir später. Jetzt muss zuerst die Geschichte weitergehen.«

»Was kommt denn?«

»Ein Postbote. Doch als Erstes … als Erstes sitzt du auf der Kastanie. Und dann taucht Josephine auf.«

»Oh. Ich erinnere mich.«

Er verstummt, runzelt die Stirn, überlegt. Arme Unterlippe.

»Vergiss Kahlhorst nicht«, sagt er schließlich. Und dann, nachdenklich: »Sind die gestutzten Flügel von Kahlhorst auch … eine Metapher?«

»Kann schon sein«, sage ich. »Man kann in allem eine Metapher sehen. Selbst in den eigenen Schnürsenkeln.«

Frederic lacht. »Mach den Computer an!«, sagt er. »Die Geschichte wartet.«

Am nächsten Morgen war Frederic zu früh am Tor von St. Isaac.

Er wartete ungeduldig neben dem Stein mit der angeberisch großen Inschrift, kontrollierte abwechselnd die Zeiger seiner Armbanduhr und den Gehsteig und ließ die Morgenkolonne aus Schülern und Lehrern, Oberschülern und Oberlehrern an sich vorüberziehen. Er wartete auf Änna.

Was würde sie sehen? Die gleichen Dinge wie er oder etwas ganz anderes? Sah sie die Eisenkugel an ihrem eigenen Fuß? Sah sie die geschlossenen Augen ihrer Eltern? Und würde sie mit ihm zusammen zurück zu der alten Fabrikhalle fahren? Es war ein Risiko, aber er musste mit ihr sprechen. Bald.

Doch Änna kam nicht. Jetzt, verflucht, wo Frederic sie brauchte, kam sie nicht!

Schließlich gab er das Warten auf und ging hinein. Was, wenn ihr etwas passiert war?

Die Gänge von St. Isaac erschienen ihm an diesem Tag noch kälter und leerer als sonst, das Linoleum noch sauberer, das Lachen der anderen noch hohler. Die Ziesel begann den Tag mit einem fröhlichen Lächeln, falsch wie eine umgefärbte Katze. Heiter summend teilte sie Blätter aus. Blätter? Verdammt.

Er hatte gewusst, dass sie eine Arbeit schreiben würden. Aber er hatte es komplett verdrängt. So sah Frederic sich in einem völlig unerwarteten Krieg mit Zahlen, Ixen und Ypsilons. Er versuchte nicht einmal abzuschreiben. Er stöhnte und rechnete, rechnete und stöhnte, ohne zu wissen, welche Formeln er anwenden musste oder wie er die Angabentexte in Ziffern übersetzen sollte. Einmal hob er den Blick vom Papier und merkte, dass die Ziesel die Bewegungen seiner Hand mit ungewöhnlicher Aufmerksamkeit verfolgte.

Was hatte die Ziesel unter der Erde getan, bei der alten Fabrikhalle? War es wirklich ihre Stimme gewesen, die er im Qualm gehört hatte?

Er gab die Arbeit vor allen anderen ab. Es hatte keinen Sinn.

Er würde Hendrik wieder einiges erklären müssen.

Als er zurück zu seinem Platz ging, starrte Ännas leerer Stuhl in der letzten Reihe ihn an. Und auf einmal fühlte er sich allein auf einer einsamen Insel, allein in einem Ozean, allein auf einem kargen Planeten, wo das Leben sich noch nicht erfunden hatte. Mitten zwischen all den Schülern, in dem mit Menschen vollgestopften Gebäude von St. Isaac, packte ihn die Einsamkeit kalt wie Eis. Früher war er auch allein gewesen und er hatte kein Problem damit gehabt. Aber jetzt stand ein Satz in der Leere seines Alleinseins: *Hauptsache*, hatte Änna gesagt, *ich war da*.

Ja, *wo* war sie denn, wenn das die Hauptsache war? Bitte: *wo*?

In der Stunde vor der zweiten Pause mühte sich Kahlhorst mit der Fortsetzung der Sumpfmücken ab.

»Von der Zie… von der Frau Ziesel soll ich euch schön grüßen«, sagte er und aß gedankenverloren einen Radiergummi, der auf dem Pult herumgelegen hatte. Außer Frederic merkte es mal wieder niemand. »Sie sitzt seit zwei Stunden im Lehrerzimmer und korrigiert eure Arbeiten. War wohl schwierig? Der Notenschnitt ist nicht so glorreich, sagt sie. Na ja.«

»Das liegt nur an einem«, hörte Frederic Josephine zischen. Er brauchte sich nicht umzudrehen und zu fragen, an wem.

»Irgendwie ist der Notenschnitt dieser Klasse in allen möglichen Fächern unter dem der anderen Klassen«, fuhr Kahlhorst fort. »Na, mir ist euer Notenschnitt ja egal. Ehrlich gesagt, mir ist auch die Sumpfmücke egal.« Er seufzte. »Aber wir müssen sie durchnehmen. Also, kann sich jemand erinnern, wo und wann die blöde Sumpfmücke ihre Eier ablegt?«

Das Zischen hinter Frederic war erloschen wie eine Flamme, aber er spürte ihr Glühen noch hinter sich. Die Flamme wartete in feindseliger Stille auf eine bessere Gelegenheit. Als er sich schließlich doch umdrehte, sah er, dass Josephine, die niemals Briefe schrieb, Briefe schrieb. Er beobachtete, wie sie sie verteilte, unauffällig, diskret. Und er sah, wie sie Seitenblicke in seine Richtung warf. Sie hatte etwas vor. Er versaute den Notendurchschnitt ihrer Klasse, und sie würde sich das nicht gefallen lassen. Er hatte Angst vor ihr, vor ihr und ihren Erdbeerpuddingträumen. Ja. Frederic hatte Angst. Plötzlich fühlte er sich wie eine Sumpfmücke auf einem Streifen Fliegenklebeband. Gefangen. Gefesselt. Er hob die Hand.

»Frederic?«, fragte Kahlhorst. »Du wolltest etwas sagen?«

Er schien verwundert darüber, nicht auf eine unfreundliche Art: einfach nur verwundert.

»Mir ist … nicht gut«, sagte Frederic. »Kann ich mal eben raus?«

Kahlhorst musterte ihn unsicher. »Ja, äh … möchtest du, dass jemand mitgeht?«

»Danke, nein.« Frederic stand auf und bemühte sich, so auszusehen, als müsste er sich gleich übergeben. Es fiel ihm nicht wirklich schwer, wenn er an Josephine dachte. Er wankte zur Tür (nicht übertreiben!), schloss sie gleich darauf hinter sich und floh. Er musste eine Minute ungestört nachdenken. Ohne Josephines Blicke. Ohne die Eier ablegende Sumpfmücke. Nur eine Minute, dann würde er ins Klassenzimmer zurückkehren.

Doch es kam anders.

Sein Blick fiel aus dem Flurfenster hinab in den Hof, und dort unten am Tor stand HD Bruhns und wartete wieder einmal aktiv. Er wippte auf seinen Schuhen, spähte die Straße entlang.

»Aa-ha«, sagte Frederic zu sich selbst. Und änderte seinen Plan.

Einen Moment später huschte er über den Schulhof wie ein Schatten und kletterte auf die Kastanie, ehe Bruhns ihn entdeckte. Die fünffingrigen Blätter verbargen ihn wie eine lauernde Katze. Er lauerte darauf, dass aus einem der Bäume an der Mauer ein alter Herr mit einem Gehstock steigen würde. Doch es kam kein alter Herr. Stattdessen kam ein Postbote.

Der Postbote – ein treuer Angestellter mit Namen Ulrich Mohnbiedl, einer Vorliebe für Braunbier und einer Briefmarkensammlung – ist unwichtig für diese Geschichte. Wichtig ist nur, dass er an einem Mittwoch um 11 Uhr und 21 Minuten eine

Sondersendung zum Gymnasium St. Isaac brachte. Er wunderte sich ein wenig, dass er beim Tor den Direktor traf, und verließ das Schulgelände wieder, ohne zu wissen, dass er soeben einen Gastauftritt in einem Roman gegeben hatte.

Frederic verfolgte seinen Auftritt von dem Beobachterposten auf der Kastanie aus – und sah die Sondersendung. Ein brauner Karton, mehrfach in Packpapier eingewickelt, von der Größe eines kleinen Koffers. Übersät mit VORSICHT-GLAS-Zeichen. HD Bruhns betrachtete das Paket eine Weile, drehte es in den langen, hageren Fingern …

Frederic fiel fast von seinem Ast.

Noch drei Sendungen, hatte Fyscher gesagt. *Noch ungefähr acht Tage bis zur letzten Nacht der Träume.*

Irgendwo gibt es eine Schwachstelle in Bork Bruhns' perfektem System der Traumbeseitigung, dachte Frederic. Und diese Schwachstelle musste er rechtzeitig finden. Wenn er nur gewusst hätte, was sich in dem Paket befand! Bruhns schob einen Finger zwischen die Lagen des Packpapiers, half dann mit den Zähnen nach und klappte schließlich den Deckel des Pakets auf. Darunter befanden sich mehrere flache, eckige Gegenstände, sorgsam in Folie gewickelt. Bruhns lächelte und verschwand mit langen dunklen Schritten über den Schulhof, seinen Schatz im Arm wie ein neugeborenes Kind, während die Pausenglocke schrill über den Hof kreischte. Frederic wartete, bis der HD unter den steinernen Eingangsengeln hindurchgegangen war, und wollte von der Kastanie klettern. Er würde Bruhns folgen und herausfinden, wohin er das Paket brachte.

Seine Finger rutschten an den Ästen des Baumes ab, klebrig

vom Schweiß. Sein Herz hatte es eilig. Er war ganz nahe an der Lösung. Ganz, ganz nahe ...

In diesem Moment quollen die ersten Kinder in den Schulhof, und Frederic stellte erstaunt fest, dass Josephine darunter war. Josephine, die es sonst nie eilig hatte, hinaus in den Hof zu kommen.

In ihrem Gefolge schwammen Manuel und der starke Georg mit den Eisenarmen, und sie alle steuerten auf die Kastanie zu. Josephine setzte sich auf die Bank genau davor und Frederic verbiss sich einen lauten Fluch. Sicher, er konnte einfach hinunterklettern, sie ignorieren und an ihr vorbei ins Schulhaus gehen. Sie konnte ihn nicht daran hindern, oder? Er beobachtete, wie Josephines bissige Finger kleine Kerben in die Lehne der Bank nagten ... nein, es war besser zu warten.

Also wartete Frederic. Er wartete die ganze Pause hindurch, wartete, bis der Schulhof sich zu leeren begann. Doch Josephine machte keine Anstalten zu gehen. Als der letzte Lehrer den Hof verlassen hatte, stand sie ohne Eile von der Bank auf, legte den Kopf in den Nacken und sah in die Äste der alten Kastanie empor.

»Na, Frederic?«, fragte sie. Die Blätter verbargen ihn nicht gut genug. »Ich hoffe, es ist nicht unbequem da oben?«

»Danke, es geht«, sagte er.

»Irgendwann wirst du aber herunterkommen müssen«, sagte Josephine.

»Man kann nicht tagelang auf einem Baum sitzen«, fügte Manuel hinzu und stellte sich neben sie. »Nach einer Weile kann man sich nicht mehr festhalten.«

»Oder vielleicht schüttelt so eine Kastanie einen von selbst hinunter«, knurrte der starke Georg und legte seine Eisenarme an den Stamm. Frederic fühlte einen Stich in der Magengegend.

»He, macht keinen Quatsch«, sagte er, betont ruhig. »Wir müssen alle wieder zum Unterricht. Ihr wollt doch nicht Deutsch bei HD Bruhns verpassen?«

»Er heißt Herr Direktor Bruhns«, verbesserte Josephine.

»Ja, ja«, sagte Frederic. Die Wahrheit wurde ihm wie immer zu spät klar. Josephine und die anderen waren nicht zufällig hier. Sie hatten sich abgesprochen. Dies hier war es, was Josephine in Kahlhorsts Stunde geplant hatte; dies hier war der Feldzug, für den sie Zettel verschickt hatte. Frederics alte Freundin, die Kastanie, hatte sich in eine Falle verwandelt. Er versuchte, abzuschätzen, wie seine Chancen standen, zu springen und zu rennen.

Josephine verschränkte die Arme. »Wir mögen es nicht, wenn jemand uns den Notendurchschnitt versaut«, sagte sie. »Das verstehst du doch, nicht wahr?«

»Und wir mögen es nicht, wenn Leute aus dem Unterricht verschwinden und auf Bäume klettern«, sagte Manuel. »Es wirft ein schlechtes Licht auf unsere Klasse.«

»Du wirst also verstehen«, erklärte Josephine mit eisiger Liebenswürdigkeit, »dass wir dir das nicht durchgehen lassen können. Du musst lernen, dich unterzuordnen.«

Frederic suchte nach dem Mut, von dem er geglaubt hatte, ihn zu besitzen. Er konnte ihn nirgends finden.

»Seid vernünftig«, sagte er und quälte sich ein Lächeln ab. »Geht vom Stamm weg und lasst mich runterklettern.«

Josephine nickte. Sie machte den anderen ein Zeichen und die zwei Jungen traten einen Meter zurück. Frederic glitt zum untersten Ast hinab, sprang von da aus hinunter und wollte losrennen. Doch er hatte sich verrechnet. Natürlich. Seit er auf St. Isaac war, war er nicht mehr gut in Mathe.

Er wusste später nicht, wer von ihnen zuerst zuschlug. Er spürte nur ihre Fäuste auf sich niederprasseln, schützte sein Gesicht mit den Armen, kämpfte um sein Gleichgewicht ... und verlor es. Der Asphalt des Schulhofs riss sein linkes Knie auf. Er spürte es kaum. Er versuchte, sich wieder aufzurappeln, doch sechs Arme drückten ihn zu Boden, und sechs Füße traten abwechselnd nach ihm. Frederic rollte zur Seite.

»Jetzt siehst du, wie es einem geht, der sich gegen uns stellt!«, hörte er Josephine zischen. Doch ihre Worte waren verwaschen und weit fort. Eine Wolke aus künstlichem Erdbeeraroma hüllte Frederic ein und ihm wurde übel. Eine Schuhspitze landete in seinem Magen, er schloss die Augen, fühlte, wie etwas sein Gesicht traf, und schmeckte Blut.

»Das ... das könnt ihr nicht machen«, keuchte er. »Ihr könnt nicht einfach so ...«

Aber sie konnten.

Und sie konnten es gut. Der starke Georg drehte ihm die Arme auf den Rücken und Josephines Finger fanden sein Gesicht. Wahrscheinlich wusste sie nicht einmal, dass sie biss. Vielleicht wollte sie ihn nur kratzen. Ihre Finger krabbelten hin und her und hinterließen kleine Bisswunden auf seinen Wangen wie Fußspuren. Frederic wand sich und trat um sich, doch es half nichts. Einmal traf sein Blick den des starken Georgs und er sah das Erschrecken in Georgs Augen: das Erschrecken darüber, was er da tat. Doch der starke Georg ließ ihn nicht los. Er gehorchte Josephine.

Sie nahm ihre Finger aus seinem Gesicht. Es hagelte wieder Tritte – und schließlich hörte Frederic auf, sich zu wehren, und lag ganz still. In seinen Ohren war ein Geräusch, das vorher nicht da gewesen war. Er hielt die Augen geschlossen. Jemand kniete sich über ihn und flüsterte. Es war Josephine, wer sonst: »Schlaf gut, lieber Frederic. Und träum schön. Denk an uns, wenn du träumst.«

Dann sauste etwas auf seinen Kopf nieder: eine Faust aus Eisen – und er tauchte weg.

Änna hatte den Termin ganz vergessen.

Am liebsten wäre sie nicht hingegangen. Doch natürlich ging sie. Ihre Mutter fuhr sie.

»Hoffentlich findet dieser hier heraus, was los ist«, sagte sie.

Dieser hier war der Orthopäde Bernd Schmidt – er hätte genauso gut Max Meier heißen können – und er hätte genauso gut Gießkannenfabrikant sein können oder Hundefriseur. Selbstverständlich würde er nichts herausfinden. Bisher hatte keiner der Orthopäden gewusst, was mit Ännas Bein nicht stimmte.

Aber *sie* wusste es. Seit gestern Abend. Gleich auf der Treppe vor Frederics Tür hatte sie es gesehen. An ihrem rechten Knöchel war eine Eisenkugel befestigt, gehalten von vier Kettengliedern und einem Ring. Änna fragte sich, woher die Eisenkette kam. Vermutlich war sie schon immer da gewesen.

Sie erzählte dem Orthopäden nichts davon. Er hätte ihr sowieso nicht geglaubt. Erwachsene, das hatte sie oft genug erfahren, glaubten ihr nie etwas. Vielleicht lag es an ihr. Vielleicht war sie zu ungeschickt – nicht nur, wenn sie sich bewegte: auch, wenn sie zu ihnen sprach. Sie ließ die Untersuchungen über sich ergehen, lächelte höflich und stieg wieder ins Auto.

»Ich fahre dich nach Hause«, sagte ihre Mutter. »Du bist für heute von der Schule entschuldigt.«

Doch Änna schüttelte den Kopf. »Bitte, fahr mich zu St. Isaac. Zwei Stunden kriege ich noch mit.«

»Du bist so fleißig«, murmelte ihre Mutter. »So eine fleißige Tochter haben wir …«

Aber Änna wusste, dass sie nicht fleißig war. Sie kam sich schäbig vor, ihre Mutter in dem Glauben zu lassen, sie wäre es.

Sie wollte nicht wegen des Unterrichts zu St. Isaac. Sie wollte wegen Frederic hin. Frederic, der alles sah außer gewisse Dinge über sich selbst … Sie hatte das seltsame Gefühl, etwas wäre nicht in Ordnung. Sie musste ihn sehen, um sicherzugehen, dass alles in Ordnung *war*.

Aber als sie den Hof von St. Isaac betrat, sah sie, dass nichts in Ordnung war. Sie kam zu spät.

Jemand ist da, über ihm. Eine Stimme. Gott, diese Situation hatten wir doch neulich schon einmal. Wird das jetzt zur schlechten Angewohnheit? Neulich ist Hendrik da gewesen, als er aufgewacht ist. Jetzt ist es nicht Hendrik. Die Stimme gehört jemand anders. Sie will wissen, was passiert ist. Frederic kann es ihr nicht sagen. Er weiß es nicht. Nur an das braune Paket kann er sich erinnern. Es ist wichtig.

»Das … Paket«, flüstert er. »Noch drei davon, hat er gesagt … dann kommt die letzte Nacht der Träume … Josephine … Bruhns … du musst … das Paket finden!«

147

Aber mit wem spricht er überhaupt?

Eine Hand taucht in seine Träume wie durch eine zähe, gummiartige Schicht, und er fühlt die Wärme dieser Hand auf seiner Stirn. Doch da ist etwas zwischen der Hand und seiner eigenen Haut. Etwas wie – eine Barriere. Zum ersten Mal fällt ihm auf, dass er die Wärme der Hand viel näher spüren müsste. Und er erinnert sich, dass er vor sehr, sehr, sehr langer Zeit die Dinge näher gespürt hat.

»Frederic«, sagt die Stimme über ihm. Er öffnet die Augen mühsam unter zementschweren Lidern und lächelt.

»Änna?«

Sie war noch nie so böse auf ihr rechtes Bein gewesen. Wäre sie nur schneller durch das Tor gekommen! Frederic lag auf dem Boden, unter der Kastanie, reglos. Er lag auf der Seite, gekrümmt, wie die toten Tiere auf der Autobahn. Änna kniete sich neben ihn, drehte ihn auf den Rücken, atmete auf: Er hatte die Augen geschlossen, doch sein Brustkorb hob und senkte sich, langsam, regelmäßig. Unter seiner Nase hatte sich eine Kruste aus getrocknetem Blut gebildet, und Dutzende winziger roter Bisswunden zierten sein Gesicht. Die Bisswunden waren wie eine Handschrift. Obwohl von einigen der roten Zahnkreise nur Stücke zu sehen waren, als hätte etwas Unerwartetes sie abgewehrt.

Frederic murmelte etwas: »Josephine … Bruhns …«

Tränen der Wut standen hinter Ännas Augen. Doch sie konnte jetzt keine Tränen brauchen. Sie musste etwas tun. Sie musste ihn hier wegschaffen. Verdammt, waren sie auf einem

Schulhof oder im Krieg? Sie musste jemanden holen, jemand Erwachsenen. Sie stand auf und zerrte die Kugel an ihrem Bein auf den Eingang von St. Isaac zu. Die Gänge erstreckten sich an diesem Tag ins Endlose, wuchsen und dehnten sich … Auch die Treppe in den ersten Stock schien endlos. Die Tür zum Lehrerzimmer quietschte. Änna sah sich vorsichtig um. Es war niemand da. Ihr Finger wanderte über den Plan, der die Lehrer auf Unterrichtsräume verteilte, und gleich darauf befand sie sich auf dem Weg in den Keller, steile, schmale, beinahe unüberwindliche Stufen hinunter.

Dort unten hatte Frederic ihr ihre Träume zurückgegeben. Dort unten war das gelbe Federblumenfeld an den Wänden emporgeschwappt wie ein Meer, und sie hatten mitten darin gestanden.

Sie erreichte den Werkraum, vergaß zum ersten Mal in ihrem Leben zu klopfen und stieß die schwere graue Feuersicherheitstür auf.

»Herr … Kahlhorst!«, rief sie keuchend. »Ich bin zu spät gekommen! Im Hof! Er …«

»Änna!«, sagte Kahlhorst.

Gleich darauf zwängte er seinen ausladenden Bauch zwischen Ton und Tischen hindurch auf Änna zu und strich sich verwundert über die Stirn, wobei er eine Spur aus feuchtem Tonmatsch hinterließ. Über seine Schultern ragten sonnengelbe Flügelspitzen.

Da erst wurde Änna bewusst, dass die gesamte Klasse sie anstarrte. Und auf einmal war es ihr, als würde sie unter all diesen Blicken selbst zu biegsamem Tonmatsch. Als würde sie in sich zusammensacken und ihre Form verlieren. Sie war noch nie einfach in irgendeine Unterrichtsstunde geplatzt. Am liebsten hätte sie sich umgedreht und wäre geflohen.

»Änna!«, wiederholte Kahlhorst. »Was ist passiert?«

»Alles«, flüsterte Änna.

Später lag Frederic voller Pflaster auf einem großen, weichen Bett und hielt die Augen geschlossen. Das Bett gehörte Lisa, und die Augen hielt er geschlossen, weil die Lider angeschwollen waren. Er besaß vermutlich zwei hübsche Veilchen, Spuren von seiner Begegnung mit Georgs Fäusten. Als er einmal kurz blinzelte, sah Frederic über sich eine hässliche Lampe mit einem Schirm aus gläsernen Rüschen. Lisa hatte rote und blaue Streifen daraufgemalt, um die Lampe etwas zu enthässlichen. Aber es war nicht gelungen. Jetzt war sie hässlich *und* hatte Streifen. Immerhin, dachte Frederic. Er hatte Glück, dass er nicht unter einem weißen Lampenschirm in einem weißen Zimmer lag. Kahlhorst hatte ihn zur Ambulanz des Krankenhauses gefahren, und sie hatten ihn eigentlich dabehalten wollen, um ihn noch ein wenig zu überwachen. Zur Sicherheit. Frederic hatte sich geweigert, und Kahlhorst hatte eingesehen, dass der sicherste Ort für einen Jungen mit zwei Veilchen wohl die eigene Wohnung war, wo sein Vater ihn überwachen konnte. Oder, falls der Vater nicht da war, die Wohnung der Nachbarin. Wo die Nachbarin ihn überwachen konnte. Frederic schloss die Augen. Es war zu anstrengend, sie offen zu halten.

»Ich glaube, er ist eingeschlafen«, hörte er Lisa flüstern. Er hatte nicht die Kraft, ihr zu widersprechen. Es war sicher keine schlechte Idee, ein wenig zu lauschen. Vielleicht war Kahlhorst doch ein Spion von Bruhns. Man konnte nie wissen.

»Soll er ruhig schlafen«, wisperte Kahlhorst. »Bis sein Vater nach Hause kommt.«

»Sein Vater arbeitet eine Menge.«

Kahlhorst seufzte. »Er sollte weniger arbeiten. Er sollte sich mehr um seinen Sohn kümmern. Seine Noten werden rapide schlechter. Heute ist er aus meinem Unterricht verschwunden, einfach so. Hat gesagt, er ginge zur Toilette, und ist nicht wiedergekommen. Und dann das hier.«

»Was ist überhaupt geschehen?«

»Ich weiß es nicht«, sagte Kahlhorst. »Sieht aus, als wäre der arme Kerl in eine saftige Schlägerei geraten. Dabei kommen Schlägereien selten vor auf St. Isaac. Eigentlich … nie. Was ist das für ein Typ, dieser Vater? Warum kümmert er sich nicht um Frederic?«

»Ich glaube«, sagte Lisa nachdenklich, »er versucht es. Aber es geht grundsätzlich schief. Er spricht fast gar nicht, wissen Sie. Ein seltsamer Mensch.«

Ihr Gespräch entfernte sich in die Küche. Kahlhorst, dachte Frederic, war entweder ein hervorragender Schauspieler, oder er machte sich tatsächlich Sorgen um ihn. Frederic hörte, wie er sich umständlich von Lisa verabschiedete und genauso umständlich aus dem Fenster kletterte. Kurz darauf klopfte es.

»Herr Lachmann«, sagte Lisa. Frederic zuckte zusammen.

»Da war ein Zettel von Ihnen … oben … an unserer Tür!«, keuchte Hendrik. »Ich bin gleich wieder heruntergekommen … was … ist passiert?«

»Das wüsste ich auch gerne«, sagte Lisa. »Sein Lehrer hat ihn hergebracht. Irgendwie hat er sich geprügelt, aber wir wissen nicht, mit wem.«

»Mit niemandem«, sagte Frederic und setzte sich auf. Die beiden zuckten zusammen, als hätte er sie bei etwas Verbotenem ertappt. »Ich habe mich mit niemandem geprügelt«, wiederholte er. »Ich bin vom Kastanienbaum gefallen.«

Hendrik schien zu überlegen. Dann nickte er langsam. »Vom Kastanienbaum«, wiederholte er. »Ach so.«

Er fand den Zettel in seiner Hosentasche, als er am Abend in sein eigenes Bett schlüpfte. Darauf war eine Zeichnung von einem Strichmännchen mit einer Kugel am Bein, und daneben stand eine Nummer. Frederic holte sich das Telefon aus dem Wohnzimmer, wo Hendrik in sein Buch vertieft war. Hendrik fragte ihn nicht, wen er anrief oder warum.

»Bist du wieder wach?«, wollte Änna wissen.

»Nein«, sagte Frederic. »Ich schlafe noch.«

Sie lachte.

»Warum hat sie das getan, Frederic? Josephine. War sie es allein?«

»Sie hat ihre Helfer. Sie hat gesagt, ich versaue den Notendurchschnitt der Klasse. Aber darum ging es nicht. Sie ahnt etwas. Sie weiß von der Maschine. Von den Träumen. Sie geben ihr Erdbeerpudding, als Belohnung dafür, dass sie die anderen bespitzelt.«

»Irre«, sagte Änna. »Sie gibt ihre Träume für Erdbeerpudding her?«

»Es gibt nichts, das so dumm ist, dass nicht irgendjemand es tun würde.« Er seufzte. »Hast du das braune Paket gefunden? Bei Bruhns im Rektorat?«

»Nein. Ich habe nachgesehen, ehe ich Kahlhorst geholt habe. Ich hatte furchtbare Angst, ich würde Bruhns dort treffen. Aber es war gar niemand da. Weder Bruhns noch das Paket. Im Schrank gab es nur Akten.«

Frederic überlegte. »Was machst du gerade?«

»Ich telefoniere mit dir.«

»Danke, das ist mir aufgefallen. Und sonst? Wo bist du?«

»Ich liege im Bett.«

»Kannst du dich aus dem Haus schleichen, ohne dass deine Eltern es merken?«

Dumme Frage. Ihre Eltern waren blind. Auch wenn sie es nicht wussten.

»Wie? Jetzt? Mitten in der Nacht?«

»Wir müssen zurück zu der Fabrikhalle. Vielleicht hat Bruhns das Paket dorthin gebracht. Es gehört offensichtlich zu einer ganzen Sammlung an Paketen … nur zwei Sendungen fehlen noch, bis …«

»Bis was?«

»Das ist es, was wir herausfinden müssen.«

»Wie willst du in die Halle kommen? Sie ist sicher abgeschlossen, oder?«

»Ich werde. Das reicht.«

»Du bist verrückt! Du hast bestimmt eine Gehirnerschütterung.«

»Ach was«, sagte Frederic. »Nur ein paar Beulen. Und zwei hübsche blaue Augen. Ich bin gegen halb zwölf bei dir. Bis dahin sollte mein Vater schlafen, und deine Eltern auch.«

Zwei Stunden später steckte Frederic in dem geerbten Pullover von Anna und lauschte auf die gleichmäßigen Atemzüge aus Hendriks Schlafzimmer.

Das Treppenhaus roch nach Nachtstaub. Frederic war immer noch etwas unsicher auf den Beinen. Sein Kopf schmerzte, und der Boden hob und senkte sich, wenn er sich unbeobachtet glaubte. Auf dem ersten Treppenabsatz hockte eine gekrümmte Gestalt, und Frederic erschrak. Waren das Schnurrhaare, die dort in der Finsternis zitterten?

»Ich sehe, du bist schon mittendrin«, wisperte die alte Dame aus dem zweiten Stock. Den Rattenschwanz hatte sie ordentlich neben ihren Füßen eingekringelt.

»Was ist in dem Paket?«, flüsterte Frederic. »Wo ist Bruhns' Maschine? Was geschieht in der letzten Nacht der Träume?«

Die alte Dame reagierte mit einem trockenen Kichern.

»Eine geballte Ladung Fragen, junger Mann«, zischte sie. »Keine Antworten von mir. Hab dir schon die Augen geöffnet. Kann nicht mehr tun. Wer stark werden will, muss selbst die Rätsel lösen, die auf seinem Weg liegen.«

»Sehr philosophisch«, knurrte Frederic und zerrte sein Fahrrad aus dem Keller auf die Straße. Die alte Dame sah ihm dabei zu. Ihre kleinen Augen glühten im Dunkeln wie die Reflektoren in seinen Speichen.

»Grüß mir den Wächter«, flüsterte sie, als er aufs Fahrrad stieg.

Doch das hörte Frederic nicht mehr. Er war viel zu sehr damit beschäftigt, das Gleichgewicht auf dem Fahrrad zu halten.

Der Asphalt unter ihm buckelte wie ein wildes, Pferd. Frederic biss die Zähne zusammen und fluchte sich durch die Nacht. Er hätte zurück ins Bett gehen sollen. Er war verrückt. Änna hatte recht.

Als er bei den Blumenthals ankam, lehnte Änna an der Wand neben ihrem Fahrrad. »Warum müssen wir unbedingt jetzt noch dort hinaus?«, flüsterte sie. »Hätten wir nicht bis morgen warten können?«

Frederic schüttelte stumm den Kopf.

Änna stieg auf ihr Rad, und zu zweit fuhren sie wieder los. Jetzt war der Boden still. In den Ritzen zwischen den Häusern hing ein wortloser Mond. Die Stadt hatte wieder ihr Nachtgesicht aufgesetzt, doch mit Änna neben sich erschien es Frederic weniger bedrohlich, weniger unheimlich, weniger gefährlich. Ein mondsüchtiger Hund heulte kurzsichtig einen Feuerlöscher an. In den Hauseingängen lagen die Schlafsackkokons träumender Straßenbewohner.

»Was hast du vor?«, wisperte Änna.

»Die Maschine auseinanderbauen«, sagte Frederic. »Als ich sie in Bruhns' Garage gesehen habe, hat er sie nur betankt oder poliert oder so. Sie steht sonst in der Fabrikhalle, jede Wette. Ich muss wissen, wie sie funktioniert. Und ich muss wissen, warum Bruhns nervös ist. Ich habe ihn belauscht, ihn und Sport-Fyscher. Irgendwo gibt es eine Schwachstelle in ihrem System, und wenn sie noch zwei Pakete kriegen, gibt es diese Schwachstelle nicht mehr. Vielleicht muss die Maschine repariert werden. Wenn wir sie rechtzeitig finden, dann …«

»Dann tun wir was?«

»Wir setzen die Maschine außer Kraft. Wir werfen Bruhns aus St. Isaac. Wir …«

»… retten die Welt?«, schlug Änna vor.

Verdammt, warum machte sie sich über ihn lustig? Er wollte sie anknurren, doch in diesem Moment waren sie vor der Mauer angekommen, die das alte Fabrikgelände von der Straße abtrennte. Sie versteckten ihre Räder hinter dem Skelett eines ausgebrannten Autos und schlüpften durch das angelehnte Tor, hinein in eine Nachtwelt aus knisterndem braunem Magergras und metallisch flüsternden Schrotthaufen. Der Mond strich mit seinem weißen Pinsel geheime Zeichen auf Wellblechplatten und alte Sessel.

»Frederic?«, wisperte Änna. Vor ihnen ragte die Fabrikhalle auf wie ein schwarzer Klotz aus verdichteter Bedrohlichkeit. »Willst du wirklich dort hineingehen?«

»Hast du Angst?«

»Es ist nur – bis vor Kurzem hätte ich so was nicht gemacht. Und jetzt spioniere ich plötzlich im Rektorat herum, durchsuche Bruhns' Schränke nach Paketen und fahre nachts mit dem Fahrrad in einer Gegend herum, in die meine Eltern mich nicht mal bei Tag lassen würden. Ich meine, wir wissen nicht, wer oder was dort ist. Vielleicht lässt Bruhns die Halle bewachen, oder es gibt eine Alarmanlage und wir kriegen Ärger mit der Polizei.«

»Du musst das nicht«, sagte Frederic ernst. Es war schwer, ihr Gesicht im faserigen Mondlicht zu lesen. »Ich kann auch alleine weitergehen. Bisher habe ich immer alles alleine gemacht.«

Sie schien zu überlegen. »Nein«, wisperte sie. »Nein, ich komme mit. Wenn ich dich allein gehen lasse, gerätst du wieder in irgendwelche Schwierigkeit. Nebel oder eine Prügelei oder ...«

Er nahm ihre Hand. Moment, dachte er, als er ihre Finger zwischen den seinen spürte. Sie ist ein Mädchen. Ich kenne sie nicht einmal richtig. Ich kann nicht einfach ihre Hand ... ich sollte sie loslassen. Der Ärmel des kratzigen Pullovers, den seine Mutter vor so langer Zeit gestrickt hatte, rieb an seinem Handballen. Halt sie ruhig fest, sagte der Pullover lautlos. Als wäre Anna trotz allem noch immer hier. Anna, die fast so hieß wie Änna.

»Es ist – ähm – besser so«, sagte Frederic rasch, seine Stimme etwas rauer als sonst. »Damit wir uns – ähm – nicht verlieren, falls wir wieder in diesen Qualm geraten.«

Änna nickte.

Und so gingen sie über das kahle, vertrocknete Grasfeld auf die Halle zu, Hand in Hand wie ein Pärchen aus Hollywood. Aber sie waren kein Pärchen und diese Nacht hatte nichts Romantisches an sich. Was ihre Hände zusammenhielt, war die Furcht, und die hält besser als Sekundenkleber.

Die Fabrikhalle starrte still und verlassen in die Nacht. Im Gras lag als eckige dunkle Form der Eingang zu dem Schacht, in den Frederic letztes Mal beinahe hineingefallen wäre. Das Licht des Mondes erreichte seinen Grund nicht. Aber von dort, aus der Tiefe, drang etwas herauf – keine Stimmen diesmal, kein Qualm. Auch kein Geruch. Eher ein Gefühl. Es quoll an die

Erdoberfläche und wand sich durchs Gras, unsichtbar, unerklärlich und unangenehm.

»Was, glaubst du, ist dort?«, wisperte Änna.

Frederic schüttelte den Kopf.

»Nichts Gutes«, flüsterte er.

»Hast du wirklich die Ziesel und den Fyscher ...?«

»Gehört? Ja. Komm weiter.«

Sie umrundeten das schwarze Viereck als wäre es ein bissiges Raubtier und erreichten die Tür, durch die Frederic den alten Mann hatte gehen sehen. Das Zischeln und Wispern hinter ihr war verstummt. Frederic holte den Dietrich aus der Tasche, der in seinem letzten Leben ein Dosenöffner gewesen war, und steckte ihn vorsichtig ins Schlüsselloch, drehte, schob, drehte ... die Tür gab ein winziges Knacken von sich und sprang auf. Das Mondlicht fiel schräg in die entstandene Öffnung: Es beleuchtete einen breiten Gang, der die Fabrikhalle längs in zwei Teile teilte. Zur Linken und Rechten des Gangs ragten hohe Wände auf. Sie blieben in der offenen Tür stehen und lauschten. Noch immer war nichts zu hören. Frederic trat einen Schritt vor, hinein in den Gang, und Änna folgte ihm. Hinter ihnen fiel die Tür leise ins Schloss.

»Keine Sorge«, wisperte Frederic. »Wir haben den Dietrich. Und er hat noch eine Funktion.« Er drehte diesen besonderen Dietrich um, betätigte einen kleinen Schiebeknopf, und eine winzige Glühbirne begann bläuliches Licht zu verströmen. Frederic hatte vor Langem eine Taschenlampenbirne eingebaut. Jetzt fiel der Schein des besonderen Dietrichs auf die Wände des Gangs, und da sahen sie, dass es keine Wände waren. Es waren Gitter; Gitter, die vom Boden bis unter die Decke der alten

Lagerhalle reichten. Und in der Lagerhalle stand keine Traum-abpump-Maschine.

Sie war ausgefüllt mit Käfigen.

Reihen von Käfigzellen, Wand an Wand, übereinanderge-türmt wie die Vogelvolieren eines wahnsinnigen Zoos. Was sich jedoch an den stabilen Drahtmaschen und unter den Decken der Käfige festkrallte, waren keine Vögel. Jedenfalls keine, die Frederic kannte. Es waren kleine dunkle Knäuel, die sich mit et-was am Draht festhielten, das bei manchen der Wesen Krallen oder Händen glich, bei manchen auch eher Fäden, winzigen Ästchen oder Heftklammerenden. Frederic legte den Kopf zu-rück und sah zu den Knäueln empor. Sie schienen die Höhe zu bevorzugen. Die Bodenplatten der Käfige waren leer. Und hiel-ten sich die dort oben überhaupt fest? Oder schwebten sie unter den Drahtdecken ihrer Gefängnisse?

Hölzerne Stege liefen über ihnen zu beiden Seiten außen an den Käfigen entlang; dort oben entfaltete sich eine Welt wie ein Baugerüst, genauso irrwitzig zusammengebastelt wie die Volie-ren. Hier und da gab es Leitern und Strickleitern, doch es schien ein waghalsiges Unterfangen, dort hinaufzuklettern.

Frederic und Änna gingen zwischen den Gittern entlang, den Blick auf die dunklen Knäuel gerichtet. Es war unmöglich, zu erkennen, was sie darstellen sollten. Ob sie überhaupt etwas darstellen sollten. Manche von ihnen bewegten sich ab und zu. Sie atmeten. Sie lebten.

Und dann sah Frederic, wie sich aus einem der Knäuel ein bunter Flügel reckte, größer wurde, sich dehnte … ein Kopf kam hinterher, beäugte sie misstrauisch mit kleinen Augen, ver-schwand wieder und tauchte gleich darauf erneut auf. Er sah aus wie der Kopf eines Kanarienvogels, doch er hatte drei Augen, und statt Federn bedeckten ihn glänzende Schuppen. In diesem Moment ertönte von weit oben aus dem Gewirr von Leitern, schmalen Brücken und Käfigen ein metallener Ton, als schlüge jemand mit einer schweren Stange gegen ein Gitter. Der schuppige Kopf und der Flügel verschwanden sofort. Das Wesen war wieder nichts als ein unkenntliches Knäuel.

»Sie sind … irgendwie … zusammengepresst«, wisperte Änna. »Komprimiert. So sehr, dass man sie nicht erkennen kann.«

Frederic dachte an eine gewisse Stofftasche in seinem Kleiderschrank, aus der nach und nach Wurzeln gewachsen waren. Keine Flügel, gut. Trotzdem.

»Die Träume«, flüsterte er. »Es sind all die Träume, die Bruhns den Kindern gestohlen hat! Und er plant, sie zu vernichten. Ihre letzte Nacht ist nicht mehr weit fort. Die letzte Nacht der gefangenen Träume.«

Als er das gesagt hatte, dröhnte der Ton der Eisenstange noch einmal zu ihnen herunter. Und gleich darauf hörten sie schlurfende Schritte von einem der oberen Teile des Holzgerüsts.

Jemand war dort.

7. Kapitel

Nachtschattengewächse

»Warum machst du eigentlich immer diese plötzlichen Kapitel-
enden?«, fragt Frederic.

»Ich weiß nicht. Irgendwo *muss* man ein Kapitel schließlich
beenden.«

»Aber du kannst doch nicht einfach so abbrechen, wenn es am
spannendsten ist! Die Leute wollen sicher alle wissen, wie es
weitergeht.«

»Das nennt man Cliffhanger. Hab nicht ich erfunden. Das
machen alle. Außerdem weißt du, wie es weitergeht. Du hast es
selbst erlebt.«

»Ja, nur es ist schon so lange her! Ich erinnere mich nicht
mehr genau. Was ist passiert, nachdem wir die Schritte hörten?«

»Jemand sagte: *Ruhe!*«

»Und dann?«

Jemand sagte: »Ruhe!«

Frederic spürte, wie Ännas Hand sich fester an seine klammer-
te. Er knipste die Lampe aus. Sie standen in absoluter Schwärze.

»Wer hat da Lärm gemacht?«, fragte die Stimme von oben. »Wer leuchtet da in der Nacht mit einem blauen Licht herum? Wer?«

Die Schritte tappten einige Etagen über Frederic und Änna dahin, doch gleich darauf schlurften sie eine Leiter hinab.

»Ihr wisst genau, dass Licht nachts nicht gestattet ist«, sagte die Stimme.

»Das ist er«, flüsterte Frederic, so leise er konnte. »Der Alte, der den Schlüssel zur Halle hat.«

Er wünschte, er hätte sich ebenfalls zu einem unkenntlichen Knäuel komprimieren können, genau wie der Traum von dem geschuppten Vogel.

»Die Nacht ist für die Nachtschattengewächse unter den Träumen bestimmt«, sagte der alte Mann streng. »Wir hatten uns geeinigt, dass sie nicht gestört werden.«

Jetzt war die Stimme schon ein oder zwei Stockwerke weiter unten.

Frederic ging langsam rückwärts und zog Änna mit sich.

»Wir waren's nicht!«, piepste etwas aus einem der Käfige.

Vielleicht eine geträumte Maus oder ein geträumter Hamster.

»Es war jemand von außerhalb!«, hustete eine geträumte Erkältung.

»Jemand, der hereinkam!«, fegte ein geträumter Wirbelsturm.

»Mehrere! Sie kamen mit Licht!«, matschte eine geträumte Geburtstagstorte.

Schweigt!, wollte Frederic die Träume anschreien. Ihr Idioten! Wir sind hier, um euch zu befreien! Aber – waren sie hier, um die Träume zu befreien?

Er tastete um sich. Am liebsten hätte er sich umgedreht und

162

wäre gerannt, doch er sah noch immer nichts – nichts außer einer saftigen Menge Schwarz –, und sicher wären sie beim Rennen gegen irgendeinen Teil des Gerüsts gestoßen.

»Und wer sollte von außen kommen und ein blaues Licht mitbringen?«, fragte der alte Mann streng.

»Ein Mensch!«, blubberte ein Traum von einem Schwimmbad.

»Mit einer besonderen Maschine!«, klingelte ein Traum vom Schulschluss.

»Ich fürchte, es wird Zeit, dass ich das große Licht anmache«, sagte der alte Mann, »um zu sehen, welcher Eindringling hier … äh … eingedrungen ist.«

»Neeeeeeein!«, tönte es aus vielen Kehlen. Das mussten wohl die Nachtschattengewächse unter den Träumen sein, die lichtscheuen, die Träume von Dunkeldrachen und Fabelwaldgetier und Grottenolmen und Maulwürfen und von unterirdischen Geheimnissen und langem Schlaf.

»Macht euch klein und schließt die Augen«, warnte der alte Mann. »Bei drei wird es hell. Eins, zwei …«

Frederic zog Änna mit sich auf den Boden hinunter. Sie drückten sich dicht gegen ein Käfiggitter, obwohl das natürlich nicht viel nützen würde.

Ehe der alte Mann jedoch »drei« sagen konnte, geschah etwas anderes. Ein Knirschen und Ächzen lief durch die Wand der Fabrikhalle, und dann fiel ein einzelner Lichtstrahl in die Schwärze, Licht von draußen: Jemand hatte eine Art Fenster in der Wand geöffnet. Die Träume, die vorher noch geflüstert hatten, verstummten auf einen Schlag. Zum Glück traf das Licht Frederic und Änna nicht.

»Macht Platz in Käfig zwei-vier-sieben!«, rief eine Stimme, die bisher nicht da gewesen war. Es war Bork Bruhns. Aufgeregtes Rascheln ertönte, und Frederic sah in dem Lichtstreifen, wie die Knäuel in einem der Käfige beiseiterückten. Die Decke dort war schwarz von Träumen; es gab keinen Platz mehr, doch sie versuchten zu gehorchen. Und dann ergoss sich aus der runden Öffnung, durch die das Licht strömte, ein Schwall aus neuen Knäueln. Sie purzelten mit winzigen, erschrockenen Aufschreien in die Fabrikhalle, schaukelten in der Luft: auch sie schwerelos, schwebend. Es gab ein riesiges Durcheinander in Käfig zwei-vier-sieben, eine Art schwarzer Wellen aus aufgeregten Knäueln, die durch die Luft flogen. Einige wurden nach unten abgedrängt, was ihnen offenbar nicht gefiel, und dann rief Bork Bruhns durch die Öffnung: »Wächter? Traumwächter?«

»Zu Diensten!«, meldete sich der Alte.

»Wie viel Platz ist noch?«

»Oh, wenig, wenig, Herr Direktor. Es wird knapp. Die Träume werden unzufrieden. Wenn sie versuchen, sich auszudehnen, treten sie sich alle gegenseitig auf die Füße.«

»Sie haben sich nicht auszudehnen! Wie häufig spielen Sie das autoritäre Tonband ab?«

»Jeden Morgen.«

»Spielen Sie es häufiger. Täglich zwei Mal. Drei Mal, wenn es sein muss.«

»Aber es erschreckt sie so, Herr Direktor.«

»Das ist der Sinn der Sache.«

»Es … es tut ihnen nicht gut. Wenn ich sie füttere, müssen sie sich für kurze Zeit ausdehnen können, um zu fressen.«

»Sie können es der Reihe nach tun. Lob der Disziplin! Disziplin ist alles!«

»Ja, Herr Direktor«, sagte der Traumwächter. Aber er klang nicht glücklich.

Die Luke wurde von außen verschlossen, das Licht wich wieder der schwarzen Nachtblindheit, und Frederic hörte, wie sich die Schritte des Traumwächters auf einer Leiter nach oben entfernten. Offenbar hatte er die Eindringlinge vergessen.

Frederic stand auf und tastete sich zurück zur Tür.

»Können wir diese Luke nicht von innen öffnen?«, wisperte ein kleiner, schüchterner Traum.

»Vergiss es«, murmelte eine andere Stimme, »ich bin schon fünf Jahre hier. Es ist nicht einfach eine Luke. Es ist eine Art Schleuse. Man kann sie nur von außen öffnen. Und Dinge hineinpumpen, durch Druck. Ich bin ein Traum von einem physikalischen Experiment, ich kenne mich aus.«

»Wer hier sitzt, sitzt für immer hier«, raschelte ein Traum-Baum oder ein Baum-Traum. »Lebenslänglich.«

Frederic und Änna hatten jetzt den Ausgang erreicht. Frederic fuhrwerkte mit dem besonderen Dietrich herum und die Tür sprang leise auf. Er wollte einen Schritt hinausmachen, doch Änna hielt ihn am Pulloverärmel zurück und legte ihm den Finger auf den Mund.

Da hörte auch Frederic, was sie hörte: Bruhns war noch hier draußen, ganz nah.

»Auch der Schacht ist zu voll«, sagte er. »Es wird immer gefährlicher. Ich weiß nicht, wie es mit den Oberirdischen ist, aber allein diese ganze unterirdische Bande hat die Kraft eines mittleren Atomkraftwerks. Es wird höchste Zeit, dass wir sie loswerden. Ich würde lieber heute als morgen …«

»Noch zwei«, sagte Sport-Fyscher. »Zwei Pakete. Dann reicht es.«

»Könnten wir nicht auch mit den Vorräten, die wir *jetzt* haben …?«

»Und wenn wir damit nicht alle beseitigen?«

Ein Seufzen von HD Bruhns. »Ja. Ja, Sie haben recht.«

»Wohin soll die Maschine? Mal wieder zu Ihnen in die Garage? Sie sieht aus, als bräuchte sie einen Ölwechsel.«

»Nein, nach St. Isaac. Beim letzten Mal haben meine Nachbarn schon seltsame Fragen gestellt. Wir warten das Ding ab jetzt seltener. In letzter Zeit scheinen zu viele Leute ihre Nase in unsere Angelegenheiten zu stecken.«

Die Stimmen wurden leiser, entfernten sich, verstummten.

Frederic und Änna verließen die Fabrikhalle lautlos. Das braune Trockengras begrüßte sie knispernd. Sie sahen Bruhns' Maschine samt blinkenden Knöpfen und Antennen gerade noch durch das Tor des Fabrikgeländes verschwinden wie den Scherenschnitt eines misslungenen Autos oder eines noch misslungeneren Außerirdischen.

»Diesmal kriegen wir heraus, wo er die verdammte Maschine versteckt«, sagte Frederic. »Irgendwo auf dem Gelände von St. Isaac also.«

Doch als sie durch das Tor gingen und ihre Fahrräder hinter dem Autoskelett suchten, waren dort keine Fahrräder mehr. Nur ein beunruhigendes Gebilde lag dort, das aussah, als hätte jemand es aus zwei Fahrrädern hergestellt. Und zwar, indem er mit einer sehr großen schweren Maschine darübergefahren war.

»Oh nein!«, flüsterte Änna und schlug die Hände vors Gesicht. »Wie erkläre ich das meinen Eltern?«

Das Mondlicht zeigte Frederic, dass sie zitterte. War es die Kälte? Das zerstörte Rad? Bruhns? Er wollte die Arme um sie legen, aber irgendwie konnte er sich nicht dazu durchringen. Stattdessen zog er den kratzigen Pullover aus und reichte ihn Änna.

»Du frierst«, sagte er, etwas schroff. »Zieh den hier an. Meine … Mutter hat ihn gestrickt. Er macht schön warm.«

Änna schlüpfte in den Pullover. »Ich wünschte, er könnte machen, dass die Räder wieder heil sind«, wisperte sie.

»Man müsste eine Maschine erfinden, die von selbst Räder repariert«, sagte Frederic seufzend. Und dann legte er doch einen Arm um Änna, wenigstens einen. So wanderten sie gemeinsam zu Fuß zurück durch die Nacht.

Als sie bei St. Isaac ankamen, lag nur der Schatten der Kastanie auf dem Schulhof, stumm und schwarz. Weder von Bruhns noch von Fyscher oder der Maschine war irgendetwas zu sehen. Die altehrwürdigen Engel am Eingang schwiegen sich darüber aus, was sie beobachtet hatten.

Im zerstörten Dachstuhl des Abrisshauses nebenan sang der Wind auf einer eigenen Tonleiter, Schönberg vielleicht, und Frederic sah, wie Änna einen furchtsamen Blick hinüberwarf.

»Das Abrisshaus«, flüsterte er. »Wir sollten mal dort nachsehen.«

»Ich sehe dort sicher nicht nach«, sagte Änna.

»Dann warte hier.«

Frederic zwängte sich durch die Lücke in der Mauer. Die drei rostigen Mülltonnen standen als große schwarze Schatten im Hof, stumm wie stets. Was hatte der verrückte Mülltonnenlehrer zu Frederic gesagt?

Geister sind nur eine Ausrede für die Vergangenheit.

Er wählte ein Fenster, in dem es beinahe kein Glas mehr gab, hörte im Nebenzimmer etwas schreien und erstarrte.

Aber es war kein Geist und auch keine Vergangenheit. Es war ein Wurf junger Katzen, die sich in einer Ecke um die Milch ihrer Mutter zankten. Frederic atmete auf. Die Anwesenheit der Katzen beruhigte ihn. Er war nicht ganz allein im Abrisshaus. Er wartete, bis das Zittern in seinen Beinen verschwunden war, und tappte weiter. Die Räume waren alle leer. Keine Maschine. Nur Spinnweben. Er lief das ganze Haus ab, im blauen Licht der Lampe des besonderen Dietrichs. Alles, was er fand, war ein alter, dreibeiniger Tisch. An den Wänden zeugten helle Vierecke davon, dass hier einst Bilder gehangen hatten. Die Tapete löste sich in langen Streifen. Vielleicht war das wegen des Unglücks, von dem der Mülltonnenlehrer gesprochen hatte. Vielleicht war es nicht gut für die Tapete. Vielleicht hatte Unglück etwas mit Säure gemeinsam.

Frederic stieg eine Treppe hinauf und kam in einen Teil des Hauses, wo noch ein paar Möbel standen und die Bilder noch an den Wänden hingen. Es waren vor allem Fotos, Dutzende gerahmter Fotos, alt, vergilbt; Fotos von einem Mann mit Schnurrbart. Auf manchen war auch ein kleiner Junge zu sehen, steif und ungelenk, in einem Matrosenanzug und weißem Hemd, mit Schuluniform … Es war, dachte Frederic, als hätte derjenige, der die übrigen Fotos abgehängt hatte, sich systematisch durch die Räume vorgearbeitet und wäre noch nicht bis hier oben gekommen. Aus einem der zerbrochenen Fenster konnte er unten auf der Straße Ännas kleine Gestalt sehen.

Er musste zurück. Etwas war hier, etwas, das ihn vermutlich nichts anging. Aber keine Maschine.

Änna atmete sichtbar auf, als er wieder neben ihr stand.

»Dachtest du, ich werde von einer Horde Geister gefressen?«, flüsterte er.

»Es gibt zu viele Gerüchte über das Abrisshaus.«

»Ich habe keine Angst vor Gerüchten«, sagte Frederic. Hoffentlich war es ausreichend dunkel und sie sah ihm nicht an, dass er log. »Lass uns gehen. Die Maschine ist nicht hier.«

So ließen sie das Abrisshaus hinter sich. Der große, klobige Stein bei der Schulhofmauer, den Bruhns vor fünfzehn Jahren hatte anfertigen lassen, schrieb mit dunklen Fingern GYMNASIUM ST. ISAAC in die Nacht.

Als Frederic eine halbe Stunde später die Wohnungstür aufschloss, stand Hendrik vor ihm. Er musste den Schlüssel im Schloss gehört haben. Hendrik sagte lange nichts, stand einfach nur da und sah zu, wie Frederic seine Schuhe abstreifte. Er zitterte von der Kälte der Herbstnacht; der geerbte Pullover war mit Änna nach Hause gegangen.

»Schlaf jetzt«, sagte Hendrik schließlich. »Wir reden morgen darüber.«

Frederic schlüpfte wortlos unter die Decke und sank in Träume von gefangenen Träumen, was sehr verwirrend war.

Am nächsten Morgen hatte Frederic eine riesige Beule auf dem Kopf und blaue Kreise um die Augen. Sie machten sich gut zu den Ringen darunter. Quer über seine Unterlippe zog sich ein verschorfter Riss.

In der Küche klapperte Hendrik mit dem Frühstück.

»Hallo«, sagte er, als Frederic auftauchte, und musterte ihn: Blaue Augen. Beule. Augenringe. Aufgerissene Lippe. »Okay. Reden wir. Setz dich.«

Frederic setzte sich. Was sollte er Hendrik sagen? Dass es eine besondere Behandlung für blaue Augen und aufgesprungene Lippen war, nachts durch die Stadt zu streunen? Dass er seinen Pullover beim Kartenspielen an ein pulloverfressendes Schattenmonster verloren hatte? Dabei konnte er gleich erwähnen, dass sein Fahrrad unter eine tollwütige Planierraupe geraten war, denn irgendwann würde Hendrik sicher merken, dass es nicht mehr da war. Frederic seufzte.

»Wo …?«, begann Hendrik.

In diesem Moment klingelte es an der Tür. Und weil keiner von ihnen daran gedacht hatte, die Tür nachts richtig zu verschließen, stand derjenige, der geklingelt hatte, gleich darauf in der Küche. Es war allerdings eine Diejenige. Frederic atmete auf.

»Lisa!«, rief er. »Schön, dich zu sehen!«

Lisa wirkte etwas verlegen. »Ich störe euch beim Frühstück …«

»Setz dich!«, sagte Frederic und rückte eilig einen Stuhl für sie zurecht. »Kaffee? Tee?«

»Strom«, sagte Lisa und legte eine schwarze Tasche auf den Tisch.

»Wie bitte?« Frederic starrte sie an.

Hendrik starrte sie auch an. »Ein Tässchen Strom?«, fragte er.

Offenbar hatte er am Nachmittag zuvor gelernt, dass man doch mit Lisa sprechen konnte. Er hatte ja auch lange genug Zeit dazu gehabt, als er mit Lisa zusammen das Ergebnis von Frederics Schlägerei bewacht hatte. Schlägereien sind manchmal doch eine feine Sache.

Jetzt holte Lisa einen Laptop aus der schwarzen Tasche.

»Es ist so …«, begann sie zögernd. »Ich habe ihn mir ausgeliehen, aus der Schule, wo ich arbeite. Und gerade habe ich festgestellt, dass das eine Ende der Steckverbindung verbogen ist. Ich muss den Computer aber heute Mittag zurückbringen, und da dachte ich … wo Sie doch Computer reparieren …«

Hendrik schüttelte langsam den Kopf. »Ich repariere vor allem *Programmfehler*. Ich könnte das Ding natürlich aufschrauben … aber eigentlich wollten wir gerade etwas besprechen, Frederic und ich. Eigentlich ist dieser Laptop zweitrangig.«

Frederic sprang auf. »Erstrangig!«, rief er. »Ganz erstrangig! Wir können uns später noch unterhalten. Ich muss sowieso los zur Schule.«

»Du bist krank«, sagte Hendrik. »Du bleibst zu Hause.«

»Oh, mir geht's wieder prima!«, versicherte Frederic eilig und schnappte sich seinen Schulrucksack. Sekunden später fiel die Haustür hinter ihm ins Schloss. Uff. Frederic hörte Hendrik hinter sich fluchen, aber er kam ihm nicht nach.

In der Schule spürte er Josephines Blicke auf sich. Sie schien verblüfft darüber, dass Frederic da war. Der starke Georg sah eher erleichtert aus. Über seinem Kopf schwebte eine rußige Wolke. Vielleicht war das ein schlechtes Gewissen. Änna blinzelte ihm zu. Sie trug den Pullover von seiner Mutter, hatte ebenfalls Augenringe und – lächelte. Es war schwerer denn je, nicht einfach zu ihr zu gehen und Hallo zu sagen. In Deutsch, bei Bruhns, wo Josephine neben Frederic saß, spielten ihre bezahnten Finger nervös auf der Tischplatte. Bruhns selbst warf ab und zu einen Blick herüber, rief Frederic aber kein einziges Mal auf.

»Was ist?«, wisperte er Josephine zu. »Hast du gedacht, du hättest mich für immer beseitigt? Wäre es dir lieber, wenn ich ein paar Meter unter der Erde läge?«

»Warte nur«, zischte Josephine böse. »Was nicht ist, kann ja noch werden.«

»Im Übrigen stinkst du nach Erdbeeraroma«, flüsterte Frederic. »Wie ein indischer Tempel, in dem eine französische Pralinenschachtel explodiert ist.«

Josephine streckte ihre Hand aus, doch diesmal reagierte er schnell genug und schob eine Seite des Schulbuchs zwischen die Zähne ihres Zeigefingers. Ein tiefer Zahnabdruck tauchte an der rechten unteren Ecke auf. Aus Josephines Kehle drang ein erstickter Laut der Überraschung, als sie den Abdruck sah. Sie wusste es wirklich nicht. Sie biss mit Genugtuung, aber sie wusste nichts davon. Frederic sah die ganze Stunde nicht aus dem Fenster, weil er Angst davor hatte, Josephine aus den Augen zu lassen. Die Frau war verrückt. Absolut über alle Grenzen hinaus wahnsinnig. Man müsste, dachte er, eine Maschine erfinden, die Handschuhe mit Maulkorb strickt.

In der Pause nahm ihn Kahlhorst beiseite. »Herr Direktor Bruhns will dich sprechen«, erklärte er und musterte Frederic besorgt. »Ist heute schon wieder etwas passiert?«

»Nicht dass ich wüsste«, antwortete Frederic und musterte seinerseits Kahlhorst. »Ihre Flügel sind ein Stück nachgewachsen«, sagte er.

»Meine … wie?«, fragte Kahlhorst.

»Ach, nichts.« Frederic lächelte. »Danke. Wegen gestern.«

Damit drehte er sich um und machte sich auf den Weg zum Rektorat. Bruhns wollte ihn sprechen? Das konnte er haben. Er war ihm dicht auf den Fersen. An diesem Morgen hatte er keine Angst vor HD Bruhns.

»Wir sind quitt«, sagte er leise, während er einen der endlosen kalten Flure von St. Isaac entlangging. »Ich schulde Ihnen – angeblich – einen Computer. Und Sie schulden mir ein Fahrrad.«

Im Sekretariat, das jeder auf dem Weg zum HD durchqueren musste wie eine Vorhölle, blubberte die Kaffeemaschine auf ihrem Bürostuhl so teilnahmslos vor sich hin wie immer. Das Parmafaulchen stank ein wenig auf dem Fensterbrett, und durchs Fenster sah man die gelben Birken aus dem Dachstuhl des Abrisshauses winken. Frederic dachte an die Bilder von dem Mann und dem Jungen im Matrosenanzug …

Wieder war keine Sekretärin zu sehen. Frederic klopfte an die Tür mit der Aufschrift »REKTORAT«.

»Herein«, schnarrte Bork Bruhns' Stimme. Er saß hinter seinem Schreibtisch und hatte bis jetzt auf einer grünen Gummimaus herumgekaut. Wahrscheinlich, ohne es selbst zu bemerken. Das Sonnenlicht spiegelte sich auf seinen Zähnen, die Frederic anstarrten wie zwei Reihen kampfbereiter Soldaten.

»Mir scheint«, begann Bruhns, »es gibt Leute in diesem Haus, die ihre Nase in Dinge stecken, die sie nichts angehen. Mir scheint, ich habe das noch nicht deutlich genug gesagt.«

»Was werfen Sie mir vor?«, fragte Frederic.

Bruhns beugte sich über den Tisch und runzelte die Stirn. Frederics direkte Frage schien den HD etwas aus der Bahn zu werfen. Er konnte schlecht sagen: Ich habe dein Rad nachts bei einer alten Fabrikhalle gesehen. Oder: Es ärgert mich, dass wir deine Träume nicht kriegen. Also sagte er: »Man hat sich inzwischen mehrfach über dich beschwert. Die Leute aus deiner Klasse. Sie sagen, du lenkst sie ab. Außerdem sieht es nicht gut aus mit deinen Noten. Vielleicht ist ein Gymnasium nicht der richtige Ort für dich.«

»Ich werde mich von jetzt an anstrengen«, sagte Frederic. »Wegen der Noten.«

Und das würde er tun. Er musste noch ein Weilchen durchhalten. Nur ein Weilchen noch. Er musste tausend Dinge herausfinden: Wie er die Träume befreien konnte. Was in dem Schacht war. Warum Bruhns Angst vor ihm, Frederic, hatte. Wo die Maschine …

Bruhns unterbrach seine Gedanken. »Ich habe dich zu mir gerufen, weil ich dich warnen möchte«, erklärte er, seine Worte triefend vor falscher Freundlichkeit. »Es sieht so aus, als würdest du gewisse Leute mit in gewisse Dinge involvieren … äh …

174

hineinziehen. Änna, um ein Exempel zu nennen, will sagen: zum Beispiel. Sie scheint dir sympathisch zu sein?«

»Ich kenne sie nicht mal näher«, knurrte Frederic. Doch er war kein guter Lügner.

Bruhns lachte leise. »Ganz wie du meinst. Aber du willst vermutlich nicht, dass sie auf St. Isaac ein so diffiziles, meine: schweres Leben hat wie du, nicht wahr? Es wäre besser, du benähmst dich in der nächsten Zeit kooperativ.«

»Was meinen Sie damit?«, fragte Frederic ärgerlich. »Was haben Sie vor?«

»*Ich* habe gar nichts vor.« Bruhns lächelte. Seine Zähne blinkten fröhlich wie frisch geschliffene Juwelen.

Frederic verließ das Rektorat, innerlich schnaubend vor Wut. Änna.

Bruhns hatte recht. Er hätte sie nicht mit hineinziehen sollen. Wer Freunde hat, ist verwundbar.

In der letzten Stunde fegte ein kalter Herbstwind über den Sportplatz.

Fyscher leckte sich die Lippen, rollte dann die blutrünstige Zunge ein und pfiff in seine Trillerpfeife. »Aufstellen!«, befahl er. »Der Größe nach, wie immer! Wer fehlt?«

»Ich«, sagte Frederic.

Fyscher ignorierte ihn. »Ich muss mich heute um die Mädchen kümmern«, erklärte er, die Zunge wieder an den Lippen. »Frau Müller ist verhindert. Ihr spielt Fußball. Manuel, du übernimmst das Kommando.«

»Natürlich, Herr Fyscher«, sagte Manuel. Frederic wunderte

sich beinahe, dass er nicht salutierte. Fyscher nahm seine Zunge mit hinüber auf die andere Seite des Sportplatzes, wo die Mädchen frierend im Herbstwind warteten.

Frederic sah, dass Änna ein wenig abseits stand. Das Mittagslicht glänzte auf ihrer Eisenkugel. Sport musste die Hölle für Änna sein. Und warum hatten die Mädchen heute Fyscher? War Frederic der Müller nicht vorhin noch auf der Treppe begegnet?

Jemand rempelte ihn an. »He, Frederic, träum nicht!«, sagte Manuel. »Wir fangen an zu spielen. Du bist in meiner Mannschaft. Nicht dass ich dich gewählt hätte. Aber du bist übrig geblieben. Du erinnerst dich, was ein Fußball ist?«

»In etwa«, antwortete Frederic. Kurz darauf trabte er mit den anderen über den giftgrünen Rasen, ohne zu wissen, wohin oder warum. Seine Gedanken waren nicht bei der Sache. Wo war eigentlich der Ball? Welches war ihr Tor?

»Mann, pass doch auf!«, rief der starke Georg. »Hast du Tomaten auf den Augen?«

»Karotten«, murmelte Frederic und dachte an Vitamin A.

Im nächsten Moment schubste jemand ihn, er rutschte aus, landete auf dem Boden und fand sich plötzlich in einem Gewirr von Armen und Beinen. Einen Augenblick lang bekam er Angst, dass die anderen wieder eine Prügelei anfangen würden. Er arbeitete sich panisch aus dem Chaos heraus, spürte dabei jeden einzelnen blauen Fleck vom Vortag und saß schließlich keuchend neben Georg und ein paar anderen im Gras.

»He«, sagte jemand. »Guckt mal, da drüben! Was machen die Mädchen da?«

»Akrobatik«, antwortete jemand anders. »Wow. So was hätte

ich auch gern mal statt Sport. Vielleicht üben sie fürs Schulfest oder so.«

Frederic stand auf und sah hinüber. Tatsächlich. Eben waren die Mädchen dabei, auf der leeren Aschenbahn eine Pyramide zu bilden. Fyscher stand daneben und erteilte Befehle: Eine Reihe Mädchen kletterte auf die nächste wie bei einem Kartenhaus. Die Reihen wurden immer kürzer, der Weg hinauf immer mühsamer. Fernes Lachen schallte über die Wiese. Sie schienen viel Spaß zu haben dort, mit ihrem Kunststück. Warum übte Fyscher – gerade Fyscher – mit den Mädchen etwas ein, das Spaß machte? Warum hetzte er sie nicht wie gewöhnlich endlose Runden im Dauerlauf um den Sportplatz?

Frederic sah zu, wie die Pyramide höher und höher wurde. Josephine kniete als eines von zwei Mädchen in der obersten Reihe.

Sekunden später wurde ihm alles klar. Jemand fehlte noch auf der Pyramide: Änna.

Sie stand ganz allein vor den anderen und blickte am kompliziert verschachtelten Bau ihrer Körper empor. Frederic sah, wie Fyscher sich zu ihr hinunterbeugte und etwas sagte. Sie nickte, zögernd. Dann begann sie, über die Rücken der anderen hinaufzuklettern. Er sah, wie sie die Kugel an ihrem Knöchel mit sich zerrte, wie sie Mühe hatte, im Gleichgewicht zu bleiben, sah ihre ungeschickten Bewegungen; hörte das Lachen der anderen. Aber nun lachten sie nicht mehr, weil es ihnen Spaß machte, Akrobaten zu sein. Nun lachten sie über Änna.

Und Frederic verstand, warum die Akrobaten ihr Kunststück auf der Aschenbahn vollführten statt auf der Wiese. Auf der Wiese fiel man weicher …

»He, Frederic!«, brüllte Manuel. »Bleib hier! Du kannst nicht einfach abhauen! Wir sollen doch Fu…«

Frederics alte Sportschuhe trugen ihn über das Gras, so schnell wie noch nie. Der Sportplatz schien heute größer als sonst: eine Wüste aus blumenlosem, künstlich grünem Gras. Hinter sich hörte Frederic die anderen Jungen kichern. Er schnappte die Worte »Mädchen« und »verknallt« auf. Aber für solchen Kinderkram hatte er jetzt keine Zeit. Er musste sich durch eine Hecke zwängen, stolperte, fiel, kam wieder hoch. Als er bei der lebenden Pyramide ankam, hatte Änna ihre Spitze gerade erreicht. Frederic blieb keuchend stehen und blickte zu ihr empor.

»Du bist ganz schön schwer«, beklagte sich eines der Mädchen. »Ist mir bisher noch gar nicht aufgefallen, wie fett du bist!«

»Fett und ungelenk wie ein Elefant!«, rief ein anderes Mädchen kichernd.

Änna drehte sich um. Frederic sah, dass Tränen in ihren Augen standen.

»Na los, ganz nach oben!«, rief Fyscher. »Wir wollen eine richtige Pyramide, wie im Buch! An der Spitze zu sein, ist eine große Ehre!«

Änna kletterte jetzt auf Josephines Rücken. Tu es nicht!, wollte Frederic rufen. Komm wieder runter! Hör nicht auf sie! Das ist eine Falle! Doch sein Mund war trocken und er bekam kein Wort heraus, stand nur da und starrte. Josephine würde sich im falschen Moment bewegen, dachte er. Doch Josephine hielt still wie ein Stahlgerüst. Sie wartete, bis Änna oben war, mit einem Arm und einem Knie auf ihrem Rücken und dem anderen Knie auf dem ihrer Nachbarin. Fyscher klatschte laut und Frederic atmete schon auf, da hob Josephine, die mit ihrem Gleichgewicht offenbar keine Probleme hatte, eine Hand, und Frederic sah, wie ihre Finger Änna blitzschnell in den Arm bissen. Änna zuckte zusammen, taumelte – und fiel vorn über den Rand der Pyramide, ohne sie aus dem Gleichgewicht zu bringen. Frederic sprang vor, an Fyscher vorbei, sah Änna auf sich zurasen wie einen Meteoriten, und gleich darauf riss sie ihn mit zu Boden. Ein jäher Schmerz fuhr durch seinen linken Arm. Um ihn und Änna schwappten die Wogen eines Meeres von Gelächter empor. Bis Frederic sich aufgerichtet hatte, hatte die Pyramide sich aufgelöst: Die anderen Mädchen waren eines nach dem anderen wieder hinuntergeklettert, und nun standen sie nur noch da und lachten. Fyscher lachte mit ihnen, seine blutrünstige Zunge vibrierte dabei wie Wackelpudding.

»Alles okay?«, fragte Frederic leise. Änna nickte. »Mein Knöchel tut weh«, flüsterte sie. »Aber sonst ist alles okay.«

»Ist es nicht«, wisperte Frederic. Er sah, dass eine Träne über ihre Wange lief. Dann fühlte er sich unsanft hochgezerrt.

»Was machst du überhaupt hier?«, fragte Fyscher, der sich ebenfalls eine Träne aus dem Gesicht wischte. Eine Lachträne. »Bist du neuerdings ein Mädchen?«

Frederic verschränkte die Arme und sah in die Runde. Die Mädchen starrten ihn an und kicherten. Er öffnete den Mund, um etwas zu sagen – drehte sich dann aber schweigend um und ging über den Sportplatz davon. In seinem geprellten Arm pochte der Schmerz. Was sollte man zu diesen Leuten sagen?

Es gab nichts. Gar nichts.

Das also war es, was Bruhns tun würde, wenn Frederic sich

nicht aus seinen Angelegenheiten heraushielt. Er würde Änna quälen. Tag für Tag. Änna zu quälen war leicht. Und eine dritte Träne floss auf dem Sportplatz – Frederic spürte sie in seinem eigenen Augenwinkel. Eine Träne der Wut.

Als Änna von ihren Eltern abgeholt wurde, saß Frederic auf dem großen, eckigen Stein mit der Aufschrift GYMNASIUM ST. ISAAC. Sie winkte, und er winkte zurück. Doch er blieb auf dem Stein sitzen, den ganzen Nachmittag lang, und grübelte.

Was sollte er tun? Aufgeben, damit Änna nichts geschah? St. Isaac verlassen? Oder bleiben und sich blind stellen? Eines Tages würde Bruhns vielleicht auch seine Träume holen, eines Tages, wenn er herausgefunden hatte, weshalb es ihm bisher nicht gelungen war. Dann, dachte Frederic, wäre alles einfacher. Dann müsste er sich nicht mehr sträuben, nicht mehr anders sein, keine Dinge mehr erfinden. Dann würde er nur noch gute Noten schreiben und bräuchte sich nie wieder Sorgen zu machen. Eine dunkelblaue Mischung aus Ärger und Trauer stieg in ihm auf. Die Bäume an der Mauer raschelten mit ihren Blättern wie immer, doch jetzt kam ihm das Geräusch vor wie der Inbegriff der Trostlosigkeit.

Es wurde Nachmittag. Es wurde Abend. Die Kirchturmuhren der Stadt schlugen Stunden, die Frederic nicht zählte. Als die Dämmerung kam, begann er zu frieren. Seine Finger suchten am Stein verbliebene Sonnenwärme, doch die glatte Oberfläche wies ihn ab, kalt und unnahbar.

Moment. Gab es da nicht eine Unebenheit im Stein, ganz unten an der Seite, eine Art Erhebung; einen Hubbel, nur so groß wie ein Knopf? Frederic tastete weiter und merkte, dass man den Hubbel herausziehen konnte. Ein Stück weit nur. Dann knirschte es unter ihm – und der Stein warf ihn ab. Er landete verblüfft auf dem Boden. Vor ihm lagen »ST.« und »ISAAC« auf getrennten Stücken. Sie waren einfach auseinandergeglitten.

Der Stein jedoch war hohl. Hohl wie eine Schublade. Und in seinem Inneren befand sich, platzsparend zusammengelegt wie ein Ikea-Regal, ein Ding mit Dutzenden von Schaltern, Hebeln, Rädern und Schläuchen und – war das nicht ein Saugnapf?

Frederic zog die Luft scharf durch die Zähne ein. Bruhns war ein Arschloch, aber eines musste man ihm lassen: Er war auch ein genialer Erfinder. Frederic kniete sich vor das zusammengefaltete Ding, das noch in der einen Hälfte des Steins steckte, und untersuchte es genauer.

Wie baute man die Traum-Entfernungs-Maschine zu ihrer vollen Größe zusammen? Hier waren die Hebel, mit denen man das Abpumpen für »böse« und »gute« Träume einstellen konnte. Hier flossen die Träume hinein … und danach? Wohin gerieten sie dann? In seiner Schultasche fand er einen Schraubenzieher und begann, einzelne Teile des Getriebes zu zerlegen. Er musste wissen, wie diese Maschine tickte. Wo war ihr Herz? Was presste die Träume zusammen?

Und plötzlich ging es gar nicht mehr um die Träume. Es ging nur noch um die Maschine. Um ihre Schönheit, rein, pur, jenseits ihrer Bestimmung.

Die Zeit wich. Der Schulhof wich. Die Welt wich. Frederic war die Maschine und die Maschine war er. Sein Blick kroch auf der Suche nach ihren innersten Geheimnissen durch ihre Eingeweide, er verstand hier, rätselte da, schraubte auf, schraubte zu, trennte, vereinte, probierte, ging den Adern von Drähten nach ... eine Blume fiel ihm in die Hände. Eine Blume? Er drehte sie hin und her. Sie hatte zarte, filigrane blaue Blütenblätter. War sie wirklich aus dem Getriebe der Maschine gefallen? Er würde sich später Gedanken darüber machen. Er legte sie beiseite, holte den besonderen Dietrich hervor und knipste das bläuliche Lämpchen an. Es war beinahe dunkel geworden.

Und auf einmal hielt er ein Tonband in der Hand. Er stutzte. Ein Tonband? Dort, wo er das vermutete, was die Träume komprimierte? Hätte er die Maschine nur ganz aufbauen können! Dann hätte sie ihm vielleicht preisgegeben, was für Töne sich auf dem Band befanden. Er drehte es hin und her ...

»Frederic. Was machst du hier?«

Er fuhr erschrocken herum. Über ihm stand der starke Georg.

»Was machst *du* hier?«, fragte er zurück.

»Lateinnachhilfe bei Herrn Claudius«, antwortete Georg, und eine eiserne Hand zog Frederic hoch. »Oh Gott! Was – was ist das? Du hast den Stein kaputt gemacht! Warum – und wie?«

Frederic schüttelte den Kopf und schob das Band in seine Tasche. »Er ist nicht kaputt. Er ist bloß hohl innen. Es ist irre, aber er war die ganze Zeit über nur dazu da, die Maschine aufzubewahren. Und keiner von uns hat es gewusst!«

»Maschine?«, echote Georg verständnislos. »Was redest du da?«

Frederic sah ihm ins Gesicht. »Du *willst* sie nicht sehen, stimmt's?«

»Komm mit«, sagte der starke Georg. »Josephine hatte recht. Ich habe daran gezweifelt, aber sie hatte recht. Du bist verrückt. Du rennst herum und machst Dinge kaputt, nur so zum Spaß.«

Frederic wand sich in dem eisernen Griff, doch Georg schleifte ihn ohne größere Mühe nach St. Isaac hinein. In der Aula stießen sie beinahe mit Claudius zusammen, der einige erstaunte Karpfenblasen machte.

»Er hat den Stein zerbrochen!«, rief Georg. »Frederic hat den Stein mit der Inschrift zerbrochen! Wir müssen dem Herrn Direktor Bruhns Bescheid sagen!«

Claudius blubberte Entsetztes. Kurz darauf blubberte er in sein Handy. Frederic konnte sich nicht vorstellen, wie die Blasen das andere Ende erreichen sollten. Er kämpfte in der Aula chancenlos mit dem dicken Georg, während Claudius teleblasofonierte. Es war alles wie ein schlimmer Traum. Ein Traum, den Bruhns gern aus seinem Kopf hätte pumpen können.

Schließlich wurde es dem starken Georg zu dumm; er rang Frederic zu Boden und setzte sich auf seine Brust, und so warteten sie, bis Bruhns erschien.

Sein Schatten fiel vor ihm durch die Tür, samtschwarz und voller Zähne. Bruhns kniete sich vor Frederic und sah ihm ins Gesicht. Der starke Georg hielt ihn noch immer eisern fest.

»Jetzt«, sagte er sehr leise, »hast du es zu weit getrieben. Ich wusste, dass du den einen Saugnapf geklaut hattest. Saugnäpfe kann man ersetzen. Aber das ist zu viel. Wo ist das Band?«

»Ich …«

»Georg? Ein Tonband?«

»In seiner Tasche, Herr Direktor. Rechts, Herr Direktor. Ja, dort, Herr Direktor.«

Bruhns hielt das Tonband triumphierend in die Höhe wie einen wiedergefundenen Gummiknochen. Dann rollte er es sorgfältig ein und ließ es in seiner eigenen Tasche verschwinden. Danach winkte er zwei Leute herein, die gerade erst in der Tür aufgetaucht waren: zwei Polizisten.

»Nehmen Sie ihn mit«, sagte Bruhns. »Sie haben den Schaden draußen aufgenommen? Es war ein wertvoller Stein. Ein antiker Sarg, daher hohl innen. Römische Zeiten. Nur die Inschrift war neu. Georg, lass ihn los. Vielen Dank. Du hast deine Sache gut gemacht.«

Der starke Georg lächelte wie ein braver Hund und stand auf. Frederic erhob sich ebenfalls. Er machte keinen Versuch, wegzulaufen. Bruhns brachte sein Gesicht noch einmal ganz nahe an das von Frederic, ehe er ihn gehen ließ.

»Ich möchte dich nie, nie wieder in St. Isaac sehen«, flüsterte er. »Such dir irgendeine andere Schule, die deine Faxen mitmacht. Dies ist die falsche. Und ich möchte dich auch nie, nie wieder dabei erwischen, dass du in meinen privaten Angelegenheiten herumschnüffelst. Haben wir uns verstanden?«

Frederic nickte.

Als er schweigend zwischen den beiden Polizisten durch das Tor des Schulhofs von St. Isaac ging, sah er, dass der Stein inzwischen leer war. Ein antiker Sarg! Er lachte kurz und bitter. Die Polizisten warfen ihm einen seltsamen Blick zu.

»Und womit«, fragte Frederic, »glauben Sie, habe ich einen antiken Sarg gesprengt?«

»Wirst du es uns erzählen?«, fragte der eine.

»Ich wünschte«, sagte Frederic, als sie ihn in ihren Wagen stopften, »das könnte ich. Die Wahrheit würden Sie mir sowieso nicht glauben. Die Wahrheit ist ein verborgener Mechanismus im Stein.«

»Die Wahrheit ist, dass es uns ganz egal ist«, sagte der andere Polizist. »Du kannst herumrennen und in die Luft jagen, was du möchtest. Wir haben zufällig heute Abend Dienst, das ist alles. Wir haben nichts gegen dich, aber wir helfen dir auch nicht. Kapiert?«

Frederic rutschte im weichen Sitz des Wagens zurück und vergrub seine Hände tief in die Taschen. Moment. Dort war etwas. Er zog es heraus. Ein Rest des Tonbands. Es musste abgerissen sein, als Bruhns danach gegrapscht hatte. Ha!

»Wenn wir mit dem Protokoll fertig sind«, fügte der Polizist hinzu, »kann dich deine Mutter auf dem Revier abholen.«

»Das kann sie nicht«, sagte Frederic.

»Warum nicht?«

»Weil sie vor acht Jahren von einem Auto totgefahren wurde«, antwortete er. »Deshalb.«

8. KAPITEL

Vermisstenanzeige

»Was für ein trauriges Kapitelende«, sagt Frederic. »Ich meine –
musst du dauernd diese Mutter von mir erwähnen? Sie kommt
doch gar nicht vor. Sie spielt gar keine Rolle für die Geschichte
mit Bruhns und den Träumen und mir.«

Ich wünschte, ich könnte eine Augenbraue hochziehen. Kann
ich nicht. Also ziehe ich beide hoch. »Nein?«

»Hier geht es um Leute, die es gibt! Erzähl von denen!«

»Einverstanden«, sage ich gehorsam. »Im nächsten Kapitel
steigt mal wieder jemand in dein Fenster ein, den es gibt. Und
dann steigt jemand, den es auch gibt, aus dem Fenster aus. Und
hinter einem anderen Fenster will jemand jemanden nicht ein-
lassen.«

»Jetzt hab ich den Faden verloren. Wo kommen all die Fenster her?«

»Wart's ab.«

Es dauerte, bis die Polizisten Hendrik erreichten. Frederic
schlief auf dem Tisch im Vorraum des Polizeireviers ein, den
Kopf auf den Armen.

Als sie ihn weckten, stand Hendrik in der Tür. Frederic vermied es, in sein Gesicht zu sehen. Er verschloss seine Ohren gegen das, was die Polizisten zu Hendrik sagten. Eine Hand auf seiner Schulter führte ihn hinaus. Es war Hendriks Hand. Sie wog eine Tonne – als müsste Hendrik sich auf ihn stützen, um nicht zu fallen. Als wäre er auf einmal ein alter Mann.

Auf der Straße vor dem Revier blieb Hendrik stehen und zündete sich eine Zigarette an. Er hatte seit Jahren nicht mehr geraucht. Frederic stand neben ihm in der Nachtkälte, die Hände tief in den Taschen vergraben, frierend. Die Spitze von Hendriks Zigarette leuchtete ab und zu auf wie ein blinkendes Auge.

»Das war's also mit St. Isaac«, sagte er schließlich um die Zigarette herum.

Frederic nickte. »Das war's.«

Aber das war es nicht gewesen. Die Träume saßen noch immer gefangen in der Fabrikhalle, und Bruhns sammelte noch immer Pakete, in denen etwas war, das sie töten würde. Frederic war vom Spielbrett geflogen, doch das Spiel ging weiter.

»Warum?«, fragte Hendrik. »Bitte. Erkläre es mir.«

»Ich habe es versucht«, sagte Frederic. »Du hast mir nicht zugehört.«

Hendrik trat die Zigarette aus. »Du hast mir nichts erklärt. Du hast zusammenhangloses Zeug geredet. Ich habe eine Menge Geduld, Frederic. Aber sie ist nicht unendlich. Verdammt. Ich habe dir gesagt: Lass dich nicht rausschmeißen. Gib dir ein wenig Mühe. Ein wenig nur. Und du ... prügelst dich mit den anderen – erzähl mir jetzt nicht wieder, du wärst von einem Baum gefallen – prügelst dich und läufst aus dem Unterricht

188

weg und … Himmel, wie hast du es geschafft, diesen alten Sarg kaputt zu kriegen?«

Frederic schnaubte. »Du glaubst wohl immer nur den anderen, ja? Du hast ihnen geglaubt, dass ich den Computer auf dem Gewissen habe, und jetzt glaubst du ihnen, dass ich den Stein … das ist … das ist lächerlich, Hendrik! Absolut lächerlich!«

Hendrik packte ihn an den Schultern und schüttelte ihn.

»Dann sag mir doch, wie es passiert ist! Erklär es mir so, dass ich es begreifen kann!!«

»Ich fürchte«, antwortete Frederic, »das ist unmöglich. Du wirst nie, nie, nie irgendetwas begreifen. Du begreifst ja nicht einmal dich selbst.«

Er riss sich los, wandte sich ab und ging weg, die Straße entlang.

»Wohin willst du? Frederic!« Hendrik rannte ihm nach. »Du steigst jetzt sofort ins Auto und fährst mit mir nach Hause! Und du wirst heute Nacht auch dort bleiben.«

Er griff nach Frederics Arm und hielt ihn fest. »Wo warst du letzte Nacht? Hm? Und neulich? Wo treibst du dich herum? Mit was für Leuten bist du unterwegs? Mit Leuten, die es lustig finden, Dinge kaputt zu machen?«

Er zerrte Frederic zum Auto und drückte ihn auf den Rücksitz. Dann startete er das Auto so abrupt, dass der Motor gequält aufheulte, und jagte es aus der Parklücke auf die Straße hinaus. Und während er seinen Ärger an der Gangschaltung ausließ, fiel Hendrik in Schweigen zurück. Aber es war eine andere Art von Schweigen als sonst. Es war angespannt wie eine Eisenfeder und Hendrik schien darin nach Worten zu suchen. Erst als er den

Wagen mit einer unnötigen Vollbremsung vor ihrem Haus anhielt, fand er sie.

»Du willst also unbedingt, dass ich wütend werde«, knurrte er. »Gut, du hast es geschafft. Ich bin wütend.« Er sprang aus dem Auto und schlug die Fahrertür zu. »*Ich bin wütend!*«, schrie er. »*Zufrieden?*«

Die Nacht bebte.

In Lisas Fenster ging hinter einem neuen Vorhang das Licht an. Oben im zweiten Stock raschelte es auf dem Balkon. Kringelte sich dort nicht ein langer, nackter Rattenschwanz?

»Sehr zufrieden, danke«, sagte Frederic bitter. »Wir haben noch nie so viel miteinander geredet wie eben, weißt du das? Weißt …«

Er merkte, dass er ebenfalls laut geworden war und brach ab.

Das Treppenhaus schluckte sie, und sie verstummten. Als Frederic in sein Zimmer ging, hörte er, wie Hendrik die Haustür von innen abschloss und den Schlüssel abzog. Da machte er seine eigene Zimmertür noch einmal auf und rief: »Willst du mich nicht in meinem Zimmer einsperren? Wäre das nicht effektiver?«

Hendriks Blick war so alt wie die Hand, die er vor dem Polizeirevier auf Frederics Schulter gelegt hatte. Der dunkle Fleck auf seinem Hemd verwunderte Frederic inzwischen nicht mehr. Er schloss die Tür und kletterte ins Bett.

Er war so müde gewesen, so unendlich müde. Doch nun konnte er nicht schlafen. Eine Weile rumorte Hendrik noch in der Küche herum, danach wurde die Wohnung still. Auf Frederics Gesicht war etwas Feuchtes. Er wischte es weg. Im selben Moment klopfte jemand ans Fenster.

Frederic setzte sich im Bett auf, die Decke bis ans Kinn gezogen. Wer im ersten Stock an ein Fenster klopfte, musste auf einer Leiter stehen. Bruhns! Bruhns und seine Maschine. Und Fyscher vielleicht ... Halt: Bruhns hatte seine geheimen Methoden, in Zimmer zu gelangen. Er klopfte nicht an.

Frederic schlüpfte vorsichtig aus dem Bett und ging barfuß zum Fenster. Draußen war es finster; der Mond und die Sterne hatten sich freigenommen und als Krankheitsgrund Wolken vorgeschoben. Die Straßenlaterne vor dem Haus schien mit den letzten Herbstblumen verblüht zu sein. Oder vielleicht hatte Bruhns neulich auch die Birne zerschmissen. In jedem Fall war es schwer zu erkennen, wer draußen stand. Frederic drückte sein Gesicht gegen die Scheibe – und blickte in ein anderes Paar Augen. Jemand drückte sein Gesicht von außen gegen die Scheibe. Wäre das Glas nicht zwischen ihnen gewesen, hätten sich ihre Nasen berührt.

»He, Frederic!«, kam eine gedämpfte Stimme von außen. »Ich bin es, Lisa!«

Frederic nahm seine Nase von der Scheibe, schüttelte den Kopf und öffnete das Fenster.

»Guten Abend«, sagte Lisa und kletterte herein. Sie hatte tatsächlich auf einer Leiter gestanden.

»Es ist durchaus ein wenig umständlicher, es im ersten Stock zu tun«, sagte sie. »Durchs Fenster zu kommen, meine ich. Die Leiter habe ich im Keller gefunden. Ich glaube, sie gehört keinem.«

Frederic legte einen Finger an die Lippen. »Hendrik schläft. Denk ich.«

»Aber du«, flüsterte Lisa und schloss das Fenster ganz leise. »Du hast nicht geschlafen, oder?«

Er schüttelte den Kopf und bot ihr einen Platz auf dem Bett an. Eine Weile saßen sie dort schweigend nebeneinander, die Rücken an die Wand gelehnt, und fühlten die Dunkelheit zwischen sich. Mit Lisa zu schweigen war etwas ganz anderes als mit Hendrik zu schweigen. Es war kein Schweigen anstelle von Worten. Es war das Schweigen vor den Worten. Er spürte, wie sie diese Worte zurechtlegte, und schließlich sagte sie: »Ihr wart ziemlich … laut. Sicher geht es mich nichts an, aber: Ist etwas Fürchterliches passiert? Ist jemand gestorben oder so?«

»Ja«, sagte Frederic.

»Oh. Wer?«

»Meine Mutter. Vor acht Jahren.«

»Und – heute Abend?«

»Heute Abend ist niemand gestorben. Obwohl es um einen antiken Sarg ging, den ich angeblich kaputt gemacht habe. Aber ich habe ihn nicht kaputt gemacht, Lisa. Ich bin nur aus Versehen an den geheimen Mechanismus gekommen, der ihn öffnet. Und überhaupt glaube ich nicht, dass es je ein Sarg war. Ich glaube, unser Direktor Bruhns hat das Ding extra aushöhlen lassen, um seine Maschine darin zu verstecken.«

»Das ist schlau«, sagte Lisa. »Was für eine Maschine?«

»Sie pumpt Träume ab. Aus den Köpfen von Leuten. Und Pudding hinein. Stattdessen. Und die Träume, hat Bruhns gesagt, sind der Nährboden für die Ideen. Wenn er sie stiehlt, hat er lauter brave Kinder.«

»Das ist auch schlau«, sagte Lisa. »Aber deine hat er nicht gekriegt, oder?«

»Entschuldige mal …« Frederic versuchte, im Dunkeln ihr Gesicht zu sehen. Doch die Nacht verbarg es vor ihm. Alles, was er sah, war, dass ein kleiner Schwarm schwereloser Seifenblasen aus ihrem Haar aufflog, als sie es zurückstrich. »Du ... glaubst mir diesen Unsinn?«

»Ist es Unsinn?«, fragte Lisa. »Es hörte sich ganz logisch an.«

»Irgendetwas, fürchte ich«, flüsterte Frederic, »stimmt nicht mit dir, Lisa. Du hast irgendwie vergessen ... erwachsen zu werden.«

»Kann sein«, gab Lisa zu. »Stört es dich?«

Frederic schüttelte den Kopf. Und dann erzählte er Lisa alles. Von Anfang an. Er hatte es schon einmal jemandem erzählt, Änna – aber irgendwie war es anders, es Lisa zu erzählen, die so viel älter war als er. Als würde die Geschichte dadurch wahrer.

Als er spät in dieser Nacht einschlief, hing noch immer ihr Seifenblasengeruch in seiner Nase. Lisa hatte die Decke um ihn festgesteckt und war durchs Fenster verschwunden, genau wie sie gekommen war, ihre Füße eine Handbreit über den Sprossen schwebend. Doch ehe sie gegangen war, hatte sie sich ganz nah zu ihm hinuntergebeugt und gewispert: »Wenn irgendetwas passiert, Frederic, wenn du irgendwann nicht weiterweißt, bitte, sag mir Bescheid. Es ist eine verfluchte Ungerechtigkeit, dass deine Mutter damals ... Du weißt schon. Aber es muss doch jemand auf dich aufpassen! Und Hendrik scheint mir nicht der geeignete Kandidat dafür zu sein.«

»Auf Hendrik muss auch jemand aufpassen«, hatte Frederic gemurmelt.

Und jetzt war sie fort. Und jetzt ... aber er schlief ja schon längst.

Am nächsten Morgen schlief Frederic lange. Tagsüber gingen er und Hendrik sich aus dem Weg. Und auch am Samstag und Sonntag schwiegen sie. Dann kam der Montag. Es war nach elf, als Frederic aufwachte. Hendrik saß im Wohnzimmer, arbeitete an irgendeinem Laptop und trank offenbar seit Stunden die gleiche Tasse kalten schwarzen Kaffee. Er machte erst Frühstück, als Frederic auftauchte, und klapperte etwas zu laut mit Tassen und Besteck. Ja, Hendrik – verwunderlich, aber wahr – schien verlegen zu sein. Vielleicht war es ihm peinlich, dass er neulich so herumgeschrien hatte.

Erst nach zwei Marmeladenbrötchen – durch die er sich hindurcharbeitete, als wären sie eine Lateinarbeit – sah er von seinem Frühstücksbrett auf und blickte Frederic an.

»Ich habe Angst, Frederic«, sagte er ganz leise. »Dass dir etwas geschieht, wie Anna. Ich habe eine verdammte Angst.«

»Ich auch«, sagte Frederic. Hendrik streckte eine Hand über den Tisch und drückte Frederics Hand. In diesem Moment klingelte es.

Hendrik seufzte, stand auf und ging in den Flur hinaus, zur Sprechanlage. Frederic hörte ihn mit jemandem reden, dessen verzerrte Stimme er nicht erkannte. Dann kam Hendrik zurück. Er wirkte etwas verwundert.

»Dein Direktor«, sagte er. »Er will sich mit uns unterhalten.«

»Du – du hast ihn reingelassen?«

»Ich hab auf den Summer gedrückt, ja. Ich …«

Frederic sprang so heftig auf, dass seine Teetasse umkippte und sich der Tee in einem Schwall auf den Tisch ergoss.

»Sag ihm nicht, dass ich hier bin!«, bat er eindringlich. »Sag es ihm auf keinen Fall!«

»Aber – warum …?«, begann Hendrik. Doch da war Frederic schon in seinem Zimmer verschwunden und hatte die Tür fest hinter sich zugeschlagen. Er stand keuchend mitten im Raum und überlegte rasend schnell. Dann schloss er die Tür von innen ab. Danach lehnte er sich dagegen und lauschte. Bruhns' Stimme drang in die Küche ein wie ein dunkler, metallener Fremdkörper. Stühle rückten.

»Ihr Sohn ist hier, wie ich sehe?«

Die Frühstücksbretter. Verflixt.

»Warum?«, hörte Frederic seinen Vater fragen.

»Hat er Ihnen gesagt, dass ich ihn von der Schule verwiesen habe?«

»Doch«, antwortete Hendrik, seine Stimme angespannt und nervös. »Sind Sie deshalb gekommen? Um es mir noch einmal zu sagen?«

»Nein. Ich bin gekommen, um mit ihm zu sprechen. Um ihn zu fragen, warum er heute wieder in St. Isaac aufgetaucht ist, obwohl er dort seit Donnerstag Hausverbot hat.«

»Er ist … wieder aufgetaucht? Heute Morgen?«

»Allerdings.«

Frederic schnappte nach Luft. Was war das für eine neue Geschichte? Was wollte Bruhns damit erreichen? Als die beiden weitersprachen, begann er zu begreifen, dass Bruhns nicht log, um etwas zu erreichen. Bruhns glaubte wirklich, was er sagte.

»Heute gegen halb zehn«, verkündete er jetzt, »ist aus dem Sekretariat ein Paket verschwunden, dessen Inhalt einigen Wert hatte. Das war Ihr Sohn, Herr Lachmann. Er ist heimlich zurück nach St. Isaac gekommen, um es zu stehlen.«

»Woher wollen Sie das wissen? Haben Sie ihn mit dem Paket gesehen?«

»Nein. Ich nicht. Als ich bemerkt habe, dass das Paket fort war, habe ich sofort angefangen nachzuforschen, und da stellte sich heraus, dass fünf unserer Schüler beobachtet haben, wie Ihr Sohn das Sekretariat mit einem großen Paket unter dem Arm verlassen hat. Sie dachten, er hätte dort etwas abgeholt.«

In Frederics Ohren summte es. Sein Herz raste. Das Paket! Jemand hatte das Paket gefunden und gestohlen. Aber er war es nicht gewesen. Auch wenn Bruhns das dachte. Und dann spürte er, wie sich ein breites Grinsen auf seinem Gesicht niederließ. Änna. Sie war noch einmal zurückgegangen, und diesmal hatte sie entdeckt, was sie suchte. Er musste mit ihr sprechen. Dringend. Aber noch war sie sicherlich in St. Isaac. Wenn nur niemand das Paket bei ihr fand! Wo hatte sie es versteckt? Sie konnte ja wohl schlecht mit einem riesigen Paket unter dem Arm in der Schule herumspazieren, ohne dass es jemand auffiel.

»Sie glauben diesen Schülern, dass mein Sohn das Paket gestohlen hat?«, fragte Hendrik. »Ich meine: Warum sollte er so etwas tun? Was, wenn sie ihn nur anschwärzen wollen?«

»Unsinn!« Frederic konnte sich vorstellen, wie Bruhns bei diesem Wort über seine glänzenden Vorderzähne leckte. »Es war nicht *ein* Schüler, der ihn gesehen hat. Es waren *fünf*. Sie haben alle das Gleiche gesehen.«

»Auch fünf Schüler können lügen.«

»Nicht diese fünf. Sie sind sehr zuverlässig. Und außerdem hatte Frederic einen Grund: Rache. Dafür, dass ich ihn hinausgeworfen habe.«

»Ein Grund ist kein Beweis.«

Frederic hielt beide Daumen für Hendrik nach oben, obwohl Hendrik das natürlich nicht sah. Hatte Hendrik in der Nacht nachgedacht? War er bereit, Frederic zu glauben?

»Hören Sie«, sagte Bruhns schroff, »ich will keine große Sache aus diesem Diebstahl machen. Es ist schon genug geschehen. Ein Computer, ein antiker Stein – was kommt als Nächstes? Der Junge ist krank, er braucht Hilfe. Ich bin nur hier, weil ich mein Paket wiederhaben will. Es ist ein braunes Postpaket, ungefähr so groß …«

»Was ist drin?«, erkundigte sich Hendrik.

Bruhns lachte ein Lachen, so unecht, dass das erste Anzeichen von Regen es wahrscheinlich von seinem Gesicht gewaschen hätte.

»Eigentlich geht Sie das nichts an. Aber von mir aus: Fimo. Ein Dutzend großer Packen Fimo. Sie wissen schon, diese Knetmasse, die man brennen kann. Meine Nichte studiert Kunst. Sie arbeitet gerade an einer Skulptur aus Fimo, etwas irre, aber na ja. Bei der Kunst darf man da nichts sagen. Ich habe das Paket an die Schule liefern lassen, weil ich vormittags so gut wie nie zu Hause bin, um Post entgegenzunehmen. War wohl ein Fehler. So. Wie wäre es, wenn wir jetzt einfach zusammen in das Zimmer Ihres Jungen gehen und nachsehen, ob mein Paket dort zufällig herumsteht?«

Wieder Stühlerücken.

»Von mir aus«, sagte Hendrik zögerlich.

Frederic konnte hören, dass er zu zweifeln begann: Hendrik hatte Angst, sie würden das Paket wirklich in Frederics Zimmer finden. Frederic sah sich rasch um. Einen Augenblick lang befürchtete er selbst, es könnte auf einem der Regale stehen.

197

Josephine traute er alles zu. Doch zwischen seinen Werkzeugen und Büchern war kein Paket zu sehen.

Zwei Paar Schritte näherten sich jetzt Frederics verschlossener Tür. Er erwog, aufzuschließen und Bruhns unschuldig ins Gesicht zu lächeln. Es war verlockend.

»Falls wir es nicht finden, würde ich ihn gern noch einmal nach St. Isaac mitnehmen«, sagte HD Bruhns da. »Zur Gegenüberstellung mit den fünf Zeugen.«

»Wenn es unbedingt sein muss, bitte«, murmelte Hendrik. »Und das alles für ein bisschen Knetmasse? Ich muss in einer Viertelstunde bei einem Kunden sein. Na, mich brauchen Sie wohl nicht bei einer Gegenüberstellung.«

»Natürlich nicht. Ich bin mit dem Auto da. Ich kann Frederic mitnehmen und später zurückbringen.«

Vielen Dank, nein. Verschiedene Szenarien jagten sich gegenseitig durch Frederics Kopf: Georgs Eisenhände. Josephines Maulfinger. Bruhns' Zähne.

»Frederic?« Rütteln an der Tür. »Mach auf!«

Er antwortete nicht. Stattdessen schnappte er sich seinen Schulrucksack und stopfte eine Decke, ein paar Werkzeuge und sein Portemonnaie hinein. Den besonderen Dietrich steckte er in die rechte Hosentasche.

»Frederic! Was soll das? Das hat doch keinen Sinn!«

»Wenn er ein gutes Gewissen hätte« – das war Bruhns –, »würde er sich wohl kaum einschließen.«

Frederic setzte den Rucksack auf, warf einen letzten prüfenden Rundblick ins Zimmer, drehte sich um und öffnete das Fenster. Mist. Lisa hatte ihre Leiter leider nicht stehen lassen. Er musste springen. Es war nur ein Stockwerk. Dennoch …

Das Rütteln an der Tür wurde jetzt ungeduldiger.

»Warten Sie«, sagte Hendrik, »wir wollen die Tür nicht ausreißen. Ich habe einen Ersatzschlüssel.« Seine Schritte entfernten sich, und Frederic biss auf seine Unterlippe. Eins, zwei – drei: Er sprang, kam unten unsanft auf und ging in die Knie, rannte los, die Straße entlang … bog ab, bog wieder ab … Verdammt! Er hatte unbewusst seinen eigenen Schulweg eingeschlagen! Er rannte genau auf St. Isaac zu! Vor dem Abrisshaus bremste Frederic. Die Tonnen! Er quetschte sich durch die Lücke in der Mauer, hob den Deckel der nächsten Tonne und schlüpfte hinein.

Gleich darauf saß er in metallener Dunkelheit, durch deren Rostlöcher das Licht nur punktförmig hereinsickerte, atmete alten Modergeruch und wartete, dass sein Herz sich beruhigte. Zu Hause hatten sie das offene Fenster sicher längst entdeckt – Hendrik und Bruhns.

Richtig: Da waren ihre suchenden, rufenden Stimmen. Frederic saß ganz still und stellte sich so fest vor, er wäre Altpapier, dass er beinahe Angst bekam, es wirklich zu werden.

Am anderen Ende des Stadtviertels bemerkte Änna, dass etwas anders war.

Schon am Morgen wusste sie, dass es wieder einer dieser durchstrukturierten Tage werden würde: Schule, eine halbe Stunde Zeit zum Mittagessen, Klavier, Hausaufgaben, Krankengymnastik. Es hatte Hunderte dieser Tage in ihrem Leben gegeben – ach was, Tausende. Aber *etwas war anders heute*. Es kam ihr vor, als wäre sie aus einem langen *Traum* erwacht.

Traum ... Sekunde: Was hatte sie geträumt? Es war etwas Angenehmes gewesen, etwas Süßes – richtig: Schokoladenpudding. Eine unendliche Menge von Schokoladenpudding. Er hatte sich bis zum Horizont erstreckt ... Doch warum kam ihr dies alles so falsch vor? Etwas war zwischendurch geschehen, zwischen den Tausenden von durchstrukturierten Tagen und diesem Tag heute – etwas Un-strukturiertes. In der Schule sahen sie Änna so komisch an. Die anderen in der Klasse wussten es. Sie selbst hatte es vergessen, aber sie wussten es. Vorn war ein leerer Platz. Einer fehlte da. Ach ja, Frederic. Sie hörte in der Pause, man habe ihn hinausgeworfen, und hinter ihren Augen stiegen Tränen auf.

Warum berührte es sie, dass Frederic nicht mehr da war? Er hatte nicht nach St. Isaac gepasst, er war seltsam gewesen, beinahe schon unheimlich. Änna hatte nie viel mit ihm zu tun gehabt.

Dennoch waren da die Tränen, die ihren Blick verschleierten. Sie wollte mit dem Fahrrad zur Klavierstunde fahren, doch das Fahrrad fehlte. Und wieso trug sie eigentlich diesen alten kratzigen Wollpullover? Er roch gut. Er kam ihr unendlich tröstend vor. Aber woher hatte sie ihn?

Frederic blieb lange in der Tonne sitzen, döste, dachte ein wenig an Diogenes, diesen griechischen Philosophen, der ebenfalls in einer Tonne gelebt hatte, und verließ sein Versteck schließlich gegen Nachmittag, als es ihm endlich sicher erschien. Zunächst schlich er im Schatten der Hauswände entlang wie ein Schwerverbrecher in einem deutschen Acht-Uhr-Fernseh-Thriller. Hinter jeder Ecke glaubte er, Bruhns zu sehen oder Josephine. Oder Hendrik, der ihn verzweifelt suchte und der vielleicht noch immer nichts verstand. Er begegnete keinem von ihnen.

Es dauerte, bis er auf die Schwerverbrecherweise zu Ännas Haus gelangte.

Aber Änna war nicht da.

Frau Blumenthal sah ihn mit geschlossenen Augen an und lächelte ein sorgloses Lächeln in sein Gesicht. »Änna ist bei der Krankengymnastik«, erklärte sie. »Sie wird erst in zwei Stunden wiederkommen, zum Abendessen.«

Krankengymnastik! Frederic verbiss sich eine Bemerkung. Er streunte weiter durch die Stadt, ziellos, ratlos, kaufte sich irgendwann bei einem Dönerstand eine Cola und sank auf einem der Plastikstühle vor dem Stand in sich zusammen. Von drinnen dröhnte laut und erbarmungslos Radiogedudel. Frederic schloss die Augen.

»Und hier noch einmal die Vermisstenmeldung: Gesucht wird der dreizehnjährige Frederic Lachmann. Er hat« – der Radiosprecher schien ein Gähnen zu unterdrücken – »kurzes braunes Haar, ist ein Meter dreiundsechzig groß, trägt ein grün-gelb gestreiftes T-Shirt und Jeans. Gegen zwölf Uhr mittags verschwand er aus seiner Wohnung in der Hagenbergstraße acht. Wer Frederic gesehen hat, möge sich bitte beim nächsten Polizeirevier melden oder unter …«

Moment. Eine der beiden Nummern war Hendriks. Die andere war die Telefonnummer von St. Isaac! Bruhns hatte also schon wieder seine Finger im Spiel. Frederic zog das schwarze Regencape aus seinem Schulrucksack, das er zur Sicherheit immer dort aufbewahrte, und schlüpfte hinein. Grün-gelb gestreiftes T-Shirt? Er hatte keinen Jungen mit einem grün-gelb gestreiften T-Shirt getroffen.

Er sah auf die Uhr. 20 Uhr. Jetzt müsste Änna wieder da sein. Und Änna war da.

Sie trug seinen Pullover, als sie die Tür öffnete. Frederic lächelte.

»Du musst mir helfen!«, sagte er, leise und eilig. »Ich bin geflogen, das weißt du sicher schon, aber du ahnst nicht, wieso! Ich habe die Maschine gefunden! Sie war in dem Stein, auf dem ST. ISAAC steht. Aber du, du hast inzwischen das Paket gefunden, stimmt's? Himmel, ich bin fast viereckig geworden vor Sorge, sie würden dich erwischen! Wo ist es jetzt? Was ist darin?«

Er sah sich um, doch die Straße war leer.

»Kann ich einen Moment reinkommen? Sie suchen mich. Bruhns ist hinter mir her. Er ist davon überzeugt, ich hätte das Paket …« Er brach ab. »Änna? Was ist los?«

Sie schien durch ihn hindurchzusehen. Jetzt schüttelte sie verwirrt den Kopf. Dann strich sie nachdenklich mit der flachen Hand ihren Arm hinab. Einen Arm in kratziger Wolle.

»Ist das … dein Pullover?«, fragte sie schließlich langsam.

»Ja, sicher. Ich habe ihn dir geliehen. Meine Mutter hat ihn gestrickt, damals. Aber das habe ich dir schon erzählt.«

»Wirklich?« Sie sah ihn fragend an. »Ich erinnere mich nicht.«

Frederic begriff. Er stellte einen Fuß in die Tür. »Änna! Verdammt noch mal! Sie waren wieder da, stimmt's? Bruhns und Fyscher und ihre Maschine! Sie haben deine Träume mitgenommen.«

»Ich weiß nicht, wovon du redest«, sagte Änna. »Ich habe

noch drei Seiten Englisch zu lernen. Geh jetzt. Wenn sie dich finden müssen, dann müssen sie dich wohl finden.«

Verzweiflung quoll in Frederic empor wie schaumige gelbe Abdichtungsmasse für Fenster. Sie verklebte seinen Mund; verklebte seine Worte.

»Du – du wirst ihnen nicht sagen, dass ich hier war, oder?«

Sie schüttelte den Kopf. »Ich kann es nicht versprechen«, sagte sie. »Geh! Geh irgendwo anders hin, an irgendeinen Ort, von dem keiner weiß. Auch ich nicht.«

Er zog seinen Fuß aus der Tür. Die Tür schloss sich. Klick.

»Scheiße«, flüsterte Frederic. Mehr fiel ihm nicht ein. *Scheiße* war kein schönes Wort, brachte die Situation aber recht gut auf den Punkt: Er konnte nicht zurück nach Hause, falls Bruhns dort lauerte. Er hatte nicht die geringste Ahnung, wo das Paket war. Und die beiden Menschen, die ihm wichtig waren, verstanden kein Wort, wenn er mit ihnen redete.

Man konnte es ihnen kaum übel nehmen. Die ganze Sache war viel zu verworren geworden. Würde ihm morgen eine Lösung für alles einfallen? Er trabte los, um sich einen Schlafplatz zu suchen. Irgendeine Straße entlang, an irgendwelchen Häusern vorbei, irgendwo … nein: nirgendwohin.

Der Oktoberwind war kalt und die Nacht hatte schon wieder ihre unheimliche Schlafmaske über das Gesicht der Stadt gezogen. Nach langem Suchen ließ er sich über den Marktplatz wehen und an dessen Ende strahlte ihm das Logo der Sparkasse entgegen. Frederic steuerte darauf zu: Dort drinnen, in dem kleinen Raum vor den Automaten, wäre es wärmer. Er besaß eine Karte, die ihn hineinließ. Zum Glück bestand Hendrik darauf, dass er sein Taschengeld selbstständig auf einem eigenen

Konto verwahrte. Oh Hendrik. Zu viel Selbstständigkeit schreibt sich vorne mit großem *E* und hinten mit *insamkeit*.

In dem Raum mit den drei Geldautomaten war es windstill und warm.

Es saß schon jemand dort auf dem breiten, niedrigen Fensterbrett. Ein Penner.

»'n Abend«, sagte Frederic. Der Mann sah auf.

»'n Abend, junger Mann«, sagte er. »Wir kennen uns, glaube ich.«

Es war kein Penner. Es war der Traumwächter. Frederic erschrak.

»Ich habe dich auf dem Markt neulich nach ein paar Sachen gefragt«, fuhr der Alte fort. Und da fiel Frederic ein, dass der Traumwächter ja gar nichts von seinem nächtlichen Ausflug in die alte Fabrikhalle wusste. Er hatte ihn nicht gesehen.

»Was – äh – tun Sie hier?«, fragte er zögernd.

Der alte Mann stützte den Kopf in die Hände. »Ich bin weggelaufen.«

»Weggelaufen?«

»Ja. So wie du.«

»Woher wissen Sie …?«

»Du siehst so aus. Mit deinem Rucksack und dem Regencape. Ich könnte wetten, dass du unter dem Cape ein grün-gelb gestreiftes T-Shirt trägst.«

»Verfluchtes Radio«, sagte Frederic. Aber es nützte nichts zu widersprechen. Der Alte wusste es ohnehin. Wenn er jetzt aufsprang, um Bruhns anzurufen, würde Frederic versuchen müssen, ihn niederzuringen. Also gut.

»Und vor was sind Sie weggelaufen?«, fragte er.

»Vor meiner Pflicht.«

»Ihrer Pflicht?«

»Ich kümmere mich um so etwas wie einen Zoo. Schwer zu erklären. Ich ... aah, ich will das alles nicht mehr. Ich füttere die Tiere dort. Mit komischen Dingen.«

Frederic nickte. »Mit toten Katzen und Gurken.«

»Zum Beispiel.«

»Warum lassen Sie die Tiere nicht frei, wenn Sie Ihren Job leid sind?«

Der Alte seufzte. »Ich wünschte, ich könnte es.«

»Sie können es nicht? Aber hat ein Zoowärter die Käfigschlüssel nicht immer bei sich?«

Abermals ein Seufzen. »Manche Zoowärter nicht. Manche Zoowärter besitzen gar keine Schlüssel.«

»Sie ... besitzen keine Schlüssel?«

»Nein. Ich bin nur für die Fütterung zuständig. Und dafür, dass es keinen Streit gibt. Es ist nämlich gar nicht einfach, sie zu füttern. Vor allem die bösen. Einer von ihnen besteht darauf, dass ich ihm diese alten Möbel füttere und all die vergilbten Fotos.« Er seufzte. »Verrückt. Für das Abspielen des Bandes bin ich natürlich auch zuständig.«

»Des – was?«

Doch der Alte war in brütendes Schweigen versunken. Schließlich stand er auf.

»Gehen Sie schon?«, fragte Frederic.

»Ja. Ja, ich gehe. Zurück. Es nützt ja nichts. Ich laufe immer nur für ein paar Stunden weg. Ich schaffe es niemals ganz. Wenn ich nicht zurückgehe, verhungern sie, weißt du. Oder zerfleischen sich gegenseitig. Die Tr... die Tiere.«

Er nickte Frederic noch einmal zu und schlüpfte ins Freie. Frederic sah ihm nach. Er hatte also keine Schlüssel. Bruhns hatte die Schlüssel. Bruhns *war* der Schlüssel. Zu allem.

Frederic begann zu frieren – so warm war der Vorraum auf Dauer doch nicht – und wickelte sich in seine Decke. Als er auch unter der Decke fror, rollte er sich zusätzlich in den Teppich vor den Geldautomaten, und endlich schlief er ein.

So fanden ihn die beiden Polizisten zwei Stunden später.

»He«, sagte der eine, »guck dir den an. Das ist mal eine originelle Idee für einen Penner!«

»Lass ihn liegen«, sagte die andere, eine junge, müde Beamtin, die zu Hause drei kleine Kinder hatte. »Wir haben in fünf Minuten Dienstschluss. Der tut keinem weh, wenn er hier schläft.«

»Warte mal!«, murmelte ihr Kollege. »Irgendwas stimmt da nicht.« Er kniete sich hin und entrollte den Teppich ein wenig. »Das ist noch ein Kind!«, sagte er. »He, guck dir das an! Siehst du sein T-Shirt? Hier oben, wo das Cape etwas offen ist? Gelbgrün gestreift. Suchen wir nicht einen Jungen mit genau so einem T-Shirt?«

Jetzt kniete sie neben ihm. »Wahnsinn. Tatsächlich. Das ist er.« Sie kramte in ihrer Jacke, fand eine Nummer, fand ein Handy … »Welche Nummer wähle ich jetzt? Hier gibt es zwei: eine ist mobil, die andere Festnetz.«

»Versuch's zuerst mit dem Festnetz«, sagte der andere Polizist.

»Moment. Da meldet sich der AB einer Schule … jetzt piept was … blöde Rufumleitung … Ja? Hallo? Wir haben den Jungen hier, den sie suchen … in der Sparkasse. Er schläft ziemlich fest.«

Doch Frederic schlief nicht mehr. Er war hellwach, wenn auch verwirrt, setzte sich auf und schüttelte den Teppich ab. Sprang auf. Er hatte von Änna geträumt. Und jetzt standen zwei Polizisten vor ihm, ein Mann und eine Frau. Wo war er? Die Frau starrte ihr Handy an.

»Zufälle gibt's!«, sagte sie. »Er sitzt in einem Restaurant eine Straße weiter. Er ist gleich da. War sehr glücklich, dass wir den Kleinen gefunden haben.«

»Das glaube ich dir. Da kommt er schon.« Der andere Beamte zeigte auf den Marktplatz, über den eine hagere Gestalt sich mit raschen Schritten näherte. Und endlich, endlich war Frederic klar genug, um zu begreifen. Erst als er halbherzig versuchte, sich loszureißen, wurde ihm bewusst, dass der Polizist ihn festhielt.

»Wer ist der Mann überhaupt?«, fragte der seine Kollegin.

»Sein Vater«, sagte sie. Und Frederic war beinahe froh. Vielleicht war es doch besser, zu Hause im Warmen zu übernachten und es noch einmal mit Hendrik zu versuchen. Noch einmal alles richtig und ausführlich zu erklären. Vielleicht mit Lisas Hilfe. Vielleicht hätte er das gleich tun sollen. Er stopfte die Decke zurück in den Schulrucksack. Heute würde er sie nicht mehr brauchen. Er würde in seinem eigenen Bett weiterschlafen.

Die Tür der Sparkasse wurde von außen aufgerissen.

»Hendrik«, wollte Frederic sagen. Doch er verschluckte sich an dem Wort.

Wer da ins künstliche Neonröhrenlicht trat, war nicht Hendrik. Es war Bork Bruhns. Und er lächelte ein eisiges, triumphierend bezahntes Lächeln, als er Frederics Arm ergriff.

9. Kapitel

Krska seesn

»Du?«

»Hmmm?«

»Meinst du, wir sollten aufhören mit der Geschichte? Es ist so unheimlich. Wenn du alles aufschreibst, erinnere ich mich wieder daran, und dann ist es, als würde ich es noch einmal erleben. Ich sehe wieder all diese Sachen … und ich habe wieder Angst …«

»Das ist immer so. Jedes Mal, wenn man eine Geschichte liest, passiert sie noch einmal. Nur wenn man sie oft genug liest, hat man keine Angst mehr dabei.«

»Trotzdem. Erst muss man sich trauen, sie wieder zu erleben.«

»Ich soll also aufhören?«

»Ich denke … ja.«

»Aber wir sind schon mittendrin! Wenn wir jetzt aufhören, bleibt die Geschichte halb erlebt. Und nichts kann gut werden.«

Frederic schweigt lange, kaut an der berühmten Unterlippe; schweigt noch länger.

Im Schweigen ist er immer noch groß, genau wie sein Vater.

Schließlich seufzt er tief. »Okay«, sagt er. »Von mir aus. Schreib weiter.«

Bruhns war stark, trotz seiner hageren Statur: viel stärker, als Frederic gedacht hatte. Oder vielleicht kannte er auch nur die richtigen Tricks. Er drehte Frederic einen Arm auf den Rücken und beförderte ihn hinten in ein großes silbernes Auto. Ein engmaschiges Gitter und ein dickes Sicherheitsglas trennten die Rückbank und den Fahrer; trennten Frederic von Bruhns.

»Lassen Sie mich raus!«, schrie Frederic. »Sie können mich nicht einfach mitnehmen! Halten Sie an! Aaaaaanhalten!«

Er trommelte mit den Fäusten gegen die vergitterte Scheibe, bis seine Fäuste wehtaten. Doch Bruhns drehte sich nicht einmal um. Vermutlich hörte er nichts durch das Sicherheitsglas. Vermutlich war es genau zu diesem Zweck dort eingebaut. Transportierte Bruhns häufiger aufrührerische Schüler hinten in seinem Auto? Eine grausige Vorstellung. Frederic schrie sich heiser.

»Sie – Sie werden das noch bereuen!«

Ach ja?, schien Bruhns' ungerührter Rücken zu sagen. *Ich glaube eigentlich nicht.*

Schließlich gab Frederic auf und saß still wie ein erschöpfter Hund. Und wie ein Hund schnupperte er. Das Auto roch innen nach neu und anonym. Keine Kekskrümel, keine verstreuten Kassetten, keine verputzten Taschentücher. Kein Leben. Der Motor schnurrte leise und teuer.

Draußen zog die Nacht vorüber. Manche der Bäume beugten sich auf ihren Stämmen und warfen neugierige Blicke in das beinahe lautlos vorbeigleitende Gefährt. Aber bei Tage würden sie über die Geschehnisse schweigen.

»Wohin?«, flüsterte Frederic. »Wohin bringen Sie mich?«

Er erhielt keine Antwort. Kurz darauf erhielt er doch eine. Das silberne, schnurrende Auto hielt vor einem rostigen Tor, stieß mit der glänzenden, stahlstarken Nase die Torflügel auf und holperte über ein unebenes Feld aus trockenem Gras, das sich im eisigen Scheinwerferlicht grauste.

Dann hielt es mit laufendem Motor vor einer Frederic allzu bekannten Fabrikhalle. Bork Bruhns sprang aus dem Auto. Es hatte auch hier keinen Sinn, um Hilfe zu rufen. Es war niemand da, der ihm hätte helfen können. Aber wenn er die Hintertür öffnet, trete ich ihn und renne, dachte Frederic. Bruhns öffnete die Hintertür und Frederic trat – ins Leere. Bruhns war geschickt. Ehe Frederics Füße den Boden erreichten, waren seine Arme schon wieder auf seinem Rücken verdreht und er wurde durchs hohe Gras geschleift. Die vereinzelten Schrotthaufen warfen langfingrige Schatten nach ihm. Am Himmel dröhnten die Wolken in lautloser Ungunst. Was hatte Bruhns vor?

Die einzige Tür, die Frederic kannte, befand sich an der Schmalseite der Halle. Bruhns jedoch zerrte ihn auf die Längsseite zu. Und dort, genau vor der Halle, hatte sich eine der Nachtwolken niedergelassen. Weiß und wabernd starrte sie ihnen entgegen. Ab und zu lösten sich Fetzen ihres Körpers und drifteten in den dunklen Himmel davon. Aber es war keine Wolke. Es war Nebel. Es war Qualm.

Es war Rauch.

Und Frederic wusste, woher er kam. Er quoll aus einem gewissen schwarzen Schacht, aus dessen ungeahnten Tiefen mal Stimmen drangen und mal unangenehme Gefühle, die über das Gras krochen.

Nein! Nicht der Schacht!

211

Frederic wurde panisch, wand sich, trat, spuckte, versuchte vergeblich, Bruhns zu beißen, hörte ihn fluchen und bekam stattdessen die Zähne des Direktors zu spüren. Sie verloren beide das Gleichgewicht und landeten im taufeuchten Gras wie zwei Jungen, die auf dem Schulhof miteinander rangen. Bruhns' Doppelzahnreihen gruben sich tief in Frederics Oberarm und er schrie auf. Aus dem Rauch, aus der Tiefe des umnebelten Schachts, kamen wieder die wispernden Stimmen. Diesmal waren es nicht die Ziesel und der Fyscher.

Es war Bruhns.

Man konnte nicht verstehen, was er sagte, aber er war es; eindeutig. Er lag hier auf dem Boden und hielt Frederic fest wie ein Schraubstock und gleichzeitig drang seine Stimme flüsternd aus dem Schacht neben ihnen herauf. Frederic merkte, wie etwas in Bruhns Griff sich veränderte. Seine Finger krallten sich noch eiserner um ihn, doch er hatte begonnen zu zittern. Auch Bruhns hatte die Stimme gehört – seine eigene Stimme. Er hatte Angst.

Bork Bruhns hatte Angst.

Diese erstaunliche Tatsache ließ Frederic seine Worte wiederfinden.

»Was geschieht dort unten?«, flüsterte er. »Die Ziesel und der Fyscher waren auch dort …«

»Frau Ziesel und Herr Fyscher waren niemals dort«, zischte Bruhns.

»Ach nein? Und wieso habe ich dann ihre Stimmen gehört?« Der Rauch stieg Frederic in die Augen und brachte ihn zum Husten.

»Du hast sie dir eingebildet.«

Eine andere Stimme aus dem Schacht verdrängte jetzt die von Bruhns, eine ältere Stimme, die etwas befahl. Ihre Worte waren so unverständlich wie alles, was aus der Tiefe drang, doch ihr Ton ließ keinen Widerspruch zu. Bruhns zerrte Frederic hoch, fort von den Rauchschwaden. Hatte er sich plötzlich anders entschieden? Er schleifte Frederic um die Wolke aus Zigarren-qualm herum, zog ihn zur Wand der Fabrikhalle und beförderte blitzschnell mit einer Hand etwas Klirrendes aus seiner Tasche: einen Schlüssel. Damit schloss er eine Tür in der Wand auf, die so perfekt verborgen war, dass Frederic sie bisher nie bemerkt hatte. Durch diese Tür stieß Bruhns ihn jetzt, und Frederic taumelte vorwärts in absolute Dunkelheit. Er landete auf den Knien, drehte sich um, aber die Tür war längst wieder ins Schloss gefallen.

»Leb wohl«, hörte er Bruhns sagen, gedämpft durch die Wand. »Ich hoffe, du hast es bequem dort. Es ist nicht für lange.«

Frederic blieb einen Moment lang benommen auf dem kalten Boden sitzen. Dann stand er auf und tastete nach dem besonde-ren Dietrich, den er in die rechte Hosentasche gesteckt hatte. Es war nicht für lange, nein. Er würde kürzer hier sein, als Bruhns sich hatte träumen lassen.

Doch die rechte Hosentasche war leer. Und auch in der lin-ken gab es nichts außer ein Stück Tonband. Seinen Rucksack hatte Bruhns ihm gelassen. Erstaunlich, darin fand er die Decke, einen Kreuzschlitzschraubenzieher, einen Dreizehner-Schrau-benschlüssel und den Schweizer, ein geerbtes Werkzeug, dessen Funktion sich ihm nie ganz erschlossen hatte. Es war auf jeden Fall nicht dazu gut, Türen zu öffnen. Und abschrauben konnte man die Tür auch nicht, sie hatte Sicherheitsschrauben.

Murphys Gesetz – jeder kennt es: Alles, was schiefgehen kann, wird schiefgehen.

Murphys Gesetz Nummer zwei: Wenn du einen besonderen Dietrich hast, wirst du ihn bei einem Kampf mit deinem Schuldirektor verlieren, draußen im hohen, taunassen Gras, draußen im Nebel, draußen bei den wispernden Stimmen.

Murphys Gesetz Nummer drei: Selbst wenn du den Mut aufbringst, zurückzugehen in den Nebel, zurück zu den wispernden Stimmen – du kannst es nicht. Die Tür nach draußen ist abgeschlossen. Weshalb du den Dietrich gebraucht hättest. Hähähä.

Frederic ließ sich langsam mit dem Rücken an der glatten Wand entlang hinuntergleiten. So hockte er lange da, gegen die Wand gelehnt, die Knie mit den Armen umschlungen, und starrte zitternd ins kühle Dunkel.

Murphys Gesetz Nummer vier: Falls du einsperrt wirst, geschieht es sicher nur dann, wenn keiner weiß, wo du bist.

Frederic ertastete die Wände seines Gefängnisses im Dunkeln, wie er es beim Lesen von Edgar Allen Poe gelernt hatte. Drei der Wände bestanden aus Gittern, der Boden aus Beton. Man konnte sich an den Gittern emporhangeln. So also fühlten sich Affen im Zoo. Oben huschten Traumknäuel eilig beiseite. Frederics Hände fühlten auch ein Gitter und wunderten sich nicht. Den Rest der Nacht verbrachte er zusammengerollt auf dem harten Beton, in dem vergeblichen Versuch, seinen Körper zu komprimieren, wie die Träume es taten, zu komprimieren gegen die Kälte. Es gelang ihm nicht. Er schwamm zwischen Wachen und Träumen hin und her. Gegen Morgen musste er endlich doch eingeschlafen sein, denn er erwachte von einer zarten Berührung an seiner Wange. Er zuckte zusammen. Die Berührung verschwand, erschrocken. Erst nach einer Weile kehrte sie zurück, behutsam, tastend … Frederic lag mit geschlossenen Augen da und atmete nur ganz leise. Jetzt war da eine weitere Berührung, an seiner Hand.

Die Träume. Das mussten die Träume sein.

Ihre Berührungen hatten nichts Bedrohliches an sich, sie waren scheu und zurückhaltend; sie erforschten den seltsamen Gegenstand, der in der Nacht in ihren Käfig geschubst worden war, mit äußerster Vorsicht. Frederic blinzelte.

Auf seiner Nase saß ein Schmetterling, groß und grün. Das Morgenlicht fiel in einzelnen Sträflingskleidungsstreifen durch die Ritzen unter der Decke der Halle und ließ die Flügel des Schmetterlings schillern. Frederic schielte ein wenig, um ihn besser zu sehen, und musste grinsen: Da er ein geträumter Schmetterling war, trug er rote Turnschuhe. Eine Handvoll anderer Träume hatte ihn umringt wie neugierige Goldfische, hatte sich entknäuelt und ausgedehnt: Ein geträumter Außerirdischer betastete Frederics Finger mit langen türkisen Kringelfühlern. Zu seinen Füßen wuchs ein geträumter Gletscher in die Höhe. Er konnte sich natürlich nicht zu seiner vollen Größe ausdehnen hier im Käfig, aber Frederic sah an seiner bläulich durchscheinenden Farbe und seiner Form gleich, dass es ein Gletscher war. Er leckte mit seiner Eiszunge an Frederics linkem Turnschuh und schien sich über den Geschmack zu wundern. Neben seinem Ellenbogen saß ein geträumter Geburtstag, den man gleich als solchen erkannte, da er ein großes

HERZLICHEN GLÜCKWUNSCH-Lebkuchenherz umhängen hatte. Er trug neue Fußballschuhe und die Pappkrone einer gewissen Hamburger-Fastfood-Kette im Haar, aß Smarties aus einer geträumten Smartiesschachtel und beobachtete Frederic.

Hinter ihm konnte Frederic durch das engmaschige Gitter den Mittelgang der Fabrikhalle sehen, in dem sich das wahnwitzige Gerüst aus Leitern und Brettern aufwärts erstreckte.

»An deinem Mund ist Schokolade«, sagte er zu dem Geburtstag. Der zuckte erschrocken zusammen, wischte sich mit der Hand über den Mund und schrumpfte ein Stück. Der Schmetterling mit den Turnschuhen flatterte auf; der Gletscher entfloh gleich ganz, knäuelte sich zusammen und entschwebte in Richtung Käfigdecke. Und der Außerirdische floh ihm nach.

»Schade«, murmelte Frederic. Den Außerirdischen hätte er nun wirklich gerne kennengelernt.

»Herzlichen Glückwunsch«, sagte der Geburtstag.

»Das macht keinen Sinn«, sagte Frederic.

»Aber es ist mein Lieblingssatz. Herzlichen Glückwunsch.«

Frederic seufzte. Offensichtlich war dieser Geburtstag nicht der Schlauste.

»Was bist du denn?«, fragte der Schmetterling, landete und band sich mit einem Fühler seinen linken Turnschuh neu. »Du fühlst dich nicht an wie ein Traum. Du schwebst gar nicht. Und du bist nicht durch die Schleuse gekommen, an die er immer die Maschine anschließt und die anderen hereinpumpt. Du bist durch die Tür gekommen.«

Es klang etwas anklagend. Beinahe hätte Frederic gesagt: »Oh. Das tut mir leid.«

Aber im letzten Moment wurde er sich bewusst, wie unsinnig

das war. Überhaupt schien hier alles ziemlich unsinnig zu sein. Bis eben hatte er sich einsam, kalt und tragisch gefühlt. Doch es ist schwer, so ein Gefühl aufrechtzuerhalten, wenn man sich von Geburtstagen und Schnürsenkel bindenden Schmetterlingen umringt sieht. Von oben schlängelte sich jetzt etwas Neues heran und landete ebenfalls neben ihm. Es war eine Straße. Sicher. Warum sollte niemand von Straßen träumen?

»Roll dich gefälligst ein«, giftete der Schmetterling, »sonst nimmst du wieder so viel Platz weg. Siehst du nicht, dass wir einen Gast haben?«

»Nein«, antwortete die Straße, »ich kann nichts sehen. Ich spüre es allerdings. Wer ist es? Was will er hier?«

Ein Traum von einem kleinen roten Spielzeugauto parkte auf der Straße und richtete seine Scheinwerfer neugierig auf Frederic. »Ist er gekommen, um in mir zu fahren?«, hechelte es.

»Vielleicht hat er heute Geburtstag?«, fragte der Geburtstag hoffnungsfroh.

Frederic griff sich an den Kopf. Oh Mann. Murphys Gesetz Nummer fünf: Wenn du irgendwo eingesperrt wirst, dann bestimmt nur mit Idioten.

»Wenn ihr endlich alle still wärt, könnte ich es erklären«, sagte er.

Die Träume sahen ihn erwartungsvoll an.

»Ich bin ein Mensch«, sagte Frederic. »Einer von denen, die euch produzieren. Bruhns hat mich zu euch gesteckt, weil er mich loswerden wollte. Weil ich Dinge herausgefunden habe. Über seine Zähne. Über die Maschine. Über dieses Gefängnis. Ich wollte …« Er zögerte. »Ich wollte, dass alles anders wird. Ich wollte die Maschine zerstören. Ich wollte, dass die Leute auf

St. Isaac wieder von anderen Dingen träumen als von Pudding. Aber jetzt ist es wohl aus damit. Jetzt sitze ich hier fest. Letzte Nacht hat er einer … Bekannten von mir ihre Träume gestohlen …«

»Herzlichen Glückwunsch«, sagte der Geburtstag teilnahmsvoll.

Das kleine rote Auto ließ seinen Motor ärgerlich aufheulen. »Ich könnte ihn platt fahren!«, rief es. »Ganz platt, wie den Mittelstreifen der Straße! Den habe ich auch schon platt gefahren!«

»Quatschkopf«, sagte die Straße. »Der war immer schon platt.«

»Du kannst ihn *nicht* platt fahren«, seufzte Frederic. »Du bist nur ein geträumtes Auto, und außerdem viel zu winzig.«

»Größer, als wenn ich komprimiert bin! Vielleicht vergisst unser Wächter heute das autoritäre Tonband, dann können wir groß bleiben! Ach, das wäre schön! Sieh nur! Es ist genug Zeit vergangen, seitdem er das Tonband zum letzten Mal abgespielt hat. Jetzt wachsen sie alle! Ja, wenn sie sich erst mal trauen, wenn sie erst mal mit dem Wachsen anfangen …«

Es kam nicht weiter. Plötzlich wurde es exponentiell lauter um Frederic. Exponentiell, das wusste er aus Mathe, war, wenn etwas zuerst langsam wuchs und dann immer und immer schneller. Es war ein beunruhigendes Wort für eine beunruhigende Sache. Und hier passte es beunruhigend gut.

Frederic hob den Kopf und sah, dass beinahe alle unkenntlichen Knäuel begonnen hatten, sich auszudehnen. Über ihm schwebten jetzt die verschiedensten Dinge und Lebewesen, und der Käfig war fast ganz voll. Besonders viel Platz nahmen zwei

Eichen und ein gepunkteter Elefant weg. Dazwischen entfalteten sich ein Plüschsofa, Tüten voller Pommes, Lippenstifte, ein sich immer wieder entrollender und zusammenrollender Fußballrasen, ein Schwimmbad, ein Heißluftballon, ein Labyrinth im Maisfeld, zwei ideale Eltern, ein gähnender Sonntagvormittag, mehrere Kinobesuche, die geräuschvoll Popcorn aßen, ein zahmes Zebra … immer mehr und mehr Träume. Aus dem Nachbarkäfig flimmerten die Töne und bunten Lichter eines Rockkonzerts herüber, irgendwo röhrte ein Hirsch, und ein Baby schrie um die Wette mit einem Kakadu.

»Ihr – ihr müsst euch alle wieder komprimieren!«, rief Frederic. »So geht das nicht! Es ist nicht genug Platz für alle da!«

Die ersten Träume begannen schon zu streiten.

»Nimm deinen Haken da weg!«, knurrte ein Teddybär einen Baustellenkran an. »Mach dich nicht so breit!«, keifte eine Armbanduhr, die sich von einer Geige bedrängt sah. »Hier war ich zuerst!«, motzte ein Kaugummiautomat und schubste eine lila Kuh beiseite.

Frederic hielt sich die Ohren zu. Sie würden sich alle gegenseitig zerquetschen. Sie würden *ihn* zerquetschen. Obwohl sie schwerelos und komprimierbar waren. Sie waren einfach viel zu viele! Und wenn sie ihn nicht zerquetschten, würde er vorher wahnsinnig werden. Ihr Gequake, Geschimpfe und Geschnatter füllte seinen Kopf, brachte sein Gehirn zum Vibrieren …

»Hört auf!«, schrie er. »Hört auf damit!«

Und dann drang etwas anderes zu ihm durch. Ein Geräusch hinter der Chaos-Kakofonie der Träume. Eine Stimme. Sie war laut und durchdringend und im Gegensatz zu den Träumen sehr organisiert.

»Mmmm-batt-hr-gumm«, sprach die Stimme – in etwa. »Rrrrr – tara – smmm – krrk. Fatta – sssst – ri – umpf.«

Frederic nahm die Hände von den Ohren. Die Worte der Stimme wurden lauter, aber nicht verständlicher. »Irka – kmm«, sagte sie, »fffrr, uu samsn… kscht-kscht!«

Die Stimme kam von allen Seiten gleichzeitig, verstärkt durch mehrere Lautsprecher, die sie noch stärker schnarren und dröhnen ließen. Und was sie schnarrte und dröhnte, war eine Art Rede. Eine, die keinen Widerspruch duldete, ähnlich wie die eine alte Stimme, die Frederic in der Nacht aus dem Nebel hatte kommen hören. Doch diese Stimme war jünger. Es war die Stimme von HD Bruhns. HD Bork Bruhns. War er hier?

Im Mittelgang vor dem Käfig konnte Frederic niemanden entdecken.

»Krska seesn«, sagte die Stimme jetzt. »Krska seesn, seesn, seesn, seesn, seesn, seesn, seesn, seesn, krska seesn. Krska. Krska seesn.« Es gab ein Quietschen, und die Stimme sprach weiter: »Seesn – frr – hamp. Tzt. Kruuka suuun.«

Es *war* gar keine Stimme. Es war die *Aufnahme* einer Stimme. Eine Platte, auf der die Nadel festgehangen hatte. Dem Rauschen nach zu urteilen vielleicht auch eine CD, die von einem alten Tonband überspielt war. Frederic erinnerte sich an die Worte des kleinen roten Autos: *Das autoritäre Tonband.*

Vielleicht, hatte es gesagt, *vergisst er heute das autoritäre Tonband, dann können wir groß bleiben!*

Und tatsächlich: Rings um Frederic begann das Chaos sich zu legen. Besser gesagt: aufzusteigen. Die Träume flackerten, schrumpften, komprimierten sich schließlich ganz und entschwebten in Richtung Decke. Je länger das autoritäre Tonband schimpfte und befahl, desto leerer wurde es in den Käfigen; desto leiser in der Fabrikhalle. Manche der Träume kämpften lange dagegen an, doch letztlich gaben sie alle auf und verdichteten sich. Sie verkleinerten sich aus reinem Entsetzen, wie es schien.

»Schschsch – holka – prrtn – tn«, sagte Bruhns' gnadenlose Stimme kalt. »Errk.«

Neben Frederic kugelte sich der letzte mutige Traum zusammen – ein Traum von einem Streuselkuchen – und stieg als trauriges, dunkles, unerkennbares Knäuel hinauf zu seinen Artgenossen, die sich jetzt wieder als schwarze Masse ängstlich unter dem Gitter dort oben drängten. Frederic saß allein auf dem Betonboden des Käfigs.

Das autoritäre Tonband verstummte mit einem letzten, bösen »Kssss«. Dannach war es sehr still.

Er konnte sich selbst in der Stille atmen hören, laut wie ein Blasebalg. Einerseits war er dankbar dafür, nicht zerquetscht worden zu sein. Andererseits fühlte er sich furchtbar.

Er griff in seine Hosentasche und zog den Fetzen heraus, den er versehentlich vom Tonband der Maschine abgerissen hatte. Das also war es. In der Maschine befand sich dieselbe Art von autoritärem Tonband. Harmloses Plastik. Eine Rede ohne Worte. Und doch – die Träume in ihrer Naivität schüchterte sie ein. Geschah das Gleiche mit ihnen, wenn sie sich noch in den Köpfen der Menschen befanden? Machten Worte wie »Krska seesn« die Träume klein, vorausgesetzt, man sprach sie richtig aus? Vielleicht.

Aber wer wusste schon Bescheid über die Physik der Träume? Insbesondere in den Köpfen von Menschen?

Frederic bekam den ganzen Dienstagvormittag über kein Wort mehr aus den Träumen heraus. Dafür stellte er fest, dass es in dem Käfig keine Toilette gab. Vielleicht gab es einen Traum von einer Toilette, irgendwo oben, zusammengeknäuelt, aber genau wusste man es natürlich nicht. Er fand einen Gully in einer Ecke, das musste reichen. Beobachteten ihn die Träume eigentlich aus ihrem verknäuelten Zustand heraus? Wenn hier wenigstens ein Traum von einer Art … äh … Vorhang herumgehangen hätte! Er begann im Käfig auf und ab zu gehen, ruhelos, mal im Viereck, mal im Kreis, blieb schließlich stehen und schlug mit den Fäusten gegen die Wand. Verdammt! Verdammt, verdammt, verdammt! Es musste doch irgendetwas geschehen! Irgendetwas!

Moment. War da nicht ein Schlurfen auf einer der oberen Etagen des Gerüsts? Er stand still und lauschte. Da! Da war es wieder! Natürlich. Der Traumwächter. Wer hatte das Tonband angestellt, wenn nicht er?

»Hallo?«, rief Frederic. Dann lauter: »Hallo!«

Er rannte zu dem Gitter, das an den Gang grenzte, und rüttelte daran, wie Gefangene das in Filmen zu tun pflegen. »Haaallooo! Ich bin hier eingesperrt!«

Über einem der Bretter dort oben zeigte sich, winzig und hoch oben, ein Gesicht.

»Das seid ihr alle«, sagte der Traumwächter.

»Ich gehöre nicht hierher!«, schrie Frederic, so laut er konnte. »Ich bin kein Traum! Es ist … ein Irrtum! He! Sie kennen mich doch! Wir haben uns letzte Nacht in der Sparkasse getroffen!«

Der Traumwächter schien zu überlegen.

»Und – ich habe mich bei dem autoritären Tonband nicht …
komprimiert!«

Das Gesicht verschwand, die Schritte schlurften jetzt Leitersprossen hinunter und dann kam der alte Mann den Mittelgang
entlang. Kurz darauf stand er vor Frederic.

»Aa-ha«, sagte er.

»Lassen Sie mich raus«, flüsterte Frederic. »Bitte! Ich …«

Der Alte schüttelte langsam den Kopf. »Niemand kommt
hier herein, ohne dass Bruhns ihn herbringt. Er wird seine
Gründe gehabt haben.«

»Aber Sie können mich doch nicht hier verhungern lassen!«,
rief Frederic. »Verflucht, ich bin ein Mensch!«

»Das mag wohl sein«, erwiderte der Alte langsam. »Und warum, lieber Mensch, ist es grausamer, einen Menschen gefangen
zu halten als einen Traum? Überleg dir das mal. Du hast eine
Menge Zeit hier. Außerdem verhungerst du nicht. Ihr werdet
gefüttert.«

»Ich esse aber kein Donnergrollen und keine toten Katzen!«,
rief Frederic verzweifelt. »Und es ist besser für alle, wenn Sie
mich rauslassen. Da draußen war ich Bruhns dicht auf der Spur.
So dicht, dass er Angst bekommen hat.«

»So dicht, dass er dich in einen Käfig geworfen hat«, ergänzte
der Alte, schnalzte mit der Zunge und schüttelte abermals den
Kopf. »Du bist weit davon entfernt, Bruhns etwas anhaben zu
können. Vergiss es.«

»Mögen Sie ihn denn? Sie wollten weglaufen!«

Der Alte seufzte. »Junge. Ich könnte dich gar nicht hier
herauslassen. Selbst wenn ich wollte. Ich habe es dir schon
gesagt, aber du glaubst mir wohl nicht: Ich habe die Schlüssel

zu den Käfigen nicht. Alles, was ich besitze, ist der Schlüssel zur Außentür der Halle.«

Frederic überlegte. »Sie kennen die alte Dame, die über uns wohnt. Ich habe Sie dort gesehen. Bitte, können Sie zu diesem Haus gehen und der jungen Frau im Erdgeschoss sagen, wo ich bin?«

»Wohl kaum«, antwortete der alte Mann. »Weißt du, was Bruhns mit mir macht, wenn er herausfindet, dass ich dir geholfen habe? Dann wird das Leben für mich und die Träume hier noch …«

Er verstummte, legte den Finger an die Lippen und schien zu lauschen. Frederic lauschte ebenfalls. Da war ein Geräusch an der Tür. Und im nächsten Augenblick ging sie auf.

Zur Mittagszeit nahm Lisa einen Topf Spaghetti vom Herd, als es an die Scheibe klopfte. Sie drehte sich um und ließ vor Erstaunen beinahe den Topf fallen. Draußen stand Frederics Vater. Er machte Zeichen – Kreise und Striche – in die Luft. Lisa stellte den Topf ab und machte ebenfalls Kreise und Striche. Sie hatte keine Ahnung, was er sagen wollte. Er schien etwas verwirrt zu sein. Und wo war eigentlich Frederic? Lisa war ihm an diesem Tag noch gar nicht begegnet. Sie war gerade erst von der Arbeit nach Hause gekommen und hatte eigentlich geplant, nach den Spaghetti bei ihm vorbeizusehen.

Sein Vater malte mehr Luftkringel.

Lisa öffnete das Fenster. »Guten Abend, Herr Lachmann«, sagte sie. »Ich weiß, Sie reden nicht gern. Aber wäre es nicht trotzdem einfacher, es mit Worten zu versuchen?«

Lachmann nickte. »Ich – äh. Sie schulden mir noch etwas Kaffee. Da dachte ich …«

»Moment. Ich muss die Nudeln abgießen. Kommen Sie doch so lange herein.«

Lachmann kletterte etwas ungeschickt durchs Fenster. Es war nicht hoch, aber seine langen Beine kamen ihm immer wieder in die Quere und gerieten in Gefahr, sich vor Verlegenheit zu verknoten. Er ließ sich in einen abgewetzten Sessel fallen, hob eine Gabel vom Tisch auf und drehte sie nachdenklich zwischen seinen Fingern.

»Man hält es mit den Zinken nach unten«, erklärte Lisa. »Es heißt Gabel.«

Er sah sie an, die Stirn gerunzelt, die Gabel noch immer in der Hand. Lisa seufzte, stellte das Nudelsieb auf den Tisch und setzte sich ihm gegenüber.

»*Was – ist – los?*«

»Los? Gar nichts. Wieso sollte etwas los sein?«

Lisa seufzte. »Herr Lachmann. Ich bin vielleicht etwas chaotisch, aber dumm bin ich nicht. Es wird Sie wundern zu hören, dass ich in der Oberstufe Physik und Philosophie unterrichte.«

»Was hat das mit mir zu tun?«

»Nichts. Ich meine nur, dass ich durchaus A und B zusammenzählen kann. Sie reden normalerweise nicht gern mit mir. Sie tun es nur im Notfall, wenn Ihr Sohn zum Beispiel gerade nach einer Schlägerei mit zwei blauen Augen auf meinem Sofa liegt. Sie würden eher Kaffee im Internet bestellen, als sich den geliehenen Kaffee zurückzuholen. Und jetzt sitzen Sie freiwillig auf meinem ältesten Sessel – Vorsicht, die Federn sind kaputt, er kann nicht mehr richtig fliegen – und essen Spaghetti mit den Händen.«

»Fliegen?«, fragte Hendrik. »Spaghetti? Mit den Händen? Ich?«

Er starrte auf seine linke Hand, an der ein blassgelbes Stückchen Nudel klebte, und leckte langsam den Daumen ab.

»*Mit den Händen*, Herr Lachmann.«

Hendrik sah sie an.

»Er ist weg, Lisa«, sagte er. »Er ist nicht zurückgekommen. Die Polizei hat sich nicht gemeldet, obwohl ich eine Suchanzeige … Wir haben uns gestritten, wegen der Schule. Ich wollte ihn verstehen. Ich wollte ihn immer verstehen. Wir hätten uns beinahe wieder vertragen. Aber dann kam sein Direktor und hat behauptet, er hätte ein Paket gestohlen, gestern Morgen, und er ist aus dem Fenster und … wir haben zusammen die Polizei informiert, Herr Bruhns und ich. Wir haben sogar die Nummer der Schule hinterlassen, falls ich nicht erreichbar wäre.«

Lisa schlug eine Hand vor den Mund, den sie zu einem ganz kleinen erschrockenen »O« geöffnet hatte.

Hendrik betrachtete sie irritiert und fuhr schließlich fort: »Ich habe auch die Eltern von diesem Mädchen angerufen, das mal hier war. Die aus seiner Klasse. Sie heißt so ähnlich wie Emma.«

»Änna.«

»Sie kennen sie?«

»Nein. Ich kenne Frederic. Wir sprechen bisweilen miteinander.«

»Nun tun Sie nicht so vorwurfsvoll! Ich versuche es ja! Ich …«

Er brach ab, stützte den Kopf in die Hände und sagte in das

Spaghettisieb: »Sie wussten ebenfalls nichts. Keiner weiß etwas. Weder von dem Paket noch von Frederic.«

»Was ist in dem Paket? Hat dieser Bruhns das gesagt?«

»Ja. Fimo. Aber ich weiß nicht …«

»… ob es stimmt«, sagte Lisa. »Garantiert nicht. Wir sollten herausfinden, was wirklich drin ist. Und fragen Sie auf keinen Fall einen gewissen Herrn Fyscher. Oder eine Frau Ziesel.«

Sie beugte sich über den Tisch, auf der Suche nach seinem Blick.

»Herr Lachmann?«

Er sah auf, müde, alt. »Ich heiße Hendrik.«

»Das mag schon sein. Aber ich duze keine Leute, die ihre Kinder so leichtsinnig verlieren. Ich schlage vor, wir lösen das Problem durch Arbeitsteilung: Sie finden das Paket. Ich finde Frederic.«

»Wie denn?«, fragte er. »Wie wollen Sie das anstellen?«

»Lassen Sie mich nur machen«, sagte Lisa. Aber sie konnte nicht verbergen, dass ihre Hände zitterten, als sie das Nudelsieb wegstellte, dessen Inhalt ganz und gar unwichtig geworden war. Auch Lisa machte sich Sorgen. Ernsthafte Sorgen.

»Guten Tag, allerverehrtester Traumwächter«, sagte Bork Bruhns, seine Stimme lieblich wie eine Süßstofftablette. Hinter ihm drängten sich Sport-Fyscher und die Mathe-Ziesel. »Wir sind gekommen, um uns anzusehen, wie es unserem neuesten Fang geht.«

Er schlenderte den Gang entlang und ließ den Blick suchend über die Käfige gleiten.

»Wo sind die Träume von letzter Nacht? Ist Ihnen etwas Besonderes an ihnen aufgefallen? Sind sie … weniger komprimierbar? Ein Stück des Tonbands in der Maschine fehlt …«

»Sie sind, möchte ich mir anmaßen zu bemerken, so komprimiert wie immer«, sagte der Traumwächter und strich unruhig über seine abgewetzte Weste. »Nachdem ich das Tonband in der Halle abgespielt hatte, haben sie sich benommen wie alle anderen.«

»Ah, sehr schön. Dann brauche ich sie nicht extra zu suchen. Ich dachte mir schon, dass dieser Junge uns nichts Ernstes anhaben kann. Aber man weiß nie. Er hat mich irgendwie nervös gemacht.« Bruhns lachte in einem seltenen Anfall von Verlegenheit. »Es ist bald Fütterungszeit, nicht wahr? Ich werde das für Sie erledigen.«

»Wie Sie wünschen, Herr Direktor.« Der alte Traumwächter senkte den Kopf und schlurfte davon. Bruhns sah sich um. »Ich füttere sie gern. Gibt einem ein gutes Gefühl. Und dies ist vermutlich das letzte Mal, dass ich es tun kann.« Er seufzte. »Zu schade um die Halle. Aber ich habe bereits eine neue Lokalität angemietet, in einem anderen Vorort. Wird sicher nicht lange dauern, bis wir die Schleusen angebracht haben. Das Prinzip ist simpel. Käfige sind schon geordert …«

»Sie denken auch an alles!«, schmeichelte die Ziesel, augenaufschlagend (eigentlich ein ekliger Ausdruck, dachte Frederic). »Ist es vielleicht das Abrisshaus? Das wäre doch praktisch.«

»Sind Sie wahnsinnig?« Bruhns' Stimme nahm einen Ton schlecht unterdrückter Panik an. »Dieses alte, baufällige Ding? Es wird irgendwann sowieso einstürzen. Keine fünfzehn Pferde kriegen mich in dieses … hässliche … abstoßende … Haus.«

Es hörte sich an, als wäre er persönlich sauer auf das Haus.

»Ich – äh – meinte ja nur«, murmelte die Ziesel erschrocken.

»Jedenfalls sollte das letzte Paket in ein bis zwei Tagen da sein«, sagte Fyscher. »Dann fehlt uns zwar immer noch die Sendung, die abhandengekommen ist …«

Ein gefährliches Zischen drang aus Bruhns' doppelreihig bezahntem Maul. »Ach, halten Sie den Mund! Es wird auch so gehen. Ein Paket mehr oder weniger! Wenn ein paar überleben … egal. Es eilt. Haben Sie nicht gesehen, wie es aus dem Schacht qualmt? Die rauchen da unten alles, was sie in die dunklen Finger kriegen. Und sie drängeln sich dort. Die komprimieren sich nicht durch autoritäre Tonbänder!«

»Sie rauchen ihr Futter, statt es zu fressen, stimmt's?«, fragte die Ziesel mit einem wohligen Geisterbahnschauer in der Stimme. »Aber warum füttern Sie sie überhaupt? Warum lassen Sie sie nicht einfach verhungern?«

»Haben Sie eine Ahnung, was dann geschieht?«, fragte Bruhns. »Was, wenn sie ernsthaft böse werden? Wenn sie doch einen Weg finden, heraufzukriechen? Oder gar einen Weg, die anderen hier oben zu befreien? Nein, besser, man kriegt sie alle auf einmal, überraschend – wamm! Und exitus.«

Fyscher sah sich verstohlen um. »Hören sie uns nicht?«

»Vielleicht hören sie uns. Aber die hier oben sind so albern, die können nichts ausrichten. Neulich habe ich einen Traum von Sigmund Freud getroffen, der war dabei, alle anderen zu analysieren! Die hier oben, ha! Denen könnte ich direkt ins Gesicht schreien, dass …« Er brach ab. »Aah! Allerverehrtester Traumwächter. Vielen Dank!«

Damit nahm Bruhns dem Alten einen Sack ab und begann,

die Käfige abzuschreiten. Vor jedem Käfig griff er in den Sack, holte eine Handvoll Dinge heraus und warf sie durch das Gitter: bunte Luftballons, Strandsand, Gummibärchen, Torferde, Pizzastücke, rosa Glitzerstifte, Aufkleber, Spiegelscherben, Parfüm, Kartoffelchips, Himbeeren, Hosenknöpfe … Frederic sah, wie die Träume einer nach dem anderen zu Boden schwebten, ohne sich zu entknäueln. Er beobachtete, wie sie rasch ein paar Chips oder ein paar Tropfen Parfüm fraßen und wieder zurückkehrten an die jeweilige Käfigdecke. Bruhns betrachtete die Träume mit einem unechten, wohlwollenden Breitgrinsen auf seinem Zahngesicht. »Sie sind wie meine Kinder«, sagte er und seufzte.

Der Alte nickte. Glaubte er Bruhns? Hatte er wirklich nichts gehört von dem, was der HD eben gesagt hatte? *Und exitus.*

»Guten Tag, Frederic«, sagte Bruhns, der inzwischen vor dem Käfig angekommen war, in dem Frederic an der Wand lehnte. »Willst du mir nicht Guten Tag sagen?«

Frederic ging zum vorderen Gitter und stellte sich vor Bruhns hin: so aufrecht er konnte, die Arme vor der Brust verschränkt. Er sah ihm direkt in die leeren, kalten Augen; wortlos. Ich bin Hendriks Sohn, dachte er. Ich bin stark und ich brauche nichts zu sagen. Wer spricht, wird verletzlich.

»Gefällt's dir hier, bei deinen Freunden?«, fragte Bruhns und lächelte.

Frederic schwieg. Tausend Antworten lagen ihm auf der Zunge, wo sie einen schalen Geschmack verbreiteten, doch er schwieg. Ich bin Hendriks Sohn …

»Dein Vater scheint sich große Sorgen zu machen«, fuhr Bruhns fort.

Frederic schwieg.

»Er wird dich vielleicht nie wiedersehen. Irgendwie tragisch.«

Frederic schwieg.

»Was starrst du mich so an? Habe ich irgendetwas im Gesicht?«

Frederic schwieg.

»Hat dir deine Mutter nicht beigebracht, dass es unhöflich ist zu starren?«

Frederic schwieg. Und dann wandte Bruhns seinen Blick ab. Frederic triumphierte schweigend. Er war stärker als der HD. Bork Bruhns würde sich noch wundern.

Bruhns streute eine Handvoll Blütenblätter und Konfetti in den Käfig und beobachtete, wie ein Traum nach dem anderen sich seinen Anteil abholte. Nur der letzte Traum, der sich von der Decke herabschwang, fraß nichts. Er hockte sich neben den Rest der Konfetti und Blütenblätter und blieb dort sitzen.

»He, Kurt«, flüsterte jemand von oben, »jetzt iss was, verdammt noch mal! Du hast schon die letzten beiden Wochen über nichts gegessen.«

Frederic sah auf. Dort hatte eines der Knäuel einen mahnenden Zeigefinger ausgestreckt. Bruhns war schon weitergegangen, um die Träume in den nächsten Käfigen zu füttern.

»Du wirst gleich sehen«, flüsterte der Traum, der offenbar Kurt hieß. »Heute wird es klappen.« Er klang schwach und irgendwie krank.

»Was ist los mit ihm?«, fragte Frederic leise.

»Oh, er ist ein Idiot«, sagte der Traum mit dem mahnenden Zeigefinger. »Wir wissen nicht mal, was er ist. Man erkennt es nicht.«

»Ich werde es bald wissen«, hauchte Kurt. Frederic sah erstaunt zu, wie er sich entfaltete. Er war der Einzige, der mutig genug dazu war. Trotz der Rede, trotz Bruhns. In entfaltetem Zustand bestand Kurt aus lauter abstrakten Linien, Kurven und Farben. Manch einer träumte eben so was.

»Und jetzt«, wisperte Kurt, »jetzt werdet ihr sehen, warum ich nichts gefressen habe. Um hindurchzupassen nämlich. Es lebe die Freiheit. Etwas muss doch mal geschehen!«

Damit komprimierte er sich wieder, zog sich zusammen, soweit es nur irgend ging, wurde kleiner und dünner als jeder andere Traum und schlüpfte durch eine der Maschen. Frederic öffnete den Mund zu einem verblüfften »Oh«. Draußen entfaltete sich Kurt, flog auf und flatterte als buntes Irgendetwas durch den Gang. Dabei rief er noch einmal: »Es lebe die Freiheeeeit!«

Doch sein Rufen glich mehr einem heiseren Flüstern.

Bruhns blieb stehen und drehte sich um. Frederic beobachtete atemlos, wie Kurt auf ihn zuflog. Genau einen Meter vor dem Direktor taumelte Kurt, schien das Gleichgewicht zu verlieren und – stürzte ab. Der Traumwächter schlurfte an die Stelle, wo Kurt auf dem Boden noch einmal zuckte und dann still lag. Er hob ihn auf, ein schlaffes Farbbündel, und schüttelte den Kopf.

»Er war zu schwach«, sagte er leise. »Hat es nicht geschafft. Er ist einfach verhungert. Jetzt wird er nie erfahren, was er darstellen sollte. Er wollte so gerne seinen Besitzer wiederfinden, um ihn danach zu fragen.«

Einen Moment lang herrschte Schweigen in der Halle, absolutes Schweigen. Dann räusperte sich Bruhns und ging weiter, als wäre nichts gewesen. Aber an diesem Tag fraß keiner der Träume mehr einen einzigen Krümel. Frederic wusste, dass sie es nicht taten, um Kurt nachzueifern. Es war ihre Art, um ihn zu trauern.

Seine Art war es, sich einmal verstohlen über die Augen zu wischen, wo sich eine Träne eingeschlichen hatte. Wie konnte man um etwas weinen, von dem man nicht mal wusste, was es eigentlich gewesen war? Aber es war mutig gewesen, sehr sogar.

Frederic schluckte. Kurt hatte recht. Etwas musste geschehen. Bald.

Die Tür war kaum hinter Bork Bruhns und den anderen beiden Lehrern ins Schloss gefallen, da tippte jemand Frederic auf die Schulter. Er fuhr herum und seine Augen weiteten sich vor Schreck.

»Machen Sie auf!«, sagte Lisa. Sie sagte es nicht einmal laut. Sie wusste, dass sie gehört wurde. »Machen Sie auf, denn ich weiß, dass Sie da sind! Es ist etwas passiert. Und Sie sind schuld. Also los. Wir haben keine Zeit.«

Drinnen rasselten Ketten und drei verschiedene Schlösser wurden aufgeschlossen.

Dann erschien im Türspalt ein spitzes, altes Gesicht. Lisa konnte die Schnurrhaare daran nicht sehen. Aber vielleicht war das auch gar nicht nötig.

»Kann ich hereinkommen?«, fragte Lisa.

»Wenn es sein muss.«

»Es muss.«

Die Wohnung der alten Dame war ein Durcheinander aus Wandteppichen, Staub und Spinnweben. Überall standen große Kisten mit Vorräten an Knäckebrot und auf dem Fensterbrett lag ein großer angenagter Gouda.

Lisa setzte sich an den Küchentisch, auf dem inmitten von Krümelspuren mehrere Geduldsspiele herumlagen. Sie ignorierte das Chaos.

»Frederic ist weg«, sagte sie knapp. »Er hat mir die ganze Geschichte erzählt, Vitamin A und so weiter. Sie wissen, wovon ich spreche.«

Die alte Dame nickte.

»Ich habe einen Verdacht, wo er ist«, fuhr Lisa fort. »Er hat mir von einer Halle erzählt, draußen vor der Stadt, in einem der Gewerbegebiete. Einer alten Fabrikhalle, wo Bruhns die Träume in Käfigen gefangen hält. Ich fürchte, er ist in einen solchen Käfig geraten. Es wäre typisch für ihn und für diese Geschichte, wenn genau das passiert wäre. Ich habe die Polizei angerufen. Sie behaupten dort, sie hätten Frederic an seinen Vater ausgehändigt. Haben sie aber nicht …« Sie brach ab. »Es nützt gar nichts, wenn ich so tue, als wäre ich der große Detektiv hier und hätte keine Angst. Ich habe Angst. Dieser Bruhns ist gefährlich.«

Die alte Dame nickte. Ihre kleinen Knopfaugen blitzten nervös.

»Was wissen Sie über ihn?«, fragte Lisa. »Und über die Fabrikhalle?«

»Wenn Sie aus mir herauskriegen wollen, wo diese Fabrikhalle ist, vergessen Sie's. Ich weiß es nicht. Wirklich nicht. Ich bin durch die Kanalisation entkommen.«

»Entkommen?«

»Sicher.« Die alte Dame dippte eine Reihe Krümel vom Tisch auf und leckte ihren krummen Zeigefinger ab. »Was dachten Sie denn? Ich bin ein Traum. Ein entkommener Traum. Wenn Sie es genau wissen wollen, Bruhns' Traum. Einer von seinen Albträumen.«

Lisa atmete tief ein und wieder aus. »Logisch«, sagte sie dann. »Ein Albtraum von Bruhns. Er musste einen Albtraum von jemandem haben, der sein Geheimnis verrät. Wenn auch auf Umwegen.«

»Ich bin nicht ganz böse. Aber ich bin auch nicht ganz gut. Ich war schwer genug, um nicht die ganze Zeit zu schweben. Deshalb bin ich in den Gully gekrochen. Ziemlich dumm von Bruhns, mich in einen der unteren Käfige zu stecken. Die haben alle einen Gully, von früher vermutlich, als die Halle noch zu einer Fabrik gehörte. Und ich habe eine gewisse …«, ihre Nase zitterte aufgeregt, »Affinität zu Gullys. Zur Kanalisation. Ich mag es dort unten. Ich gehe manchmal dort spazieren. Allerdings niemals zurück in Richtung Fabrik.«

»Aber Sie sind mit dem Traumwächter befreundet!«

»Ein wenig. Er ist wie ich. Wir sind zusammen geflohen, damals. Er ist zurückgegangen. Ich nicht. Er kennt den Weg. Ich nicht. Er besucht mich manchmal. Ich ihn nicht. Wenn er kommt, kommt er. Aber fragen Sie mich jetzt nicht, ob ich ihn rufen kann.«

»Was ich gerade wollte. Hat er kein Handy?«

»Er ist ein Traum! Woher soll er ein Handy haben?«

»Gott, das ist mir doch egal, woher. Hauptsache, er hat eins.«

»Hat er nicht.«

Lisa überlegte. »Schön«, sagte sie schließlich. »Noch mal zurück zum Anfang. Es gibt Gullys. In den unteren Käfigen.«

»Wenn Frederic dort ist, *ist* er unten«, sagte die alte Dame. »Nur einer der unteren Käfige hat eine Tür nach außen, durch die man einen Menschen kriegt. Die Schleusen der anderen Käfige sind zu klein.«

Lisa stand auf. »Gut. Es muss also nur noch jemand hingehen und ihm sagen, dass er durch den Gully fliehen kann.«

»Richtig«, sagte die Rattendame. »Womit wir wieder beim alten Problem wären. Keiner von uns weiß den Weg zu der Halle. Ich wünsche Ihnen einen schönen Tag. Ich glaube, Sie wollten gerade gehen.«

Kurz darauf stand Lisa auf dem Treppenabsatz des zweiten Stocks, den Finger nachdenklich an die Nasenspitze gelegt.

»Keiner von uns weiß den Weg«, murmelte sie und ging im Geiste noch einmal Frederics ganze lange Geschichte durch. »Doch!«, flüsterte sie dann ins düstere Treppenhaus. »*Jemand* weiß den Weg. Änna. Ich habe den Verdacht, dass Frederics sympathischer Schuldirektor sich ihre Träume inzwischen wieder unter den Nagel gerissen hat. Aber den Weg ..., den Weg weiß sie trotzdem. Man muss sie nur dazu kriegen, sich an die Erinnerung heranzutrauen.«

»Das – das ist doch nicht möglich!«, stammelte Frederic.

»Offenbar schon«, antwortete der, der hinter ihm stand. Verwirrenderweise war der, der hinter ihm stand, nämlich auch Frederic. Er sah jedenfalls so aus. Bis auf die Tatsache, dass er Brandlöcher im T-Shirt hatte.

236

Er war sein Spiegelbild. Ein Double. Ein Alter Ego. Ein …

»… Traum«, sagte Frederic zwei. »Ich bin ein Traum. Deshalb die Brandlöcher. Von der Maschine. Alle Träume, die zu nah am Motor vorbeikommen, kohlen an. Leider.«

»Oh. Tut es weh?«

Frederic zwei lächelte und schüttelte den Kopf. »Es ist nur das T-Shirt, wirklich.« Er sah sich vorsichtig um. Der Traumwächter war nirgendwo zu sehen. Vermutlich schlurfte er wieder oben auf dem Gerüst herum. Frederic zwei blieb dennoch nervös. »Es ist ziemlich schwierig, unkomprimiert herumzulaufen, nach all dem, was heute passiert ist. Ich werde es nicht schaffen, lange ausgerollt zu bleiben, verzeih mir. Aber es gibt etwas, das du wissen solltest.«

»Es gibt eine Menge Dinge, die ich wissen sollte«, sagte Frederic – Frederic eins. »Beginnen wir mit der Frage: Wie kommst du hierher?«

»Oh, das ist einfach«, sagte Frederic zwei. »Ich bin einer von Ännas Träumen. Ich bin erst seit Sonntagnacht hier.«

»Einer von … Ännas Träumen? Sie hat von mir geträumt?«

»Sieht ganz so aus. Weißt du über den schwarzen Schacht Bescheid? Den Schacht, von dem Bruhns gesprochen hat?«

Frederic schüttelte den Kopf. »Ich weiß nur … dass jemand dort ist«, antwortete er und merkte, dass er flüsterte. »Jemand, der raucht, statt zu essen. Jemand, den Bruhns loswerden will. Unter anderem der Fyscher und die Ziesel. Aber gleichzeitig sind sie auch hier oben … Moment.«

Er sah Frederic zwei an. Natürlich. Es waren überhaupt nicht der Fyscher und die Ziesel.

»Es sind Träume von der Ziesel und vom Fyscher, richtig?«

Frederic zwei nickte. »Du weißt vermutlich auch, welche Art von Träumen. Träume, die nicht schwerelos sind, sondern unendlich schwer. So schwer, dass sie auf den Grund jedes Schachts sinken.«

»Albträume«, wisperte Frederic.

Und wieder nickte sein Double.

»Wir werden getrennt, wenn Bruhns uns aus der Maschine hier in die Halle befördert. Ich habe es miterlebt. Zuerst lenkt er die Maschine nahe an den Schacht, fährt einen Schlauch aus, tief in den Schacht hinein, und die Albträume fallen in den Keller dort unten. Die guten Träume, die schwerelosen, bleiben oben, am Ende des Schlauches. Es ist alles auf eine gemeine Art einfach. Ich habe sie heulen hören, die Albträume. Sie sind viele. Tausende. Und sie sind gefährlich. Wer von toten Katzen lebt, muss gefährlich sein, nicht wahr? Man sagt hier oben, einer von ihnen besteht darauf, mit den Möbeln und Bildern eines bestimmten Hauses gefüttert zu werden, in dessen Wänden das Unglück hängt. Verrückt. Unberechenbar. Keiner weiß, was passiert, wenn jemand die Albträume aus ihrem Schacht befreit.«

»Das ist es, wovor Bruhns Angst hat.«

»Ja.«

»Aber sie sind nicht komprimiert, oder? Bruhns hat das gesagt.«

»In diesem Fall stimmt es vermutlich. Es gibt Gerüchte. Hier, unter den guten Träumen. Es heißt, ihre Unkomprimierbarkeit wäre ihnen dort unten zum Verhängnis geworden. Sie ist genau das, was sie dort festhält. Sie könnten vielleicht aus dem Schacht klettern, wenn sie sich anstrengen würden. Aber sie passen nicht

238

hindurch. Sobald sie durch den Schlauch nach unten kommen, werden sie wieder so groß, dass sie nicht mehr hinauskönnen.«

»Ist der Schacht für sie der einzige Ausweg aus dem Keller?«

Frederic zwei nickte. »Das ist es jedenfalls, was man hier so hört. Aber ich bin nicht sicher, ob es stimmt. Vielleicht muss man nur lange genug suchen, um noch einen Ausgang zu finden.« Er musterte Frederic – den echten Frederic – eingehend.

»Wirst du es tun?«, fragte er dann.

Frederic schüttelte verwirrt den Kopf. »Was?«

»Sie befreien. Die Albträume befreien. Wenn du das schaffst, können sie dir helfen, uns freizulassen.«

»Das – das ist Wahnsinn!«, wisperte Frederic. »Die Albträume befreien? Wie kann ich sicher sein, dass sie mir helfen? Sogar ein Traum von Bruhns ist dort unten! Ich habe ihn gehört, im Nebel! Du hast selbst gesagt, dass keiner weiß, was passiert, wenn man sie aus ihrem Keller lässt!«

»Das ist richtig«, sagte Frederic zwei leise. »Aber wir haben nur noch höchstens zwei Tage. Du hast ihn gehört. Die Albträume sind unsere einzige Chance.«

Frederic seufzte. »Ein schöner Satz. Voller Pathos, würde HD Bruhns sagen. Aber die Sache hat einen Haken. Ich sitze hier genauso fest wie ihr. Und wenn ich nicht verhungere, erfriere ich, ehe Bruhns uns alle tötet.«

Er nieste.

»Herzlichen Glückwunsch«, sagte der Geburtstag von der Käfigdecke.

10. Kapitel

Grenzerfahrungen

»Du denkst also wirklich, sie hat von mir geträumt?«, fragt Frederic nachdenklich.

»Wie erklärst du dir denn sonst, dass dein Double in dem Käfig aufgetaucht ist?«

»Ich weiß nicht. Vielleicht hat jemand anders von mir geträumt.«

»Wer? Josephine?«

Frederic lacht. »Nein, denn dann wäre ich wohl im Keller der Albträume gelandet, nicht wahr?«

»Allerdings«, sage ich und mache den Computer an. »Apropos Keller der Albträume. Die Kanalisation führte direkt daran entlang, oder?«

Frederic zögert. »Hm, ja, ich glaube. Ich weiß es nicht mehr so genau.«

»Lüge!«, sage ich und grinse. »Du weißt es noch genau. Genauer, als dir lieb ist!«

»Und wenn ich es weiß?«, fragt er.

»Du musst mir helfen, es zu erzählen«, antworte ich, wieder ernst. »Ich war schließlich nicht dabei.«

»Na, als Erstes kommt jetzt was, wo ich nicht dabei war. Mit

241

Änna und so. Was hat sie gesagt, als plötzlich am späten Nachmittag eine fremde Frau bei ihr vor der Tür stand?«

»Sie hat gesagt: *Wir kaufen nichts.*«

»Wir kaufen nichts«, sagte Änna.

»Prima«, sagte Lisa. »Ich verkaufe auch nichts. Bei mir gibt
es nur Dinge umsonst. Heute eine Autofahrt. Samt privatem
Chauffeur. Der private Chauffeur bin im Übrigen ich.«

Änna schüttelte den Kopf. »Ich brauche keinen Chauffeur.
Was wollen Sie?«

»Ich will wissen, wo Frederic ist.«

»Frederic?« Über Ännas Gesicht tobte ein winziger Wirbelsturm, einen Wimpernschlag lang nur, doch Lisa sah es. Da war
etwas wie Freude, etwas wie Verlegenheit, etwas wie Erschrecken und etwas wie Angst. Dann glätteten sich die Wogen, und
Änna sagte: »Ich weiß nicht, wo er ist. Sein Vater hat auch schon
angerufen. Warum denken bloß alle, ich wüsste, wo Frederic
sich herumtreibt?«

»Vielleicht, weil du der einzige Mensch bist, mit dem er jemals befreundet war«, antwortete Lisa. Der Sturm versuchte,
sich wieder auf Ännas Gesicht zu schleichen, doch diesmal ließ
sie ihn nicht. »Ich kenne ihn nur aus der Schule.«

Lisa trat einen Schritt näher an Änna heran, und Änna wich
zurück, doch in ihrer gewohnten Ungeschicklichkeit stolperte
sie dabei, kam irgendwie gegen die Tür, und die Tür fiel hinter
ihr zu. Änna drückte sich mit dem Rücken dagegen und blickte
zu Lisa auf.

»Erzähl mir, was du weißt«, flüsterte Lisa.

Änna schluckte. »Er hat gesagt, er müsse untertauchen«, wisperte sie. »Aber er hat nicht gesagt, wo. Wirklich nicht.«

»Ich glaube, ich ahne, wo er ist«, sagte Lisa düster. »Es gibt nur einen Ort, wohin Bruhns Leute stecken kann, die er loswerden will. Diese dumme alte Fabrikhalle. Änna! Du hast deine Träume verloren. Aber du hast deine Erinnerungen noch! Du warst dort. Mit Frederic. Er hat es mir erzählt.«

»Vielleicht sind Sie dann sein einziger Freund, nicht ich«, sagte Änna leise.

Lisa hob Ännas Kinn behutsam mit einem Finger an und sah ihr in die grauen Augen. Sie fand Tränen darin.

»Ich darf nicht einfach … mit irgendwem mitfahren …«, wisperte Änna. »Meine Eltern sind nicht da, aber es ist … nicht erlaubt. Und Herr Direktor Bruhns hätte sicher etwas dagegen.«

Lisa wandte den Blick nicht von Ännas Augen ab.

»Versuch es. Erinnere dich«, beharrte sie. »Da war ein Feld, ein Feld voller Blumen mit gelben Federn. Es war im Keller von St. Isaac. Frederic stand mitten in dem Feld, zusammen mit dir. Er hat dir deine Träume wiedergegeben. Und da war eine Nacht. Ihr seid Fahrrad gefahren …«

»Es war kalt«, flüsterte Änna. »Er hat mir den Pullover gegeben.«

Sie strich über den wollenen Kragen. »Bis eben dachte ich, ich hätte vergessen, wie er ihn mir gab. Aber jetzt erinnere ich mich. Ich – ich werde mitkommen.«

In Lisas Auto war es warm, und es roch nach Karamellbonbons, Kaffee und nassem Hund. Änna musste eine Bücherkiste, zwei Pullover und einen kleinen Kastanienbaum beiseiteschieben, um auf der Rückbank Platz zu finden. Der Hund war nicht da. Vielleicht hatte Lisa den nur mal per Anhalter mitgenommen. Zuzutrauen war es ihr.

»Der Kastanienbaum fährt gerne Auto«, erklärte sie mit einem Blick nach hinten. »Wenn ich ihn in meine Wohnung stelle, verliert er jedes Mal alle Blätter. Aber hier geht es ihm prächtig. Man muss allerdings das Fenster ein Stück offen lassen, damit er Luft kriegt.«

»Ach«, sagte Änna.

Im Fahrtwind taumelten ein paar schillernde Seifenblasen aus Lisas roten Locken. Eine von ihnen landete auf Ännas Nase und zerplatzte dort mit einem leisen »Plopp«.

»Wo muss ich langfahren?«, fragte Lisa.

Änna schloss die Augen und versuchte, sich zu erinnern. Lisa hatte gesagt, sie hätte ihre Träume verloren. Als das geschehen war, musste sie die Bilder aller verbotenen Dinge in ihrer Erinnerung verscheucht haben.

Jetzt holte sie sie hervor, wie man Dinge hinter dem Schrank hervorholt: mit spitzen Fingern und abgewandtem Gesicht, gefasst auf eine Menge Staub und Dreck. Aber hinter dem Schrank ihrer Erinnerung war kein Staub. Da war ein altes schwarzes Herrenrad. Darauf saß Frederic, und jetzt drehte er sich im Fahren nach ihr um, winkte, bog in eine Seitenstraße ein ... Änna öffnete die Augen.

»Da vorne links«, sagte sie leise. In ihrem Kopf fuhr Frederic weiter, und alles, was sie tun mussten, war, ihm zu folgen.

244

Natürlich war er nicht wirklich da. Aber was ist schon wirklich?

Wenig später lenkte Lisa das Auto über einen holprigen Sandweg. Klobige, eckige Körper von Gebäuden ohne Architektur ragten neben ihnen auf, stumme Hallen und Lagerräume; und irgendwo stieg bereits die Dämmerung aus Klumpen von Beton und Stahl.

Sie fuhren bis zum Ende des Weges, und dort empfing sie ein Tor. Daneben lagen hinter einem Haufen Schrott zwei zerquetschte Fahrräder, ineinander verhakt wie eine seltsame zweidimensionale Skulptur. Eines davon war ein schwarzes Herrenrad. Änna schluckte. Lisa schläferte den Motor ein.

Sie saßen eine Weile schweigend im Auto.

»Du musst durch das Tor gehen«, sagte Änna schließlich.

»Kommst du nicht mit?«

Änna schüttelte den Kopf. »Es ist verboten, das Gelände hinter dem Tor zu betreten. Ich dürfte nicht mal hier sein.«

»Shit«, knurrte Lisa. »Es muss wirklich furchtbar sein, keine Träume mehr zu haben. Kann man denn gar nichts Verbotenes mehr tun?«

Sie stieg aus und drückte einen Flügel des Tors ein wenig weiter auf. Ehe sie hindurchschlüpfte, winkte sie noch einmal. Dann war Änna allein, allein in einem Auto mit dem Geruch nach Karamellbonbons, per Anhalter gefahrenem Hund und einem Kastanienbaum.

Der alte Traumwächter saß an diesem Abend auf der untersten Etage des Gerüsts, baumelte mit den Beinen und drehte sich eine Kippe aus zerhäckselten Rauchverbotsschildern. In letzter Zeit kam man ja kaum noch zum Rauchen! Es geschah viel zu viel. Er hatte die Zigarette gerade angesteckt, da klopfte es unten an der Tür.

Der alte Mann fluchte, erhob sich ächzend und kletterte die Leiter hinab. Es klopfte erneut, lauter, ungeduldig. Bruhns musste noch einmal zurückgekommen sein.

Der HD hatte einen Schlüssel zur Haupttür, aber er ließ sich lieber öffnen. Natürlich.

»Geduld, Geduld!«, knurrte der Traumwächter. »Ich werde eben nicht jünger.«

Er erreichte den Gang und schlurfte ihn entlang. »Andererseits werde ich aber auch nicht älter«, fügte er hinzu und kicherte. Wenn dieser Junge wüsste, dass er, der Wächter, selbst nur ein Traum war! Dieser Junge, der glaubte, Menschen wären etwas Besseres als Träume! Von wegen!

Er öffnete die Tür und blinzelte verwundert in die Abenddämmerung. Vor ihm stand nicht Bruhns, sondern eine junge Frau mit roten Locken und einem irgendwie wilden Blick.

»Was wollen Sie hier?«, fragte er anklagend. »Sie sind doch kein Traum, oder?«

»Nein«, antwortete die Frau. »Aber ich besitze eine Menge davon. Und in meinen kühnsten verhaue ich alte Männer, die kleine Jungen in Käfigen gefangen halten.«

Der Alte machte einen Schritt zurück. »Immer langsam mit den Jungen und den Pferden! Ich halte gar niemanden gefangen. Ich habe zu diesen Käfigen nicht mal einen Schlüss…«

»Lisa!«, rief Frederic.

Als Hendrik zur selben Zeit St. Isaac betrat, war dort alles still. Trotz des Dienstagabends war die Schule nicht verschlossen. Die Steinengel betrachteten ihn stumm und im Gebäude brannte kein Licht. Er ging die Flure mit hallenden Schritten entlang wie in einem Traum. Wären die Dinge nur nicht so verwirrend gewesen! Wie sollte er ein Paket finden, über das er nichts wusste, außer dass es unauffindbar war?

In den Fluren hingen Bilder von Äpfeln und Birnen, Stillleben, die nicht nur still, sondern auch leblos schienen. Zum ersten Mal fragte sich Hendrik, ob etwas nicht stimmte mit den Kindern in St. Isaac. Er hatte die Bilder schon früher gesehen, viele Jahre lang, immer wenn er hier gewesen war, um nach den Computern zu sehen. Er hatte ihre Leblosigkeit gesehen und die beunruhigende Ruhe in den Gängen gehört. Und war es nicht immer ruhig gewesen? Auch wenn die Kinder da waren? Gab es da etwas, das er all die Jahre übersehen, überhört, überfühlt hatte?

Vor einem der Bilder blieb er stehen. Es war das einzige, das Leben besaß. Er suchte den Funken darin und fand ihn, verblüfft: Es war nur eine winzige Kleinigkeit. Auf dem Bild waren Männer und Frauen aufgereiht wie auf einem Gruppenfoto, nur dass sie auf einer leicht misslungenen Karotte standen. Einem der Männer, einem großen, dicken, den Hendrik schon in den Gängen der Schule gesehen hatte, hatte der Künstler Flügel gemalt. Ihre Spitzen ragten sonnengelb über seine Schultern. Aber es sah aus, als hätte jemand die Federn gestutzt.

Er schüttelte sich. Warum stand er hier und starrte ein Wasserfarbenbild an?

Er musste jemanden finden, der ihm weiterhalf. Doch die Klassenzimmer, deren Türen er aufriss, waren allesamt leer. Das Lehrerzimmer war noch verlassener. Nur kalter Zigarettenrauch hing über den Tischen.

»Hallo?«, fragte Hendrik in die Stille. Seine Stimme klang beinahe panisch. Er wischte sich mit dem Ärmel den Schweiß von der Stirn. Einen Flur weiter klopfte er an die Tür des Sekretariats, erhielt keine Antwort und trat ein. Auch hier war niemand zu finden. Nur das bekannte Parmafaulchen schlief auf dem Fensterbrett ... Moment. Waren da nicht Stimmen, leise Stimmen, hinter der Tür mit der Aufschrift »REKTORAT«? Hendrik stand ganz still und lauschte. Die Stimmen waren mühsam beherrscht.

Eine gehörte dem Schuldirektor. Er schien sich mit jemandem über irgendetwas zu streiten. Zuerst verstand Hendrik keine Worte. Dann wurde die Stimme des Direktors lauter.

»... zu eigenen Zwecken nutzen«, sagte er. »Gott allein weiß, was Sie damit vorhaben, aber keiner von uns beiden unterrichtet Religion, und so muss ich spekulieren. Um das Zeug selbst zu benutzen, sind Sie zu feige. Wollen Sie mich auf irgendeine Weise damit erpressen? Es sind keine Spuren von mir daran. Und die Pakete gingen immer an einen Herrn Kr. Ska. Seesn, als welcher ich auch den Erhalt jeder Sendung unterzeichnet habe. Also vergessen Sie's. Wo ist es, Fyscher?«

Irre ..., dachte Hendrik. Irre ... ich mich? Oder geht es genau um das Paket, das ich suche? Ein beinahe romanhafter Zufall, aber bitte, auch solche muss es geben – für die Romane.

»... weiß es nicht«, unterbrach der andere Lehrer seine Gedankenkette. »Sie haben die letzte Sendung sowieso noch nicht.

Frühestens morgen wird sie da sein. Ich habe Ihnen tausendmal gesagt, dass es dumm wäre, jetzt schon … ich habe Ihnen doch erklärt, dass es besser ist, sicherzugehen. Und ich habe recht, Sie werden schon sehen. Aber ich habe das Ding nicht. Ich habe keine Ahnung, wo es sich befindet.«

»Fünffache Wortwiederholung, Note Sechs«, sagte Bruhns. »Sie *haben* eine Menge Dinge, Fyscher. Wissen Sie, was Sie außerdem haben? Sie haben zu viele eigene Ideen. Das kommt von den Träumen. Ungesund. *Ganz* ungesund.«

»Sie können doch nicht …«

Ein Tisch wurde gerückt, ein Stuhl schien umzufallen, etwas zu Boden zu stürzen, da war ein erstickter Schrei – Hendrik ging einen Schritt rückwärts. Wo war er da hineingeraten? Prügelten sich die beiden Lehrer jetzt etwa zwischen den Topfpflanzen im Rektorat? Er wartete eine Weile, unschlüssig. Nun war es auf einmal still hinter der Tür. Unnatürlich still. Hendrik holte tief Luft und öffnete die Tür.

Ihm bot sich ein merkwürdiges Bild. Ein Bild, das er nicht verstand, noch viel weniger als das gemalte Bild mit den gestutzten Flügeln:

Auf dem Direktorenstuhl hinter dem großen Schreibtisch saß ein Mann, der mit dem Kopf auf dem Tisch lag, beide Arme über die Tischplatte gestreckt. Neben ihm, auf der Tischplatte, lag eine Spritze mit dünner Nadel, und auf seinem rechten Handrücken war ein winziger Tropfen Blut zu sehen. Er schien fest zu schlafen, doch an seinem Kopf waren Saugnäpfe befestigt, von denen Schläuche zu einem leise sirrenden Gerät führten. Der Mann auf dem Direktorenstuhl war jedoch nicht der Direktor von St. Isaac. Der Direktor von St. Isaac stand neben der Maschine und bediente dort eine Reihe blinkender Knöpfe. Oder: Er hatte sie bis eben bedient.

Jetzt blickte er Hendrik an und öffnete den Mund, als wollte er etwas sagen. Einen Moment lang verharrten sie so, starrten sich gegenseitig an – sprachlos, eingefroren, als wären auch sie nichts als ein Wasserfarbenbild hinter Glas.

Dann bewegte sich Bruhns und sprengte das Bild.

»Herr Lachmann«, sagte er. »Bitte, nehmen Sie doch Platz.«

Hendrik setzte sich auf den einen freien Stuhl. Er wartete auf eine Erklärung. Es war alles so absurd. Aber Bruhns erklärte nichts. Stattdessen griff er nach Hendriks Hand, als wollte er sie schütteln, und sagte: »Es wird nicht sehr wehtun.«

»Wie?« Hendrik wollte seine Hand zurückziehen, doch Bruhns hielt sie fest. Er hatte erstaunliche Kraft. Im nächsten Augenblick war da eine weitere Spritze in seiner Hand, und Hendrik dachte noch: Das muss ein Traum sein, denn es macht keinen Sinn. Und: Wie dumm ich bin. Wo schon so ein Ding auf dem Tisch … Und dann dachte er: Anna.

Und dann war da nichts mehr, das er denken konnte. Die Welt verschwand. Das Letzte, was er hörte, war das Sirren der Maschine.

Frederic hatte sich nie so gefreut, jemanden zu sehen, wie an diesem Abend Lisa. Die Maschen im Draht waren gerade weit genug, um eine Hand hindurchzustrecken.

»Was machst du für Sachen?«

»Wie hast du hergefunden?«

»Kann man den blöden Draht nicht durchsägen?«

»Hast du den besonderen Dietrich gefunden, draußen, bei dem schwarzen Schacht?«

»Den Schacht habe ich gesehen. Aber da lag nichts in der Nähe. Welchen Dietrich?«

»Wollen wir uns weiter gegenseitig Fragen stellen, oder bist du wegen etwas anderem gekommen?«

Sie sah sich um. Der Traumwächter war wieder seine Leiter hinaufgeschlurft, um weiterzurauchen. Den Schlüssel hatte er innen in der Tür stecken gelassen. Er schien nicht scharf darauf, noch einmal herunterzukommen und Lisa die Tür zu öffnen. Vermutlich klang das *Alte Männer verhauen* noch in seinen Ohren.

»Der Gully«, flüsterte Lisa. »Die alte Dame aus dem zweiten Stock sagt, man kann durch den Gully entkommen. Sie hat es getan.«

»Die alte Dame? Du hast mir ihr gesprochen?«

»Ich dachte, wir wollten mit dem Fragenstellen aufhören. Sie ist ein Traum. Ein Zwischending zwischen Alb- und Nicht-Albtraum. Mittelgewicht, sozusagen. Und ich bin gekommen, um dir von ihr auszurichten, dass du durch den Gully musst. Ach ja.«

Sie kramte in ihren Taschen, holte drei Schokoriegel und eine kleine Colaflasche heraus und steckte sie durch das Gitter. »Oje. Es ist, als würde man Hühner füttern.«

»Du brauchst gar nicht erst darauf zu hoffen, dass ich jetzt ein Ei lege«, sagte Frederic und riss das Papier des ersten Riegels auf. Dann stopfte er ihn auf einmal in den Mund, während er in dem Rucksack zu seinen Füßen den Kreuzschlitzschraubenzieher suchte. Wenigstens brauchte man für Gullys keine … »Was ist die Mehrzahl von Dietrich?«, fragte Frederic.

Lisa überlegte. »*Marlene* Dietrich«, sagte sie. »Viel Glück. Ich muss zurück. Ich habe eine Verabredung mit deinem Vater.«

Frederic riss die Augen auf. »Mit Hendrik?«

»Eigentlich eher mit dem Paket, das er finden will. Er hat es versprochen.«

Frederics Augen wurden noch größer. »Mit ... dem Paket? Wie soll er das finden?«

»Er *wird*«, sagte Lisa fest, »glaub mir. Er hat mitgekriegt, dass ich sauer auf ihn bin, weil er dich auf so fahrlässige Weise verloren hat. Er *wird* es finden. Und außerdem muss ich zurück, weil Änna auf mich wartet. Sie sitzt im Auto, vor den Toren zum Fabrikgelände. Ohne sie hätte ich es nie gefunden.«

Jetzt konnten Frederics Augen nicht mehr größer werden. Nicht, ohne herauszufallen. »*Änna?*«

Frederic summte vor sich hin, während er die Schrauben des Gullys löste. Er hätte früher darauf kommen können ... aber wer konnte auch ahnen, dass die Kanalisationsrohre hier groß genug waren, um einen Menschen aufzunehmen?

Er legte den Gullydeckel leise neben die Öffnung, aus der es roch, als hätte jemand den Gully vor nicht allzu langer Zeit als Toilette benutzt. Eine Leiter führte dort hinunter, doch die drahtdünnen metallenen Sprossen sahen glitschig und wenig zuverlässig aus. Dennoch: Er musste es versuchen. Es war seine einzige Chance. Und trotz seiner Angst und trotz des Gestanks war Frederics Herz leicht, leicht wie ein guter Traum. Änna hatte Lisa den Weg gezeigt! Obwohl sie keine Träume mehr hatte. Wie viel Mut musste es sie gekostet haben! Und dann fiel ihm etwas ein.

Er sah nach oben. »He!«, rief er den Träumen leise zu. »Welche von euch gehören Änna?«

»Ich«, zirpte es schüchtern von dort oben. »Und ich! Und ich auch!«

»Kommt da runter, ihr Ichs!«, sagte Frederic. »*Ich* nehme euch mit.«

»Aber wir – wir können nicht unter die Erde. Wir haben zu viel Auftrieb. Es ist anstrengend genug, ab und zu auf den Fußboden hinunterzu…«

»Ruhe im Kuchen!«, befahl Frederic und freute sich über diesen schönen neuen Ausdruck. »Kommt jetzt! Und bleibt bloß komprimiert!«

Er öffnete seinen Schulrucksack. Und als er gleich darauf in den Gully hinabstieg, fest an die rutschigen, feuchten Leitersprossen geklammert, trug er auf dem Rücken eine Bürde ohne Gewicht. Im Gegenteil: Der Rucksack riss ihn nach oben. Er musste mit aller Kraft gegen den Drang der Träume ankämpfen, aufzusteigen.

Je tiefer Frederic kam, desto stärker zogen ihn die Träume hinauf. Es war, als hätte er einen Heißluftballon auf den Rücken geschnallt. Als zerrten die Arme Tausender von unsichtbaren Wesen an ihm. Doch er wehrte sich standhaft und kletterte weiter und weiter ins Dunkel hinab. Vor ihm lagen ungewisse Tiefen, oder gewisse Untiefen, und hinter ihm warteten die gefangenen Träume auf ihre letzte Nacht. Frederic hing zwischen Käfiggittern und unterirdischer Dunkelheit wie ein Hering zwischen Haifischmaul und Rollmopsfabrik.

Er war inzwischen mehrere Meter tief unter der Erde. Und da begannen die Geräusche. Sie kamen von jenseits des Kanalisationsrohrs, und er hielt inne, um zu lauschen: Zuerst war da nur ein leises Heulen, dann ein Seufzen, ein Singsang – er kletterte weiter. Jetzt jaulte es dort hinter der Wand, lauter und lauter, etwas knirschte wie brechende Knochen, und einige Sprossen tiefer hörte er Schreie, schrill und panisch, begleitet von hämischem Lachen und einem Knattern wie von Schusswaffen. Dann war da ein herzzerreißendes Weinen, und Stimmen brüllten einander an. Frederic wollte sich die Ohren zuhalten, doch er konnte die Leiter nicht loslassen, ohne dass ihn die Träume auf seinem Rücken zurück in die Höhe zogen. Er wünschte, er hätte schneller abwärtsklettern können, an den schrecklichen Geräuschen vorbei, aber auch daran hinderten ihn die Träume. Wenn er den Rucksack jetzt abstreifte, wäre alles besser. Er löste die Gurte mit einer Hand …

»Und Änna?«, flüsterte eine bekannte Stimme aus dem Rucksack heraus, kaum zu vernehmen zwischen den Schreien, die aus der Wand drangen. Frederic erkannte die Stimme trotzdem. Es war seine eigene. Es war Ännas Traum von ihm.

Er zog die Gurte wieder enger, entschlossen. Er konnte Änna nicht im Stich lassen. Ganz nah war jetzt das Rauschen von riesigen Schwingen zu vernehmen, der Ruf eines großen Vogels und der Todesschrei seiner Beute. Was war dort, jenseits der Wand? Was schrie dort? Was weinte? Frederic hielt die Vorstellung nicht aus, dass hinter der Wand jemand litt, dem er nicht helfen konnte. Weiter! Weiter! Fort von den furchtbaren Tönen! Nun ächzten die unbekannten Stimmen wie unter Schmerzen, heulten wie Wölfe. Etwas knallte peitschengleich, und Frederic hätte vor Schreck fast die Leiter losgelassen.

Einmal vernahm er zwischen den chaotischen Geräuschen überraschend Klaviermusik, und dann brüllte jemand Befehle. Es war Bruhns.

Nein! Es war *nicht* Bruhns. Auf einmal begriff Frederic. Es war ein Traum von Bruhns. Dort, hinter der Wand, waren die Albträume eingekerkert. Das Kanalrohr führte direkt an ihrem Verlies vorbei.

Er beeilte sich weiterzukommen, und endlich, endlich wurden die Schreie und das Stöhnen leiser, endlich war da nur noch ein leises Schluchzen in der Ferne über ihm. Und dann endete die Leiter. Frederic erschrak und tastete mit den Füßen umher. Ja, da war etwas: Boden. Er stieg hinunter, rutschte aus, landete auf den Knien und fluchte. Hier unten roch es noch stärker nach … allem Möglichen, über dessen Herkunft er nichts wissen wollte. Er beeilte sich, wieder aufzustehen, und seine Hände fanden die Wände eines glitschigen Gangs, in dem er sich bald nur noch geduckt fortbewegen konnte. Die Träume schleiften an der Decke des Gangs entlang. Er hörte sie ängstlich wispern und rascheln.

»Es ist zu tief«, flüsterten sie. »Wir haben diesen Druck auf den Ohren!«

»Darum kann ich mich jetzt nicht auch noch kümmern«, sagte Frederic ungehalten. »Kaut Kaugummi! Das hilft beim Fliegen für den Druckausgleich. Gibt es unter euch keinen Traum von einer Packung Kaugummi?«

Er tastete sich weiter voran, die Füße in unidentifizierbarem Schlick. An manchen Stellen musste er bis zu den Knien in kaltem Wasser waten. Und hier unten wisperte und tuschelte noch etwas anderes als die Träume in seinem Schulrucksack: Etwas huschte und fiepte, quietschte und pfiff.

Frederic entdeckte einen Seitengang, dann noch einen – die Gänge verzweigten sich, hier gluckerte Wasser ins System, dort ging es ein wenig aufwärts, da wieder ein wenig abwärts. Mal war die Decke niedrig, mal hoch genug, um aufrecht zu gehen. Aber es gab nirgendwo einen Ausgang, nirgendwo eine Röhre, die nach oben führte, zu einem Gully. Nie im Leben hatte er sich so sehnlich gewünscht, einen Gully zu finden. Schließlich blieb er erschöpft stehen, lehnte sich gegen die Wand und atmete die abgestandene Luft tief aus und ein.

Wie lange war er schon unterwegs? Es kam ihm vor, als wären Stunden vergangen, Tage vielleicht. Oder waren es erst Minuten? Was, wenn die alte Dame gelogen hatte? Sie war ein Traum, hatte Lisa gesagt; ein Traum, weder ganz böse noch ganz gut. Womöglich hatte sie der Versuchung einfach nicht widerstehen können, Frederic in ein ausweglosen Labyrinth zu führen?

Etwas witschte über seine Hand, und er schrie auf vor Schreck.

»Was ist los?«, fragte eine winzige Stimme. »Bist du ein *Mädchen*, oder was?«

»Wer …?«, begann Frederic.

»Eine Ratte natürlich«, antwortete die kleine Stimme. »Du bist unterwegs durch unser Wohnzimmer, mein Guter!«

»Aber … Ratten können nicht sprechen!«

»Firlefanz. Menschen können nicht hören«, sagte die Ratte. »Nur tief unten, in der Dunkelheit, unter extremem Stress, da hören sie manchmal. Es ist eine Studie, die wir gerade durchführen. Eine Studie über Grenzerfahrungen. Was ist deine Blutgruppe?«

»Keine Ahn... au!«

»Memme! Dieses winzige Loch in der Haut!« Ein Schmatzen. »Mmh ... A 2, Rhesusfaktor positiv ... schön, dass du vorbeigekommen bist. Ist ziemlich schwierig, hier unten genügend Leute für 'ne Studie zusammenzukriegen ...«

Ihre Stimme entfernte sich, und Frederic war wieder allein in der Dunkelheit. Oder war er die ganze Zeit über allein gewesen?

Frederic fand nie einen Gully.

Ein Gully fand ihn.

Es regnete aus diesem Gully auf seinen Kopf. Er blieb stehen, sah nach oben, bekam einen Tropfen Wasser ins linke Auge und fluchte. Der nächste Tropfen landete auf seiner Stirn. Als der dritte herabfiel und sein rechtes Ohr traf, waren seine Hände bereits unterwegs in der Luft und suchten im Dunkeln das Ende einer Leiter. Doch leider war da keine Leiter. Gab es etwa besonders sportliche Kanalarbeiter, für die man leiterlose Abflussrohre wie dieses hier geschaffen hatte, damit sie sich im Freeclimbing üben konnten?

Hier also stand er, direkt unter dem Weg in die Freiheit, und konnte ihn nicht nutzen. Er wollte sich schon frustriert in den Schlamm setzen, als er merkte, dass er den Boden verließ. Er schwebte.

Er schwebte langsam aufwärts, das Kanalrohr hinauf.

»Was ...?«, begann Frederic und verstand plötzlich: Die Träume! Endlich konnten sie aufsteigen, und sie zogen ihn mit sich, wie sie es schon auf dem Weg abwärts versucht hatten. Der Rucksack auf seinem Rücken funktionierte nun wirklich wie ein Ballon, und er spürte ein breites Grinsen auf seinem Gesicht.

Als er oben anstieß, ließ sich der Gullydeckel ganz leicht öffnen. Frederic brauchte sich nicht einmal anzustrengen, um die Schrauben zu lösen. Sie waren rostig und alt und gaben beim bloßen Gedanken an einen Schraubendreher freiwillig nach.

Frederic hob den Gullydeckel an, durch den es noch immer tropfte. Die Dunkelheit jenseits des Deckels war eine andere Dunkelheit als die der Tiefe; sie roch nach Regen und nach Nacht. Und erstaunlich wenig nach Abwässern. Frederic atmete sie tief ein.

»Warte!«, wisperte seine eigene Stimme aus dem Rucksack. »Wo genau kommen wir heraus? Was, wenn es dort gefährlich ist?«

»Du glaubst gar nicht, wie egal mir das ist!«, erwiderte Frederic – der echte Frederic. »Jedenfalls hört es sich nicht nach einer gefährlichen großen Straße an.«

Er schob den Deckel zur Seite, und die Träume zogen ihn heraus. Dann stiegen sie vorerst nicht weiter auf.

»Wo sind wir?«, flüsterten sie furchtsam aus dem Rucksack.

Frederic sah sich um. Über ihm leuchteten ein paar vereinzelte Sterne durch die Lücken einer Decke aus Regenwolken. Es war kalt. Er stand in einem Hof, dessen Pflastersteine von Gras und Moos beinahe gänzlich überwachsen schienen. Neben ihm kauerten drei große schwarze Umrisse. Er zuckte zusammen. Aber dann sah er, dass es Mülltonnen waren, klobige, altmodische, von Rost zerfressene Metalltonnen.

Die Wolken zogen gerade beiseite wie ein Theatervorhang, und das weiße Licht einer frisch geschärften Mondsichel spiegelte sich in zerborstenen Scheiben. Eine zerzauste, nasse Katze huschte vorüber und verschwand durch eines der Fenster ins Innere der Ruine, in dessen Hof Frederic stand.

Das Abrisshaus.

Nicht nur die Wolken, dachte er, haben einen Sinn für theaterreife Auftritte.

»Es ist noch immer viel zu gefährlich, nach Hause zu gehen, wegen Bruhns«, sagte er zu den Träumen. »Aber ich denke, ich weiß, wo ich schlafen werde.«

Er schlüpfte aus den Rucksackschlaufen und der Rucksack schwebte einen Moment lang auf Augenhöhe in der Luft. Dann öffnete sich der Reißverschluss von innen und der geträumte Frederic stieg heraus, schloss den Rucksack wieder und befestigte ihn auf seinem Rücken. »Aber wir, wir gehen nach Hause«, sagte er.

»Nach Hause, in Ännas Kopf?«

»Es ist verlockend, draußen zu bleiben«, sagte Frederic zwei. »Aber ich denke, sie braucht uns.« Damit winkte er und schwebte durch die Lücke in der Mauer auf die Straße hinaus.

Als Hendrik zur selben Zeit aufwachte, lag er im Dunkeln auf etwas Unbequemem. Das Unbequeme war ein Linoleumboden. Die Luft, die er atmete, war staubig und schmeckte nach Kreide. Hendrik setzte sich vorsichtig auf. Sein Kopf fühlte sich an, als würde eine Waschtrommel darin arbeiten. Eher noch ein Betonmischer. An seiner rechten Hand pochte eine winzige, schmerzende Stelle.

Sonst schien er aber heil zu sein. Er rappelte sich hoch, ging ein paar Schritte in dem dunklen Raum und stieß an etwas: ein Tisch.

Da waren auch Stühle, viele Stühle ... ein Klassenzimmer! Leider war die Tür, die er fand, fest verschlossen. Seine Augen gewöhnten sich langsam an die Dunkelheit. Die einzigen Lichtflecke drangen durch die Ritzen einer Reihe heruntergelassener Rollos. Er suchte tastend, doch es gab keinen Riemen, um die Rollos hochzuziehen. Stattdessen fand er mehrere Knöpfe. Die Rollos funktionierten automatisch. Zurzeit funktionierten sie allerdings automatisch nicht. Genau wie die Lichtschalter. Jemand hatte die Sicherung zu diesem Raum ausgeschaltet.

Es war keine Frage, wer. Er hob einen Stuhl auf, plötzlich wütend, bereit, das Fenster einzuschlagen. Doch dann stellte er den Stuhl wieder hin und bog zunächst die Lamellen eines Rollos auseinander, um ins Licht der Straßenlaternen hinauszuspähen. Vierter Stock. Keine Chance.

Hendrik fluchte, tastete nach seinem Handy und war wenig erstaunt, als er es nicht fand. Er setzte sich auf den Fußboden, verwünschte Bruhns' Schläue und versuchte, einen halbwegs klaren Gedanken zu fassen.

»Ach, Anna«, flüsterte er. »Frederic hatte recht. Und ich habe immer gedacht, er erzählt Märchen. Dieser Direktor Bruhns ist wirklich ein Verrückter.«

Er legte den Kopf auf die angezogenen Knie und versuchte, die dröhnende Betonmischmaschine in seinem Kopf zu verdrängen. Das musste die Folge von Bruhns' Spritze sein.

»Lisa hat es gewusst«, wisperte er. »Sie hat ihn verstanden, Anna. Und ich – ich habe nichts begriffen. Hier sitzt er, der reumütige Vater, und es tut ihm leid, aber das nützt ihm herzlich wenig. Und er begreift immer noch nichts. Ob er jemals etwas begreifen wird, der Dummkopf?«

11. Kapitel

Lady Macbeth und das Unglück in den Wänden

»Armer Hendrik«, sagt Frederic. Er steht am Fenster und sieht hinaus, als könnte er dahinter seinen Vater erkennen. »Er war schon in diesem Klassenzimmer eingesperrt, als ich aus dem Gully gekrochen bin?«

»Ich denke, ja.«

»Ich hätte ihn also nicht mal gefunden, wenn ich zu ihm nach Hause gegangen wäre.«

»Warum bist du nicht nach Hause gegangen? Dachtest du wirklich, Bruhns würde immer noch dort lauern?«

»Ja. Nein. Ich weiß nicht. Ich dachte wohl, alles Weitere könnte bis morgen warten. Hendrik und Lisa und das Paket, falls sie es gefunden hatten. Ich wollte einfach auf der Stelle umfallen und schlafen. Und es war ja auch gut, dass ich im Abrisshaus geblieben bin. Wenn man bedenkt, was dann passierte ...«

Er bricht ab. Ich sehe nur seinen Rücken; er steht noch immer am Fenster, aber ich vermute, er wird ein bisschen rot.

»Ich ... erzähl dann mal weiter«, sage ich.

Frederics Hinterkopf nickt. Bis ich erzählt habe, was dann passierte, wird er mich sicher nicht mehr ansehen.

Er kletterte durch dasselbe Fenster ins Abrisshaus, durch das er schon einmal geklettert war, damals, als Änna draußen auf ihn gewartet hatte. Es kam ihm vor, als wäre es eine Ewigkeit her, dabei war seitdem kaum eine Woche vergangen.

Diesmal war Frederic zu müde, um sich vor den Schatten im Abrisshaus zu fürchten. Als eine der streunenden Katzen ihn streifte, sagte er nur gleichmütig »'n Abend« zu ihr und ging weiter. Er konnte es im Dunkeln natürlich nicht sehen, doch die Katze schien ihm einen entsetzten Blick zuzuwerfen. Vermutlich roch er wie ein ganzer Abwasserkanal. Ach was, wie eine komplette Kläranlage. Er musste diesen Geruch loswerden, sonst würden ihn die Abflussrohre bis in den Schlaf verfolgen.

So stieg er bis ganz hinauf unters Dach, dessen Ziegel nur noch stellenweise vorhanden waren. Die Tür, die vom Treppenhaus auf den ehemaligen Dachboden führte, war erstaunlicherweise noch vorhanden und quietschte in den Angeln, weil der Wind sie hin und her schlug. Der Regen war jetzt stärker geworden. Die Birken bogen sich als dunkle Gestalten unter den Tropfen. Unter einem noch intakten Teil des Daches zog Frederic sein T-Shirt aus und streifte die Turnschuhe ab, die so enge Freundschaft mit den Abwässern der Stadt geschlossen hatten. Danach trat er nackt hinaus in die Mitte des Daches, die ziegellose Mitte. Der Oktoberregen traf ihn mit voller Wucht.

»Uaaaaaaaaaaaaaaaaaaaaaaah!!«

Er hatte nicht geplant zu schreien, aber der Regen war auf der bloßen Haut einfach zu kalt. Er fegte in peitschenden Stößen auf Frederic herab wie ein unbarmherziger Lederriemen, und zuerst bereute er, dass er sich dieser Art Dusche freiwillig ausgeliefert hatte. Doch dann, ganz plötzlich, kippte etwas in ihm wie ein Schalter, und er spürte die Kälte nicht mehr. Er ließ das Wasser über sein Gesicht laufen, schmeckte die bunten Farben des Oktobers darin, fühlte, wie der Regen den Dreck des Kanals abwusch und mit ihm die Schreie und das Heulen der Albträume und seine eigene Angst. Irgendwo unten im Schulhof musste die Kastanie den gleichen Regen auf ihren Blättern spüren – und es war, als könnte Frederic das Knispern dieser Blätter auf seinen Wangen fühlen.

Er begann, dort oben auf dem Dach einen wilden Tanz aufzuführen, einen nackten Oktoberregentanz wie ein wahnsinniger Indianer.

Die erstickende Enge der Kanäle hatte ihn nicht besiegt. Er war frei. Er war am Leben. Er besaß einen Kopf voller Träume und ein Herz voller Ideen. Es gab tausend Maschinen zu bauen und tausend Dinge zu entdecken. Die Welt war wunderbar.

Der Regen begleitete seinen Indianertanz mit einem Trommelwirbel auf den verbliebenen Dachziegeln, klopfte den Beat auf den alten Balken ... und dann war da noch ein Geräusch. Schritte.

Frederic erstarrte.

Die Schritte kamen die Treppe herauf. Sie waren schon ganz nahe. Er sah sich gehetzt um. Der Trommelwirbel des Regens hatte jetzt etwas Bedrohliches. Wo konnte man sich hier verstecken? Hinter einem der dünnen Birkenstämmchen? Lächerlich. Vielleicht wäre der Mittelbalken dick genug – zu spät.

Im Treppenaufgang war jetzt eine Gestalt aufgetaucht.

Das Licht einer Taschenlampe blendete ihn, und er hielt eine Hand vor die Augen.

Da stand er, splitterfasernackthundenackt, mitten im Regen,

mitten im Licht der Lampe, und blinzelte hilflos in die Helligkeit wie ein neugeborenes Katzenkind.

»Hallo?«, fragte Frederic ins Licht.

Fünf Kilometer weiter nördlich fand Bork Bruhns keinen Schlaf. Er saß im Dunkeln am Fenster seiner Wohnung und sah hinaus in die verregnete Nacht, ohne die Nacht zu sehen.

Es war alles außer Kontrolle geraten. In einem unbenutzten Klassenzimmer schlief Lachmann seinen Ketamin-Kater aus. Im Rektorat lag Sport-Fyscher vermutlich noch immer mit dem Kopf auf dem Tisch. Morgen würde er sich fragen, was er dort tat. Aber er würde wenigstens niemand anders unangenehme Fragen stellen. Denn Sport-Fyschers Träume saßen mit den übrigen Träumen in der alten Fabrik fest; Bruhns hatte sie auf direktem Weg dorthin gebracht. Sobald die letzte Sendung kam – vermutlich schon in wenigen Stunden –, wäre er sie für immer los, sie und Lachmanns Sohn und eine gewisse Handvoll Albträume. Vor allem den Traum von einer Person. Er hätte diesen Traum viel früher beseitigen sollen, vor fünfzehn Jahren schon, doch damals hatte er sich nicht getraut.

Bruhns starrte das weiße Hemd an, das zum Trocknen über der Heizung hing. War der Fleck noch immer zu sehen? Es wäre ein Ausdruck von Schwäche, das Hemd wegzuwerfen. Genau wie das zu häufige Händewaschen, das man von Lady Macbeth kannte. Auch sie hatte versucht, das Blut abzuwaschen, lange noch, nachdem ihre Hände sauber waren. Aber Lady Macbeth war von Shakespeare, und sie gehörte in den Literaturunterricht, nicht ins echte Leben.

Der Fleck war winzig gewesen, nur ein kleiner Tropfen Blut aus Lachmanns Handrücken, mehr nicht. Aber wie verzweifelt er sich gewehrt hatte! Bisher war er der Einzige, der es geschafft hatte, sein verfluchtes Blut auf Bruhns' Kleidung zu hinterlassen.

»Wie siehst du wieder aus!«, hörte er eine bekannte Stimme, die nur aus Erinnerung bestand. »Habe ich dir nicht tausendmal gesagt, du sollst auf deine Kleidung achten?«

Er sah den Matrosenanzug wieder vor sich, spürte seinen sorgfältig gestärkten Kragen ... oh Gott, es wurde wieder Zeit. Zeit, seine eigenen Träume abzupumpen. Nur die Albträume natürlich, man musste auf die richtige Einstellung des Hebels achten ... aber nicht mehr heute Nacht. Es war schon spät.

Doch die Erinnerung kümmerte sich nicht um die Uhrzeit.

»Jetzt guck dir an, was du angestellt hast!«, sagte die Stimme. »*Ekelhaft.* Du bist *ekelhaft.*«

Bruhns stand auf; drückte die Stirn gegen die kalte Fensterscheibe, um ruhiger zu werden. Es half nicht. Er spürte eine andere Scheibe dort. Eine Scheibe, viele, viele Jahre zuvor. Er war wieder der kleine Junge im Matrosenanzug. Er spürte wieder die alte Sehnsucht, aus dem Fenster zu klettern. Die niedrige Mauer entlangzubalancieren, wie die anderen Kinder es taten. Dorthin, wo die Menschen lachten und spielten: in die Freiheit.

»Bork?«, fragte die Stimme. »Stehst du schon wieder am Fenster? Geh jetzt ins Bett. Morgen musst du ausgeschlafen sein, um die Klassenarbeit zu schreiben. Du weißt: Ich erwarte, dass du der Beste bist. Das Wichtigste im Leben ist, der Beste zu sein. Enttäusch mich nicht schon wieder!«

Bruhns wandte sich abrupt vom Fenster ab. Ja, es wurde höchste Zeit, die Albträume wieder zu entfernen. Die Maschine musste doch noch einmal laufen in dieser Nacht.

»Frederic«, flüsterte jemand aus dem Licht heraus. »Ich bin es, Änna.«

Frederic atmete auf. Gleichzeitig wurde ihm bewusst, dass er nach wie vor nackt mitten im Licht stand. Er spürte, wie er rot wurde, nicht nur im Gesicht; vom Kopf bis zu den Zehenspitzen. Er sah sich nach seinen Kleidern um, doch die Kleider lagen beim Treppenaufgang, dort, wo Änna stand.

»Mach die blöde Lampe aus!«

Das Licht erlosch. Einen Moment lang blieb Frederic blind in der Finsternis zurück. Dann gewöhnten sich seine Augen wieder daran. Änna stand immer noch in der offenen Tür, reglos. Sie trug etwas. Seinen Rucksack. Er schien vollgestopft bis zum Platzen, und oben hatte sie verschiedene Dinge daraufgeschnallt.

»Du siehst aus, als würdest du umziehen«, sagte Frederic.

»Du siehst aus, als wärst du gerade dabei, *dich* umzuziehen.«

Frederic blickte an sich hinab. »Ich habe – äh – eine Dusche genommen.«

Änna nickte. »Verstehe.« Sie machte einen Schritt auf ihn zu und er hob abwehrend die Hände.

»Können wir uns weiterunterhalten, wenn ich etwas angezogen habe?«

»Was denn?«, erkundigte sich Änna. Er hörte ein Grinsen in ihrer Stimme. Sie hatte definitiv ihre Träume wieder.

Jetzt setzte sie den Rucksack ab, holte etwas heraus und streckte die Hand aus.

»Ich hab dir trockene Kleider mitgebracht.«

Frederic knurrte, schnappte sich die Kleider, wie ein wildes Tier ein Stück Fleisch schnappt, und beeilte sich, die Hosen anzuziehen.

»Ich hoffe, sie passen«, sagte Änna. »Es sind meine. Wir sind ungefähr gleich groß. Nur der Pullover, der gehört dir. Willst du nicht aus dem Regen herauskommen?«

Frederic schloss den Reißverschluss von Ännas Hose und trat zu ihr unter den heilen Teil des Daches.

»Komm«, sagte sie. »In den unteren Räumen ist es besser. Ich habe nicht nur Kleider mitgebracht.«

Nein, Änna hatte nicht nur Kleider mitgebracht. Änna hatte einen ganzen Hausstand mitgebracht. Kurze Zeit später saßen sie gemeinsam auf einer Isomatte in einem leeren Zimmer, die Rücken an die kahle Wand gelehnt, und sahen einer Kerze beim Flackern zu. Änna hatte sich eine Decke um die Schultern gewickelt und war dabei, eine Dose zu öffnen.

»Man müsste mal eine Art Dosen erfinden, die sich selbst öffnen«, sagte Frederic.

Änna hielt die Dose über die Kerzenflamme. »Man müsste mal eine Kerze erfinden, die stark genug ist, Fleischklopse in einer Dose zu erwärmen. Isst du auch kalte Fleischklopse? Frederic zwei hat gesagt, du hast sicher Hunger.«

»Im Augenblick«, sagte Frederic, »würde ich auch gefrorene Fleischklopse essen.«

Änna hatte drei von den Dosen mit. Sie trank Tee aus einer Thermoskanne und beobachtete Frederic dabei, wie er sich durch alle Dosen hindurchaß, als wäre er jahrelang unter der Erde unterwegs gewesen.

Angst macht hungrig.

»Warum bist du hergekommen?«, fragte Frederic zwischen Dose eins und zwei. »Nur um mich mit Fleischklopsen und Thermoskannentee zu versorgen? Ich dachte, du hast Angst vor dem Abrisshaus … und davor, mitten in der Nacht von zu Hause wegzuschleichen …«

»Du hast vor meinem Bett gestanden«, sagte Änna, ganz leise. »Mitten in der Nacht. Du warst durchs Fenster gestiegen. Und du hast meinen Namen gesagt. Wach auf, Änna, hast du gesagt. Wach auf. Aber du warst nur ein Traum. Und der Traum hat mir alles erzählt. Von deiner Flucht durch den Gully und von den Albtraum-Stimmen und überhaupt alles. Danach ist er verschwunden. Er ist wieder in meinen Kopf gestiegen, mit den anderen zusammen.«

Sie hielt ihre Hand über die Kerze, um sie zu wärmen. »Nachdem er fort war, saß ich alleine in meinem Bett und dachte an dich. Und da ist wohl etwas in mir aus dem Bett gestiegen und hat die Dosen eingepackt. Etwas wollte dringend den echten Frederic sehen. Ich weiß auch nicht.« Sie zuckte mit den Schultern. »Blöd, was?«

»Ganz blöd«, sagte der echte Frederic. Und etwas in ihm rückte näher zu Änna und legte einen Arm um sie. Weil es so kühl war. Nur deswegen.

So schliefen sie ein, später, zu zweit auf der Isomatte, die Decke um sie beide geschlungen. Nur weil es kalt war, natürlich. Die Kerze war lange ausgebrannt, unten im Haus sangen die Katzen und oben auf den verbliebenen Ziegeln sang der Regen.

In Frederic jedoch sangen eine große, lähmende Erschöpfung und das unvergleichliche Gefühl, sich endlich eine Zeit lang um nichts mehr sorgen zu müssen. Ännas Haare rochen nach Regen und nach Oktober. Sie war noch immer ein Mädchen, und es war vollkommen unmöglich, mit einem Mädchen auf einer Isomatte zu liegen. Na, es sah ja keiner.

»Morgen«, flüsterte er. »Morgen kümmern wir uns um alles. Morgen rede ich mit Hendrik und mit Lisa. Morgen finden wir heraus, was das Paket …«

Er hielt inne und lauschte. Änna war eingeschlafen. Sie hörte ihn nicht mehr. Aber sie war lebendig, wirklich und warm. Sie war hier, ganz nah, und sie würde nicht verschwinden, nicht einmal an einem so düsteren Tag im Herbst.

Er musste daran denken, ihr gleich morgen zu sagen, dass sie auf gar keinen Fall und niemals, nie ohne Helm Fahrrad fahren durfte.

Der nächste Morgen blinzelte durch die zerborstenen Fenster herein, als müsste auch das Licht vorsichtig über die scharfen Scherben steigen, um sich nicht zu verletzen.

Frederic rieb sich den Schlaf aus den Augen und setzte sich auf. Er merkte, dass er zitterte. Durch die Ecken des Abrisshauses pfiff der Wind in scharfen Böen. Frederic zog die Decke enger um sich. Die Erinnerung entwickelte sich nur langsam in seinem Hirn wie ein frischer Fotofilm.

Änna. Oh Gott. Er hatte sie im Arm gehalten. Auf einmal war es ihm unglaublich peinlich. Er würde ihr noch einmal sagen, dass es nur wegen der Kälte …

Wo *war* sie?

War sie vom Abrisshaus aus in die Schule gegangen? Oder hatte der Unterricht noch gar nicht begonnen? Er stand auf, die Decke um die Schultern gelegt, und tappte durch die Räume. Dies war der Teil vom Haus, in dem noch Fotos an den Wänden hingen. Aber es waren weniger geworden. Richtig, der Traumwächter hatte gesagt, einer von den Albträumen würde darauf bestehen, die Einrichtung eines gewissen baufälligen Hauses zu fressen. Für ihn also hatte der Traumwächter nach und nach die Möbel und Bilder aus dem Abrisshaus geholt. Bald waren alle Bilder verbraucht.

Aber es machte nichts. *Bald*, sagte eine Stimme in Frederics Kopf, *kommt die letzte Nacht der gefangenen Träume.*

Vor einer der Fotografien blieb Frederic stehen. Da war er wieder, der Junge, den er bereits bei seinem letzten Besuch hier gesehen hatte. Diesmal schien er etwas älter zu sein und er hielt eine Urkunde in die Höhe. Oder nein, es war ein Zeugnis. Die Noten auf dem Zeugnis waren nicht zu erkennen, aber vermutlich waren sie gut, denn sonst hätte man den Jungen wohl kaum damit abgelichtet. Trotz der guten Noten lächelte der Junge nicht. Er kniff die Augen zusammen, gegen das Blitzlicht der Kamera, und machte ein ernstes Gesicht, ernst und angespannt, als müsste er sofort nach der Aufnahme des Bildes rasch irgendetwas erledigen, weiterlernen vielleicht, mehr gute Noten schreiben, mehr und mehr und mehr. Der Junge tat Frederic leid. Und er kam ihm bekannt vor. Irgendwo hatte er dieses Gesicht schon gesehen, irgendwo außerhalb eines Fotos: die hageren, sehnigen Hände, die das Zeugnis umklammerten …

Ein plötzliches Geräusch ließ ihn das Bild vergessen und lauschen. Es klang wie ein hohes Weinen, und es kam von unten, aus dem Erdgeschoss. Die Decke immer noch um die Schultern gelegt, schlich Frederic die Treppe hinunter, folgte dem Weinen, und dort kauerte Änna in einer Ecke vor einer Kiste und hielt ein winziges Kätzchen im Arm. Sie hörte ihn kommen und lächelte zu ihm auf.

»Es hat Hunger«, sagte sie. »Sieht aus, als hätte es mit seinen Geschwistern in dieser Kiste gewohnt. Aber etwas stimmt nicht.« Sie legte ihre Stirn in steile Falten. »Ich beobachte die Mutter seit einer ganzen Weile. Fünf von ihnen hat sie schon nach draußen getragen.«

»Guten Morgen«, sagte Frederic.

»Oh. Guten Morgen. Schau mal, da kommt sie.«

Eine magere Streifenkatze zwängte sich an Frederic vorbei und schnappte Änna das letzte Katzenkind aus den Händen. Sie hatte es offenbar eilig, das Abrisshaus zu verlassen.

»Es ist *zu* merkwürdig«, sagte Änna und stand auf. »Als hätte sie Angst vor etwas. Als wüsste sie, dass bald etwas passiert. Hier.« Sie sah Frederic an. »Passiert bald etwas?«

»Ich … weiß nicht.« Er sah von Änna zu der Kiste, von der Kiste zu Änna. Als er die kleinen Katzen zuletzt gesehen hatte, war keine Kiste da gewesen, in der sie hätten wohnen können. Er ging langsam hinüber und sah sich die Kiste genauer an. Es war keine Kiste.

Es war ein großes braunes Postpaket.

Und die Kätzchen hatten es nicht allein bewohnt. Unter dem Papier, aus dem sie ihr Nest gebaut hatten, wohnte noch etwas. Frederic schob das Papier beiseite.

Kleine eckige, flache Päckchen. Als er eines davon in die Hand nahm, stellte er fest, dass sich die Oberfläche eindrücken ließ wie die von Knetmasse oder Fimo.

»Das ist es«, wisperte er. »Das Paket, das Bruhns sucht. Eins der Pakete, mit deren Inhalt er die Träume beseitigen will.«

Änna kniete sich neben ihn. Sie hob ein Päckchen heraus und drehte es in den Händen. Es stand eine Menge Kleingedrucktes in Buchstaben darauf, die Frederic nicht lesen konnte. Kyrillisch vielleicht. Oder sonst was. Wo hatte Bruhns seine Sondersendungen geordert? Nur ein Wort war deutlich und international lesbar. Ein Wort mit einem Markenschutzzeichen: SCHWINDTEX®

»Was ist es?«, flüsterte Änna.

Frederic schüttelte langsam den Kopf. »Ich habe nicht die geringste Ahnung.«

Kahlhorst hatte die ersten beiden Mittwochstunden frei. Er saß im Lehrerzimmer am Computer und quälte die Maschine durch die Weiten des Internets. Er suchte schon seit Montagvormittag etwas, aber er kannte sich nicht aus im Netz und verirrte sich immer wieder dort wie in einem unterirdischen Labyrinth aus Abwasserkanälen.

Und er war an dem Punkt angelangt, Google oder Bill Gates oder beiden einen sehr bösen Brief zu schreiben, weil sie ihn mit unsinnigen Suchergebnissen überschwemmten, als er um 9.14 Uhr plötzlich den Atem anhielt und sich weiter vorbeugte.

SCHWINDTEX. Da war es.

Und diesmal ergab es Sinn, was ihm die unsichtbaren Leute

im Netz verkündeten. Es gab erschreckend viel Sinn. Einen Sinn, der ihm nicht gefiel.

Er nahm sich nicht die Zeit, den Computer auszumachen. Auf dem Weg hinaus aß er gedankenverloren das kleine, tragbare Schultelefon, das auf Nimmerwiedersehen in dem schwarzen Loch in seinem umfangreichen Bauch verschwand. Um 9.17 Uhr saßen Kahlhorst und sein Bauch auf dem Fahrrad und bewegten sich eilig die Straße hinunter, in Richtung der Wohnung seiner Exkollegin: Lisa Eveningsky.

Auf seinem Rücken raschelte es federn, als würden dort zwei Flügel ein ganzes Stück auf einmal nachwachsen.

»Guck sie dir nur an, Änna!«, sagte Frederic. »Wie sie da herumstehen im Hof, all die zukünftigen Professoren und Bankdirektoren! Ihre Köpfe sind so leer wie Luftballons. Keine einzige Idee darin.«

Sie saßen im ersten Stock des Abrisshauses im Fenster, teilten sich zum Frühstück die letzte Dose kalter Fleischklopse und sahen hinüber in den Schulhof. St. Isaac hatte gerade die erste Pause.

»Aber bald wird sich alles ändern«, fügte Frederic hinzu. »Und dann wird es auch im Hof von St. Isaac Geschrei und Getobe geben, und dann werden die zukünftigen Professoren auf die Kastanie klettern, und die zukünftigen Bankdirektoren werden auf der Mauer balancieren.«

Er merkte von innen, dass seine Augen begonnen hatten zu leuchten.

»Was hast du vor?«, fragte Änna. »Willst du immer noch Bruhns' Maschine zerstören?«

»Ja«, sagte Frederic. »Aber nicht eigenhändig. Ich glaube nicht, dass wir etwas gegen Bruhns ausrichten können. Er ist zu schlau. Und zu stark.«

»Wir nicht«, murmelte Änna. »Aber *wer* dann?«

»Die Träume«, antwortete Frederic. »Wir müssen sie befreien. Die Träume, vor denen Bruhns Angst hat.«

»Die, vor denen er …?«

Frederic nickte. »Die guten Träume sind egal. Die, die er wirklich loswerden will, sind die Albträume unter der Erde. Sie können nicht durch den Schacht hinaus, weil sie sich dort unten ausgedehnt haben, nachdem Bruhns sie hineingepumpt hat. Und sie knäueln sich nicht zusammen, wenn man sie anbrüllt, wie die guten. Aber wenn man es doch irgendwie schaffen könnte, sie zu komprimieren, könnten sie aus dem Schacht klettern. Das ist es, wovor Bruhns Angst hat.« Er sah Änna an. »Und das ist es, was wir tun werden.«

»Wie?«, fragte Änna.

»Gute Frage«, sagte Frederic. »Es muss etwas geben, das sie komprimiert. Sonst würden sie nicht in die Maschine passen. Etwas da drin drückt sie für kurze Zeit zusammen. Wenn wir nur lange genug nachdenken, fällt es uns ein. Bestimmt.«

»Dann denken wir nach«, sagte Änna, schlang die Arme um die angezogenen Knie, legte ihr Kinn darauf und richtete ihren Blick in die Ferne.

»Du willst heute gar nicht zur Schule gehen? Ich meine, mich haben sie rausgeschmissen, aber dich …«

»Ich bleibe hier«, sagte Änna fest entschlossen, »und helfe dir nachzudenken.«

Statt nachzudenken, hätte jedoch lieber einer von ihnen die

leere Fleischklopsdose vom Fensterbrett retten sollen. So entdeckte ein gelangweilter, arbeitsloser Windstoß die Dose, hob sie auf, warf sie durch die Luft, spielte ein wenig Fußball mit ihr und ließ sie dann scheppernd unten vor dem Haus aufschlagen. Und jemand im Schulhof drüben blickte auf. Jemand, der bis jetzt allein neben der Kastanie gestanden und ebenfalls nachgedacht hatte. Jemand mit bissigen Fingern und kalten Augen. Ehe Frederic oder Änna den scharfen Blick dieser Augen bemerkten, bekam der Blick Beine und lief mit eiligen Schritten hinein nach St. Isaac, die Treppen hinauf, einen leeren, stillen Flur entlang, in einen Raum mit einem Parmafaulchen, und schließlich ballten sich die bissigen Finger zusammen und klopften zweimal kurz an die Tür: ein Zeichen.

Und jemand öffnete diese Tür.

Hinter ihm stand ein offener Koffer voller kleiner, knetgummiartiger Päckchen. Gerade hatte er das letzte Knetgummistück aus einem Paket genommen und dazugelegt, ein Lächeln auf den Lippen, das zwischen Zufriedenheit und Nervosität hin und her schwankte.

»Sie sind im Abrisshaus!«, rief Josephine außer Atem. »Ich habe sie gesehen, Herr Direktor! Ich habe sie im Fenster sitzen sehen! Mit einem braunen Postpaket zwischen sich! Suchen Sie nicht ein braunes Postpaket? Eines wie die … dort hinter ihnen?«

Bruhns nickte.

Das letzte der Pakete im Stapel hinter ihm war an diesem Morgen eingetroffen.

»Im Abrisshaus?« Er schien zu zögern. »Ich habe mir mal geschworen, dieses Haus nie wieder zu betreten. Nicht bis es von selbst eingestürzt ist.« Er seufzte. »Aber vielleicht ist es Zeit, ein wenig nachzuhelfen. Es war sicher ein braunes Paket, das die beiden dort hatten?«

»Ganz sicher, Herr Direktor.«

»Dann komm mit.«

Bruhns schloss die Tür zum Rektorat sorgfältig ab. Nach der Pause stand eine jener wundervollen Konferenz auf dem Terminplan.

Für die Schüler hatte Bruhns wie jedes Jahr im Oktober den traditionellen Tag des Musizierens angesetzt, sodass nur die Musiklehrer in der Konferenz fehlen würden. Tag des Musizierens, dachte er und lächelte, während er den Schlüssel einsteckte. Es war so ein schönes Wort. Sie würden auf ihren lieblichen Geigen geigen und auf ihren Flöten flöten, und währenddessen würde er in der Konferenz eine seiner schönen, fremdwortgespickten Reden halten. Und danach, während in St. Isaac weiter süße Töne durch die Flure klangen, alle korrekt, zum Glück aber farblos – danach hatte Bruhns einen kleinen Ausflug vor, gemeinsam mit den Paketen. Er knackte zufrieden mit seinen langen Fingern. Diese Finger waren die einzigen in St. Isaac, die nie mehr freiwillig ein Instrument anrühren würden.

Josephine musste rennen, um mit Bruhns Schritt zu halten.

»Was hat es auf sich mit dem Abrisshaus, Herr Direktor?«, fragte sie außer Atem. »Warum haben Sie sich geschworen, das Haus nie mehr zu betreten, Herr Direktor?«

»Ich bin auf dem *Weg*, es zu betreten«, sagte Bruhns, ohne auf ihre Frage einzugehen. »Zum letzten Mal. Und nenn mich nicht dauernd Herr Direktor.«

Schweißperlen standen auf Kahlhorsts Stirn, als er gegen 9.36 Uhr bei Lisas Wohnung ankam. Er hatte Glück: Sie saß im offenen Fenster.

Als sie Kahlhorst sah, schüttelte sie verwirrt den Kopf. »Was tun Sie denn hier? Haben Sie keinen Unterricht?«

Er versuchte, wieder zu Atem zu kommen. »Haben *Sie* keinen Unterricht?«

»Doch«, sagte Lisa. »Aber ich schwänze heute. Ich warte auf jemanden. Auf zwei Jemande.«

Unter ihren Augen hingen dunkle Ringe, und hätte Kahlhorst Dinge gesehen, dann hätte er bemerkt, dass sie weniger weit über dem Boden schwebte als gewöhnlich. Er lehnte sein Rad an die Hauswand.

»Das Paket«, sagte er, »das Frederic angeblich geklaut hat. *Ich* habe es.«

Sie starrte ihn an. »Wie? *Wo?*«

»Nein, das ist falsch. Ich – ich habe es nicht. Ich habe es versteckt. An einem Ort, an den Bruhns sicherlich niemals gehen wird. Einen Ort, den er hasst. Ich – ich wusste bis eben nicht, was das Zeug in dem Paket ist. Aber gerade habe ich es herausgefunden. Ich dachte, Sie können mir vielleicht sagen, was es bedeutet. Ich habe ein schlechtes Gefühl dabei.«

»Kommen Sie herein und essen Sie ein Brötchen. Ich habe welche gekauft, falls einer von den beiden auftaucht, auf die ich warte. Ich kriege im Moment nichts runter.«

Kahlhorst kletterte etwas mühsam durchs Fenster und ließ sich ächzend auf einen Stuhl fallen. »Brötchen, ja«, sagte er. »Brötchen wären schön.«

Lisa goss Kaffee ein, den Blick besorgt zwischen Uhr und

Tasse hin und her schweifend. Dann setzte sie sich, faltete die Hände auf dem Tisch, entfaltete sie wieder und sah Kahlhorst schließlich an.

»Also?«

»Das Zeug in dem Paket heißt Schwindtex«, antwortete Kahlhorst. »Aber wie es heißt, tut vermutlich nichts zur Sache ...«

»Und? Was ist Schwindtex?«

Kahlhorst verschluckte nervös die ganze Kaffeetasse.

»Sprengstoff«, sagte er.

»Da ist jemand«, flüsterte Frederic und fuhr aus seinen Gedanken über komprimierte und nicht komprimierte Albträume auf. Gedanken, die übrigens nirgendwohin führten. »Jemand ist im Haus. Unten.«

»Das sind nur die Katzen«, sagte Änna.

»Ziemlich ungewöhnliche Schritte für Katzen«, wisperte Frederic. »Wenn, dann sind es sehr große Katzen, zwei Stück, und jetzt flüstern sie.«

Sie lauschten gemeinsam. Dann glitt Frederic vom Fensterbrett und zog Änna mit sich die Treppen hinauf zum Dach. Die Kugel an ihrem Fuß polterte auf den Stufen und er zuckte jedes Mal zusammen. Schließlich schlüpften sie durch die schiefe, altersschwache Tür zum Dachboden und schlossen sie, so gut es ging. Frederic schob mit dem Fuß ein Stück von einem herabgefallenen Balken davor.

»Was glaubst du, wer ...?«, begann Änna, doch Frederic legte einen Finger an den Mund.

Da beugte sich Änna ganz nah zu ihm, so nah, dass ihre Lippen sein Ohr berührten und es in ihm seltsam kribbelte.

»Das Paket, Frederic«, wisperte sie. »Es ist immer noch unten.«

»So«, murmelte Bruhns ein Stockwerk tiefer. »Da haben wir es. Also hatte Frederic es doch. Er ist nicht dumm. Er wusste, dass ich das Haus meide.«

Er sah sich um. Eine letzte gerahmte Fotografie hing zwischen den leeren Haken an der schimmelnden Tapete. Sie zeigte einen kleinen Jungen mit einem Pokal in der Hand. Bruhns betrachtete das Foto eine Weile wie hypnotisiert. Dann streckte er den Arm aus, ganz plötzlich, riss das Bild von der Wand und schleuderte es auf den Boden, wo das Glas klirrend zersplitterte.

Er sah das Erschrecken in Josephines Augen. Sie begriff nichts. Wie auch? In ihrem Kopf gab es nur Pudding: Schokoladenpudding, Vanillepudding, Erdbeerpudding. Auf einmal konnte Bruhns den Pudding riechen; ein aufdringlicher Gestank nach künstlichen Aromen ließ seinen Kopf dröhnen. Er nahm das Paket vom Fensterbrett, stellte es auf den Boden und kniete sich daneben. In seinen Händen kringelten sich Kabel.

»Was tun Sie da?«, fragte Josephine.

Bruhns antwortete nicht. »Halt mal hier«, sagte er, »und das dort. Jetzt gib mir das Ende da drüben … so.«

Dann stand er auf und rief eine Botschaft in das leere Haus, rief einzelne Worte und lauschte jedem von ihnen nach, bis es in den alten Wänden verhallt war.

DAS. WAR. DIE. LETZTE. NACHT. DER. GEFANGE-
NEN. TRÄUME.

»Räume, äume, me, e …«, sang das Echo.

Ehe Josephine etwas sagen konnte, packte Bork Bruhns sie
und stieß sie unsanft in Richtung Treppe.

»Komm. Rasch.« Er zerrte sie mit sich die Stufen hinunter, in
der anderen Hand etwas, das einer Fernbedienung für einen
Fernseher glich. Als sie den Hof mit den rostigen Metalltonnen
erreichten, sah Bruhns noch einmal an dem Haus mit den zerbrochenen Fensterscheiben empor.

»Leb wohl«, flüsterte er. »Lebt alle wohl.«

Dann drängte er Josephine durch die Lücke in der Mauer aus
dem Hof und drückte auf den Knopf der Fernbedienung.

»DAS«, hallte es durch das leere Haus. »WAR. DIE.
LETZTE. NACHT.«

»Das ist Bruhns!«, flüsterte Frederic. Änna nickte.

»DER!«, rief Bork Bruhns. »GEFANGENEN! TRÄUME!«

Frederic und Änna sahen sich an.

»Was meint er damit?«, fragte Änna.

Frederic öffnete den Mund, um zu antworten, doch an seiner
Stelle antwortete das Haus. Seine Antwort war ein plötzlicher,
alle Sinne betäubender Lärm, zu laut, um zu sagen, woher er
kam. Gleichzeitig platzte der Boden unter ihnen auf. Er hob
sich wie die Erdkruste bei einem Vulkanausbruch. Frederic
spürte, wie er nach oben geschleudert wurde, gegen einen Balken stieß – dann fiel er. Um ihn herum fielen andere Dinge,
sichtbare und unsichtbare: Stücke von morschen Balken, ver-

drängte Erinnerungsfetzen, Mauersteine, nie beigelegte Streitigkeiten, Dachziegel, geraubte Freiheit, Splitter von gläsernen Bilderrahmen. Einmal sah er im Durcheinander einen Arm. Er musste Änna gehören. Andere fallende Objekte schoben sich vor den Arm: vergessene Schatten, eine halbe Isomatte, nie erfüllte Wünsche, zwei leere Klopsdosen, zerfleischte braune Postpaketpappe, Staubwolken von verwehrter Anerkennung – und über allem lag ein unwirklicher Schleier aus herabregnenden gelben Birkenblättern.

Obwohl es sicherlich sehr schnell ging, kam es Frederic vor, als wäre er in eine unwirkliche Unterwasserwelt geraten: Eine riesige Schiffsschraube hatte Millionen Partikel einer seltsamen Art von Plankton aufgewirbelt. Diese Planktonpartikel drifteten nach oben, kreiselten im Strudel um die eigene Achse und sanken dann in waghalsigem Durcheinander zurück zum Grund eines uralten, schweigenden Ozeans. Sie vollführten im Wasser einen namenlosen Tanz; sprühten in die fünf Himmelsrichtungen auseinander. Und all das taten sie lautlos, schwebend, in Zeitlupe.

Frederic selbst war nur ein Stückchen Plankton, auch er aufgewirbelt und nun wieder auf dem Weg nach unten. Zuletzt legten sich die Partikel des Unglücks in den Wänden. Er sah sie fallen …

Als er landete, wich die Vision abrupt, und ein scharfer Schmerz schnellte durch seinen ganzen Körper. Jemand stellte den Ton wieder an: Er hörte die anderen Planktonpartikel, die keine Planktonpartikel waren, um sich herum zu Boden krachen. Etwas traf ihn an der Schulter. Er lag in einer Staubwolke, hustete; blieb einen Moment lang mit geschlossenen Augen liegen. In seinem Kopf flogen die Worte durcheinander und legten sich erst allmählich, genau wie die Trümmer des Hauses nach der Explosion:

Die. Spreng. Nacht. Letzte. Stoff. Träume. Der. Gefangenen.

Frederic wartete, bis die Worte sich geordnet hatten. Dann öffnete er die Augen und kroch unter einem Berg aus Staub und Schutt hervor. Sein Wollpullover war am linken Arm zerfetzt und zuerst ärgerte er sich darüber. Doch als er sah, wie es dem Rest des Abrisshauses ergangen war, kam es ihm lächerlich vor, sich über ein Loch in einem Wollpullover aufzuregen. Es ist, dachte er, äußerst unwahrscheinlich, dass ich noch lebe. Eigentlich ist es so gut wie unmöglich. Wie kann ein Haus sterben und ein so winziges Ding wie ein Mensch am Leben bleiben?

Denn der Großteil des Abrisshauses war … nun … *abgerissen*, um es so zu sagen.

Schiefe Zwischenwände reckten sich hier und da aus seinen Trümmern wie große kaputte Zähne, und überall lagen die Glasscherben von Fenstern, als wären mit den Herbstblättern auch die Fenster des Hauses welk geworden. Frederic sah sich um. Aus dem Schutt ragte etwas wie ein Blatt Papier und er zog es heraus: Es war kein Blatt Papier. Es war ein Foto, rahmenlos, jetzt in der Mitte eingerissen, aber ohne Zweifel ein Foto. Es zeigte wieder den Jungen, wie er im Anzug an einem Tisch saß – aber nein. Er war ja gar kein Junge mehr. Auf dem Bild war er älter; sicher viel älter als Frederic; er trug sogar eine Krawatte. Ein alter Mann saß neben ihm am Tisch und lächelte in die Kamera. Er hatte eine Hand auf die Schulter des jungen Mannes gelegt, wohlwollend, zufrieden. Doch der angespannte

Gesichtsausdruck war dem jungen Mann erhalten geblieben. Als müsste er ständig noch etwas zu Ende bringen, jemandem etwas recht machen, gehorchen. Und wieder kam Frederic das Gesicht bekannt vor.

Gleichzeitig drängte sich ein anderer Gedanke in seinen Kopf, und er vergaß das Foto wieder. Der Gedanke war ein Name.

Änna.

Benommen stand Frederic auf und sah sich um. Nein, er befand sich nicht mehr in einem Haus. Er befand sich in einem Skelett aus einzelnen Mauern, aus denen die Balken ragten wie Knochen. Und dazwischen all diese Steine, all dieser Schutt ... und dazwischen ... dazwischen ...

»Änna?«, fragte er. Es gab keine Antwort. Sie war fort. Sie hatte ihn allein gelassen. Er begann, mit bloßen Händen den Schutt zu durchwühlen, Berg um Berg, panisch, gehetzt. Ihr Name hämmerte in seinem Kopf, aber er traute sich nicht, ihn noch einmal zu rufen. Er merkte, dass seine Hände bluteten, doch er spürte keinen Schmerz. Sie musste hier sein. Irgendwo. Und wenn er sie fände? Begraben unter dem Schutt? Still, leblos? Er begann zu wünschen, er fände nichts. Gar nichts. Nie. Es wäre zu schrecklich. Und dennoch grub er weiter. Und dennoch zerrte er weiter Steine und Balken beiseite, wühlte im Dreck wie ein wahnsinniger Hund. Es war sinnlos. Er fühlte sich wie eine Ameise, die es durch puren Zufall geschafft hatte, unter einer Dose Kaffeebohnen begraben zu werden und zu überleben – und die nun eine andere Ameise darin suchte. Kaffeebohnen? In was für unsinnigen Bildern dachte er? Seine Gedanken rasten im Kreis.

Wenn Änna tot war, und sie war tot, dann hatte er sie umgebracht. Ohne ihn hätte sie das Abrisshaus nie betreten.

Wenn Änna tot war, und sie war tot, dann war sie für die Träume gestorben.

Wenn Änna tot war, und sie war tot, dann hätte er ihr gerne noch beigebracht, auf die Kastanie zu klettern, trotz der Kugel an ihrem Fuß.

Und während er nach etwas suchte, das er nicht finden konnte, kamen die Dinge in verkehrter Reihenfolge zu ihm zurück: ihre feuchte, ängstliche Hand in der seinen. Das warme Atmen ihres Körpers, ganz nah, auf einer Isomatte. Sie, die auf einem Fahrrad mit ihm durch die Nachtstadt fuhr. Die mitten in einem Feld aus gelben Federblumen stand. Ein Zettel: *Warum hast du mir die Träume zurückgegeben? Wenn du mich gar nicht leiden kannst?* Das Kribbeln in ihm, als sie ihm etwas ins Ohr geflüstert hatte. *Das Paket, Frederic …*

Ich habe dir trockene Kleider mitgebracht.

Du hast vor meinem Bett gestanden, mitten in der Nacht. Aber du warst nur ein Traum.

Und dann ihre kaum erkennbare Gestalt in der Tür zum Dachboden, er hörte sie wieder flüstern, aus dem Taschenlampenlicht heraus:

Frederic. Ich bin es, Änna.

Da war eine Berührung an seiner Schulter, zaghaft wie die eines geträumten Schmetterlings mit bunten Turnschuhen. Und die Worte aus seiner Erinnerung wiederholten sich:

»Frederic«, flüsterten sie noch einmal. »Ich bin es, Änna.«

Er drehte sich um. Und da stand sie. In zerrissenen Kleidern, dreckig, das dunkle Haar grau vor Staub, beinahe weiß. Er blinzelte. Zweifelte. Zögerte. War sie wirklich oder war sie seiner verzweifelten Fantasie entsprungen? Er stand auf, um es zu testen. Es war dazu notwendig, sie in die Arme zu nehmen.

»Ich bin im Hof gelandet«, flüsterte sie. »Frag mich nicht, wie. Und als ich den rechten Fuß unter einem Haufen Holzsplitter herauszog, da sah ich, dass etwas Seltsames geschehen ist. Ich musste mich erst ganz aus dem Schutt herausarbeiten … wie eine Ameise …«

»… zwischen Kaffeebohnen«, murmelte er.

»Was? Jedenfalls ist etwas Komisches passiert. Die Kette … an meinem Fuß. Sie hatte nie ein Schloss. Jetzt hat sie eines: Sieh nur …«

Aber Frederic sah nichts. Vor seinen Augen hing ein schmieriger Film aus Staub und irgendeiner Flüssigkeit, über deren Herkunft er in diesem Moment lieber nicht nachdenken wollte. Auch wenn keiner der Anwesenden es hörte, setzten im Hintergrund irgendwo die Geigen ein. Wahrscheinlich mal wieder Mozart. Frederic verbarg seine Nase in Ännas nun beinahe weißem Haar, atmete Staub ein und nieste den Augenblick der Geigenmusik fort.

»Wir sollten los«, sagte er und räusperte sich. »Jetzt.«

»Wohin?«, flüsterte Änna.

»Zur Fabrik«, sagte er. »Die Träume haben ihre letzte Nacht erlebt. Dies ist ihr letzter Tag. Bruhns wird ihr Gefängnis in die Luft jagen.«

Er ließ sie los und sie betrachtete ihn. »Du blutest, dort an der Schulter. Wir sollten irgendetwas zum Verbin…«

Frederic wischte sich das Blut vom Arm. »Ich habe jetzt keine Zeit zu bluten. Komm!«

»Aber … Frederic! Warte! Was … hast du vor?«

Er drehte sich zu ihr um.

»Wir müssen die Albträume zu Hilfe holen«, erwiderte er ernst. »Es ist einer dabei, der Bruhns Angst macht. Wir müssen ihn dazu bringen, sich klein genug zu machen, um aus dem Schacht zu kriechen. Wir müssen … zu ihnen hinab, in den Keller der Fabrik.«

Änna schüttelte das Weißhaar, und er dachte, sie würde gleich sagen: »Du spinnst, Frederic. Vergiss es.«

Aber sie sagte gar nichts. Ihre dunklen Augen blitzten. Und dann nickte sie.

Auf der Straße lagen zwischen versprengten Steinen drei rostige und sehr verbeulte Mülltonnen. Als Frederic an ihnen vorbeiging, glaubte er ein Wispern aus Richtung der Tonnen zu vernehmen. Es hörte sich an wie »O, maxima calamitaus! Ab est pretiosum Haus!«

Bestimmt nur Einbildung.

12. Kapitel

Lange nichts Schönes mehr gesehen

»Jetzt kommt das Kapitel, das ich nicht so mag«, sagt Frederic. »Vielleicht gehe ich ein bisschen spazieren, während du es schreibst.«

»Nichts da. Du bleibst schön hier und hilfst mir. Woher soll ich denn wissen, wie alles genau gewesen ist? Ich war doch bei der wichtigsten Sache gar nicht dabei!«

»Ich weiß nicht, wovon du redest.«

»Nein, kein bisschen.«

»Und überhaupt kommen außer dieser einen Sache auch noch andere Sachen vor. Viel wichtigere Sachen! All diese Albträume und der endlose dunkle Flur in dem Haus und das Zimmer mit dem Schreibtisch und wie sie uns auf dem Schulhof eingekreist hatten …«

»Aber zuerst gelangen Lisa und Kahlhorst zu einem verkehrten Schluss.«

»Ja. Und Hendrik kapiert immer noch nichts. Und jemand belauscht Bruhns' Selbstgespräche.«

»Ich sehe, wir sind schon mitten im nächsten Kapitel …«

Niemand hatte sein Klopfen gehört. Vermutlich wurde der Gang, in dem das Klassenzimmer lag, nicht mehr benutzt.

Hendrik saß an einem der Schülertische neben dem Fenster, bog ab und zu die Lamellen des Rollos auseinander, um hinunter in den Hof zu sehen, und ließ die Geräusche in St. Isaac an sich vorbeiziehen.

Gegen 7.50 Uhr war die kommende Generation unter ihm durch die Gänge geströmt. Zu diesem Zeitpunkt hatte er noch versucht zu rufen. Doch die kommende Generation hatte ihre Ohren vor ihm verschlossen. Stattdessen hatte sie begonnen, Instrumente zu stimmen. Und dann übertönte Beethoven Hendriks Verzweiflung, Bach floss gleichgültig die Flure entlang und Mozart schien ihn auszulachen. Aus allen Poren des Gebäudes drangen Töne, exakte, reine und durch und durch langweilige Töne. Musik ohne Seele.

Als gegen 9.30 Uhr die große Pause begann, war nicht nur Hendrik erleichtert, sondern mit ihm vermutlich auch Beethoven, Bach und Mozart.

Gegen 9.50 Uhr begannen die drei Komponisten wieder zu leiden.

Gegen 10.15 Uhr stürzte draußen ein Haus ein.

Wie bitte? Hendrik sprang auf und versuchte, mehr zu erkennen. Das Abrisshaus neben dem Schulhof! Dort, wo eben noch das Abrisshaus gestanden hatte, lag jetzt ein Haufen Trümmer, aus dem nur noch einzelne Stücke von Wänden ragten. Aber war da nicht ein Knall gewesen, vorher? Der Knall einer Explosion? Hendrik wandte sich ab und begann, unruhig im Zimmer auf und ab zu gehen. Etwas stimmte nicht. Das Haus war nicht einfach so eingestürzt. Es hatte etwas zu tun mit – mit allem. Mit Frederic. Mit dem Paket. Mit Direktor Bruhns.

Eine halbe Stunde später hörte er Sirenen. Ratlose Feuerwehrmänner standen ein Weilchen vor den Resten des Hauses herum. Sie räumten ein paar Trümmer und drei altmodische Mülltonnen von der Straße, dann stiegen sie wieder in ihre Autos und wurden durch ratlose Polizisten ersetzt.

Hendrik sah Bruhns mit den Polizisten sprechen. Auch er hob die Hände: ratlos. Hendrik konnte die Zeichen dieser Hände lesen, ohne Bruhns' Worte zu hören: Nein, er könne sich nicht erklären, wieso das Haus ... aber es war ja alt gewesen, nicht wahr ... und überhaupt war es vermutlich besser so.

Danach ging Bruhns über den Hof davon, wobei er leise mit sich selbst zu sprechen schien. Jemand schlich hinter ihm her. Jemand, den Hendrik kannte. Und er wunderte sich sehr. Es war die alte Dame aus dem zweiten Stock. Sie schien hinter dem Schuldirektor herzulaufen, damit sie hören konnte, was er da mit sich selbst Wichtiges zu besprechen hatte.

»Es ist passiert«, sagte Kahlhorst. Lisa nickte.

Sie hatten das Abrisshaus um halb elf erreicht. Halb elf war nicht rechtzeitig.

Vor ihnen erhob sich ein Berg Trümmer in den Herbsthimmel. Eine Ansammlung Schaulustiger stand mit blutgierigen Augen herum. Unpassend heitere Musikfetzen drangen von St. Isaac herüber. Polizisten krochen über den Berg wie große Ameisen, die über einen Berg Kaffeebohnen unterwegs waren ... ein seltsamer Vergleich, dachte Lisa.

»Machen Sie den Brief auf«, sagte Kahlhorst.

Sie hatten den Brief vorhin erst gefunden, als sie gemeinsam zusammen aus dem Haus gegangen waren. Er trug keinen Absender. Es sah aus, als hätte jemand ihn sehr eilig in irgendeinen Umschlag gestopft und in Lisas Briefkasten gesteckt. Jemand, der vor der Post da gewesen war. Hätte der Brief nicht ein wenig aus dem Briefkasten herausgeragt, hätte Lisa ihn sicherlich erst am Abend entdeckt. Jetzt riss sie den Umschlag mit zitternden Fingern auf.

»He, Lisa«, las Lisa laut. »Ich habe meine Träume wieder. Frederic ist frei. Ich gehe zu ihm. Morgen mehr. Sag es bloß niemandem weiter, aber falls du uns suchst: Wir sind im …« Lisa stockte. »… im alten Abrisshaus neben St. Isaac.«

Sie ließ den Brief fallen. Der Wind hob ihn auf und trug ihn mit sich davon.

Kahlhorst legte seine Arme um Lisa und hielt sie fest, und sie lehnte sich an seinen weichen, beruhigenden Bauch. So standen sie und sahen dem Brief nach, wie er die Straße entlangflatterte; ein weißes Stück Papier, gänzlich unwichtig geworden. Sie hatten ihn zu spät gefunden. Zu spät.

»Und«, fragte Lisa mit ganz farbloser Stimme, »und Hendrik? War er auch … dort …? Sind sie alle fort?«

Kahlhorst antwortete nicht. »Ich werde St. Isaac verlassen«, sagte er leise. »Ich hätte es schon lange tun sollen.«

An einem Mittwoch im Oktober wanderten zwei Gestalten in zerfetzten Kleidern die Straßen einer Stadt entlang, deren Name nichts zur Sache tut. Ihre Haut war grau von Staub und in

ihren Haaren hatten sich Holzsplitter und Tapetenfetzen verfangen. Sie hätten Teile eines Films über den Krieg sein können
oder auch Teile einer Geisterbahn. Stattdessen jedoch waren sie
Teil einer Geschichte, die ihnen später niemand glauben würde.
Irgendwo hinter ihnen heulten die Sirenen der Feuerwehr. Die
beiden sahen sich an. Es gab nichts mehr zu tun für die Feuerwehr, und sie wussten es.

»Bruhns wird denken, er wäre uns endgültig los«, sagte Frederic.

»Meine Güte, aber wir sollten irgendjemanden anrufen«,
meinte Änna. »Meine Eltern! Deinen Vater! Sonst glauben sie
auch, wir wären unter den Trümmern begraben.«

Sie fanden eine Telefonzelle, von der modernen Zeit irgendwo
am Straßenrand vergessen, doch es war niemand da: Ännas Eltern nicht, Hendrik nicht. Nicht einmal Lisa ging ans Telefon.

»Sie arbeiten alle«, sagte Änna. »Immerhin ist es mitten am
Vormittag.«

»Und Hendriks Handy arbeitet auch?«, fragte Frederic.
»Das glaube ich nicht.«

Er versuchte es vier Mal. Nach dem vierten Mal fraß das
Telefon die Münzen, und Frederic trat ärgerlich gegen den
Automaten. Irgendetwas stimmte nicht. Hendrik hätte an sein
Handy gehen müssen.

Er hatte versucht, das Paket zu finden … *Wo war er?* War ihm
etwas zugestoßen?

»Gehen wir«, sagte Frederic schroff.

Ein Bus nahm sie ein Stück weit mit, und die Blicke der Leute
allein waren es wert, Bus zu fahren. Änna und Frederic saßen
stumm nebeneinander und sahen die Stadt an sich vorbeiglei-

ten. Es war wie im Film, dachte Frederic, wenn der Regisseur schon weiß, was geschehen wird, und der Zuschauer noch an den Nägeln kaut. Fuhren sie zum letzten Mal mit dem Bus durch die Stadt? Würde der schwarze Schacht sie wieder ausspucken, wenn er sie einmal in seinen Fängen hatte? Er sah Änna von der Seite an und fragte sich, welche Art von Gedanken hinter ihrer dreckverschmierten Stirn arbeitete.

Ihre Hand lag auf ihrem Knie, und er war versucht, sie zu berühren. Aber er tat es nicht. Und der Bus hielt. Und sie wanderten weiter, durch die letzten Straßen des Neubaugebiets mit den identischen Familien, die nichts von gefangenen Albträumen und schwarzen Schächten ahnten; wanderten schlaglöcherige Straßen zwischen hohen, gewerbegebieterischen Mauern entlang, wanderten an Autohausschildern und toten Tankstellen vorbei, an Schrottplatzgeruch und Metallsammelstellen – wanderten wortlos, ohne stehen zu bleiben. Wenn sie stehen blieben, das wussten sie beide, würde der Mut sie verlassen.

Schließlich kamen sie ans Ende jenes letzten, unbefestigten Weges, wo sich die Wendespuren von Rädern tief in den sandigen Untergrund gegraben hatten: die Räder von Bruhns' Maschine; die Räder von Lisas Auto. In ihren Vertiefungen hatte sich das Regenwasser der vergangenen Nacht gesammelt und spiegelte einen rein gewaschenen, blauen Oktoberhimmel. Einen Mittwochhimmel.

Es geschehen wohl doch nicht alle wichtigen Dinge an Montagen.

Frederic betrachtete die Fahrräder, die Bruhns mit seiner Maschine zerquetscht hatte. Sie lagen noch immer reglos wie tote Tiere. Er dachte an ein anderes Fahrrad, das vor acht Jahren zerquetscht worden war. Und plötzlich wurde er wütend. Er ging hinüber und gab dem Untier aus toten Rädern einen Tritt. Zum ersten Mal wurde er wütend auf seine Mutter. Hätte sie nicht besser aufpassen können? Was hatte sie sich dabei gedacht, sich überfahren zu lassen und Frederic und Hendrik einfach im Stich zu lassen?

Waswaswaswaswaswas?

»Frederic …«, hörte er Änna neben sich sagen. Er merkte, dass er noch immer auf den Resten der wehrlosen Fahrräder herumtrampelte. Der Fuß, mit dem er zugetreten hatte, schmerzte.

»Das … musste sein«, sagte er leise.

Änna lächelte. »Komm«, sagte sie.

Dann stießen sie das eiserne Tor auf und schlüpften hindurch.

Das braune Gras wiegte sich wispernd im Wind, wie es das in dieser ganzen irrsinnigen Geschichte getan hatte, und wartete auf sie. Vor der Fabrik quoll eine Nebelwolke aus dem Boden wie am allerersten Tag, als Frederic hierhergekommen war. Sie gingen genau auf die Wolke zu. Daraus kamen die raunenden Stimmen und mit ihnen jenes Gefühl, das einem unbehaglich den Rücken hinunterlief. Die Albträume warteten auf sie, ohne zu wissen, dass sie kamen.

Vor der Wolke blieb Frederic noch einmal stehen und sah Änna an.

»Was?«, flüsterte sie.

»Nichts«, antwortete er. »Nur dies ist vielleicht das letzte Mal, dass ich dich sehe. Unten im Schacht wird es zu dunkel sein. Wenn etwas geschieht, will ich mich erinnern.«

Änna legte ihren Finger an seine Lippen. Dann nahm sie seine Hand und zog ihn mit sich in die Nebelwolke hinein.

Zuerst sah Frederic nichts. Der Nebel, der kein Nebel war, drang ihm rauchig in die Lunge und brachte ihn zum Husten. Es war wie damals: Er verlor die Orientierung, wusste nicht mehr, wo die Fabrikhalle war und wo das eiserne Tor ... Doch diesmal spürte er Ännas Hand in der seinen. Und diesmal wollte er nicht vor dem Schacht fliehen. Diesmal waren sie gekommen, um hineinzuklettern.

»Dort!«, hörte er Ännas Stimme sagen, seltsam gedämpft vom Rauch, wie durch Watte. Gleich darauf trat sein rechter Fuß ins Leere. Er taumelte zurück, ließ sich auf die Knie nieder, spürte, dass Änna das Gleiche tat ... und sie tasteten gemeinsam den Rand des Schachts ab – nach einer Leiter, einem Seil ... irgendetwas, das man benutzen konnte, um in den Keller hinabzusteigen. Es gab nichts.

»Wir müssen springen«, sagte Frederic heiser.

Sie standen auf, verharrten am Rand des Schachts – Frederic wollte bis drei zählen, doch ehe er damit beginnen konnte, zog Ännas Hand ihn wieder mit sich. Er machte einen Schritt nach vorn, hinein ins Nichts – und fiel.

Und fiel
und fiel
und fiel,
tiefer
und tiefer
und tiefer –

und landete in eisigem Wasser. Er ging unter, kam hoch, schnappte nach Luft – er hatte Ännas Hand verloren.

»Änna?«, rief er.

»Hier!«, keuchte sie. »Neben dir! Ich glaube, wir sind ... wir

294

sind im Albtraum von jemandem gelandet, der nicht schwimmen kann ...«

Ihre Stimme verschwand gurgelnd in den Fluten. Sie hatte recht: Dies war ein Albtraum vom Ertrinken. Die Kette!, dachte er. Die Eisenkugel an Ännas Fuß! Sie würde Änna hinabziehen! Er griff im Dunkeln nach ihr, fand einen Arm, hielt ihn fest und spürte, wie das kalte Wasser auch ihn in die Tiefe zog. Er versuchte, gegen den Sog anzuschwimmen, doch es war unmöglich, solange er Änna weiter festhielt. Er brauchte beide Arme ... er bekam keine Luft mehr ... er würde sie loslassen müssen ... Nein! Das war es, was der Albtraum wollte! Frederic krallte seine Finger noch fester in den Stoff ihres Pullovers und ließ sich langsam durch das Wasser nach unten sinken.

Es ist nicht möglich, dachte er. Es ist nicht möglich, im Albtraum von jemand anders zu ertrinken. Und kaum hatte er diesen Gedanken zu Ende geführt, da wich das Wasser und sie standen auf festem Boden. Ringsum leuchteten Dutzende gelber Augen in der Dunkelheit. Sie glommen wie Feuer in der Finsternis.

»Es sind keine Augen«, flüsterte Frederic. »Es sind die glühenden Spitzen von Zigarren.«

Aber die Augen derer, die diese Zigarren rauchten, starrten sie an; unsichtbare Augen im Schwarz des Kellers. Eine Weile schwiegen die Albträume.

Dann begannen sie zu wispern. Zuerst war das Wispern unverständlich, ein böses Wispern von tausend gespaltenen Zungen, ein Wispern von überall her: Es war vor ihnen und hinter ihnen, unter ihnen und über ihnen, es umkreiste sie und versuchte, sie einzuschüchtern. Alles in Frederic drängte darauf, wegzulaufen, doch er zwang sich, stehen zu bleiben. Es gab ohnehin keinen Ort, keine Richtung, in die man hätte fliehen können. Und nach einer Weile bekam das Wispern einen Sinn.

»Was wollt ihr?«, zischte es. »Wieso seid ihr gekommen? Wollt ihr, dass wir euch fressen, zerfleischen, in Stücke reißen? Wollt ihr, dass wir euch den Verstand nehmen mit unseren tausend Stimmen und unseren abertausend gemeinen Worten? Hat man euch in den Schacht gestoßen? Hat *er* euch in den Schacht gestoßen? Ihr armen, hilflosen Menschen. Dies ist euer Ende, wisst ihr das?«

Frederic schluckte. Ännas Finger drückten seine, so stark sie konnten. Beinahe tat es weh.

»Niemand hat uns in den Schacht gestoßen«, antwortete er laut, und ein vielfaches Echo warf seine Stimme verzerrt zurück: »Verlacht die Großen, achtzig Hosen, sachte Soßen …«

Auch die Albträume hatten ihren Teil an Unsinn aus den Köpfen der Träumer abbekommen, wie es schien.

»Wir sind freiwillig hier«, fuhr Frederic fort.

»Ei, billig Bier, ein willig Tier, eineiiger Zwilling hier«, wisperte das Echo. Frederic wusste, dass das Echo ihm Angst machen wollte, doch es erreichte das Gegenteil.

»Wir brauchen eure Hilfe«, sagte er.

»Im teuren Schilfe …«, antwortete das Echo.

Frederic schüttelte den Kopf. Es brachte ihn ganz durcheinander.

»Hört auf, uns auszulachen!« (Kunst-Maus zu machen, grausige Sachen …)

»Bruhns jagt die Fabrik noch heute in die Luft.« (Leute, ein Schuft, bereute den Duft, Bräute verpufft …)

»Jetzt macht das alberne Echo aus!«, rief Frederic wütend.

»Talbahn und Blechdachhaus, freche Laus«, antwortete es. »Schwäche dr...«

Dann verstummte es abrupt, mitten im Wort. Verblüfft schnappte Frederic nach Luft. Sie hatten ihm gehorcht. Vielleicht aus reiner Neugier, was geschehen würde, wenn sie seinen Befehlen folgten.

»Wir brauchen euch, um die anderen Träume zu befreien«, fuhr Frederic fort. »Und um Bruhns' Maschine zu zerstören.«

»Aber wir sind gefangen«, sagte eine Stimme neben Frederics linkem Ohr. »Wir können niemandem helfen. Und wir wollen auch niemandem helfen. Wir sind die Bösen, schon vergessen?« Die Stimme gehörte dem Albtraum von der Ziesel. Frederic beachtete sie nicht.

»Wo sind die Albträume von Bork Bruhns?«, rief er, so laut er konnte.

Die Stimmen begannen durcheinanderzuzischeln und zu flüstern.

»Vergiss es!«, flüsterten sie. Und: »Wieso sollten wir dir das sagen?«

Und dann war da eine, bestimmter als die übrigen: »Sie wollen uns überlisten. Glaubt ihnen nicht! Beißt ihre Ohren und Nasen ab! Kratzt ihnen die Augen aus! Macht Hackfleisch aus ihnen. Wir werden sie als Zigarren rauchen wie alles andere auch.«

Frederic sah, dass sie plötzlich in einem schummrigen Gang standen, vor ihnen eine wabernde Masse aus Schatten mit Zähnen und Krallen. Durch zwei Fenster fiel blasses Mondlicht in den Gang. Die Träume am Ende des Gangs heulten wie ein Rudel Wölfe und stürzten sich auf sie. Frederic und Änna drehten sich um und rannten. Rannten den Flur entlang, stolperten, rannten weiter. Der Flur schien endlos und ihre Beine schienen in zähem Schlick zu stecken. Sie kamen nicht voran. Natürlich – es musste Dutzende dieser Albträume geben, in denen man flieht, ohne vorwärtszukommen.

Endlich erreichten sie eine steile Treppe, die Frederic irgendwie bekannt vorkam. Dahinter lag noch ein Flur, am Ende dieses Flures gab es zur Rechten eine offene Tür. Sie war nur einen Spaltbreit offen, doch es reichte, um einen schmalen Streifen gelblichen Lichts in die Dunkelheit fallen zu lassen. Frederic zögerte eine Sekunde lang. Die Träume waren schon ganz nahe, er hörte ihren rasenden, keuchenden Atem: hechelnd, heulend, geifernd und mordlustig. Es gab nur einen Ausweg: Er stieß die Tür auf, zog Änna mit sich hindurch und warf sie wieder zu.

Kaum hatte er das getan, da hörte er außen einen Schlüssel knirschen. Jemand hatte sie eingeschlossen. Die Gestalten im Flur schienen nicht mehr zu existieren.

Im Zimmer herrschte absolute Stille. Alles, was man hörte, war das Kratzen eines Füllfederhalters auf Papier. Das gelbliche Licht im Raum kam von einer gedämpften Schreibtischlampe her. Am Schreibtisch, vor dem Nacht-besternten Fenster, saß ein Junge. Er mochte ungefähr so alt sein wie Frederic und Änna, doch genau konnte man es nicht sagen, denn er saß mit dem Rücken zu ihnen, tief gebeugt über das, was er schrieb.

Frederic ging auf ihn zu.

»Hallo«, sagte er. Seine Stimme klang hohl in der Nacht.

Der Junge sah auf und drehte sich um. Es war derselbe Junge, den sie auf den Fotos im Abrisshaus gesehen hatten, dieselbe hagere Gestalt, dasselbe angespannte Gesicht. Jetzt blinzelte dieses Gesicht verständnislos. »Was tut ihr hier?«

»Wir … sind irgendwie in diesen Traum geraten«, sagte Änna.

»Traum?« Der Junge schüttelte den Kopf. »Seltsam. Ihr könnt nicht hier sein. Die Tür ist zu. Er hat mich wieder eingeschlossen.«

Frederic versuchte, einen Blick auf den Schreibtisch zu erhaschen. Dort lagen ein aufgeschlagenes Heft und mehrere Bücher. »Was machst du da, mitten in der Nacht?«

»Ich übe«, antwortete der Junge. »Lateinvokabeln.« Er wandte sich wieder seinem Heft zu. »Wer immer ihr seid, stört mich nicht. Morgen schreiben wir eine Arbeit.«

»Du übst mitten in der Nacht?«, fragte Änna.

Der Junge nickte. »Ich werde üben, bis er die Tür aufschließt. Es ist das Wichtigste, zu lernen. Das Wichtigste, gut zu sein. Diesmal werde ich der Beste sein. Dann wird er sich freuen.«

»Wer?«, fragten Frederic und Änna gleichzeitig.

Der Junge sah sie an, als wäre das die dümmste Frage, die er sich vorstellen konnte. »Na mein Vater.«

»Und was sagt deine Mutter dazu, dass du mitten in der Nacht noch lernst?«

Jetzt schüttelte der Junge am Schreibtisch ungeduldig den Kopf. »Ihr und eure Fragen. Sie ist tot, was soll sie sagen? Ich bin alles, was meinem Vater geblieben ist. Deshalb werde ich gut sein. Ich werde ihn stolz machen. Geht jetzt.«

In diesem Moment steckte jemand einen Schlüssel in die Tür, und erst als Frederic die Tür noch einmal ansah, verstand er: Es war nicht nur der Junge von den Fotos aus dem Abrisshaus. Es war das Abrisshaus, in dem sie sich *befanden*. Der Schlüssel drehte sich ganz herum, die Tür öffnete sich und ein älterer Mann ließ seinen strengen Blick durchs Zimmer schweifen.

»Mit wem redest du, Bork?«, fragte er.

»Mit niemandem«, antwortete der Junge am Schreibtisch schnell.

Bork. *Bork Bruhns.*

»Du lügst«, sagte der Mann in der Tür und seufzte. »Du lügst wieder. Du wirst schon noch sehen, wohin dich das eines Tages bringt. Du bist ein schlechter Mensch, mein Sohn. Nicht einmal deine Noten sind gut genug.«

Frederic ging auf die Tür zu. Offenbar konnte der Mann ihn und Änna nicht sehen. Sie schlüpften an ihm vorbei, hinaus in den Flur … und standen kurz darauf im Schulhof. Die Szene hatte schon wieder gewechselt. Es war immer noch Nacht.

Vor ihnen, unter der Kastanie, stand ein Sarg. Mit Frederic und Änna warteten noch zwei Leute neben dem Sarg: der Junge von eben, der sich nun in einen jungen Mann verwandelt hatte, und ein Pfarrer. Der Sarg war offen, und Änna drängte sich enger an Frederic. Er beugte sich vor, um in den Sarg zu sehen.

Darin lag der Mann, der eben noch in der Tür gestanden hatte.

»Es war sein Herz«, sagte der Pfarrer. »Sein Herz hat ihn umgebracht. Sein gebrochenes Herz.«

»Amen«, sagte der junge Mann. Bork.

Da setzte sich der Tote im Sarg so plötzlich auf, dass Frederic zusammenzuckte, und zeigte mit einem anklagenden spitzen Finger auf seinen Sohn.

»Er war es!«, zischte er. »Er hat mich umgebracht! Er hat

mein Herz gebrochen. Ich habe immer gehofft, ich habe ihm alles ermöglicht, die besten Schulen! Und was ist er geworden? Lehrer. Versager. Versager! Versager!« Er hieb mit der weißen Faust gegen den Rand des Sargs. »Glaub nicht, ich verlasse dich!«, zischte er böse. Doch er klang erstaunlich zufrieden dabei. »Glaub das ja nicht! Ich werde immer bei dir bleiben! Ich werde dich besuchen, in deinen Albträumen. Und all deine selbst gebauten Maschinen, mit denen du bei irgendwelchen Talentwettbewerben nicht den ersten Platz gewonnen hast, du Versager: Sie werden dir nichts nützen, um mich loszuwerden! Nichts! Denn eine Maschine, die deine Albträume beseitigt, wirst du niemals bauen können! Ha! Du wirst immer ein Versager bleiben!«

Nachdem er das gesagt hatte, zerbarst der Sarg in tausend Fetzen, die wie Konfetti in der Luft tanzten, und einen Moment später sah Frederic, dass der nächtliche Schulhof jetzt voller schwarzer Gestalten war.

Er machte einen Schritt zurück. Die Albträume hatten sich auf dem Schulhof versammelt und zogen ihren Kreis immer enger und enger um Frederic und Änna. Da waren Albträume aller Art: Albträume von glutäugigen Bestien, Albträume von lähmender, wabernder Angst, Albträume von Streit und Albträume von Schlangen, von Abgründen. Von verschlossenen Umschlägen mit drohendem Absender und von leeren Zimmern, in denen jemand allein gelassen worden, jemand nicht zurückgekehrt war.

Ganz vorne stand ein Albtraum von einem Verkehrsunfall. Es war nicht Annas Verkehrsunfall, Frederic sah es gleich. Doch der verbogene Fahrradlenker und das Blaulicht eines zu spät erschienenen Krankenwagens rissen an seinem Herzen.

Er versuchte, seine Gedanken zu ordnen. Die Träume hatten recht gehabt: Der schnelle Wechsel ihrer abgründigen Szenen, die bösen Stimmen, die Gewissheit, dass es keinen Ausweg gab: Es war zu viel. Selbst der mutigste Mensch würde hier unten den Verstand verlieren. Er sah sich um. Die Blätter der Kastanie auf dem albgeträumten Schulhof waren schwarz und tot. Es gab nichts Schönes hier unten, nicht einmal das kleinste, winzigste Stück von etwas Schönem.

»Änna«, flüsterte er. »Weshalb sind wir hier? Ich erinnere mich nicht …«

»Um ihnen zu sagen, dass sie sich klein machen müssen«, wisperte Änna. »Damit sie aus dem Schacht können.«

Und da entsann er sich. »Damit sie aus dem Schacht können«, fuhr er leise fort. »Damit sie uns helfen können, die anderen Träume zu befreien und HD Bruhns' Maschine zu zerstören.«

Da trat einer der Träume aus der Menge vor und sah auf sie herab. Er war lang und hager. Sein menschliches Vorbild hatte vor vielen – zu vielen – Jahren nachts an einem Schreibtisch gesessen und gelernt – gelernt, böse zu sein.

»Ihr habt euch geirrt«, sagte er. »Die Albträume werden sich nicht klein machen, um euch zu helfen. Sie machen sich niemals freiwillig klein. Das ist die Natur der Albträume. Und nichts kann sie genügend erschrecken, um sie dazu zu zwingen, sich zu verdichten. Nichts. Ihr könnt die anderen Träume nicht retten. Ihr könnt die Maschine nicht zerstören. Ihr könnt gar nichts. Nicht einmal hier überleben. Du hast recht, Frederic. Es gibt nicht das kleinste bisschen Schöne hier unten. Dies ist euer Ende.«

Hinter dem ersten Albtraum-Bruhns sah Frederic jetzt eine

ganze Gruppe von Schuldirektoren, albgeträumten Schuldirektoren, so weit das Auge reichte. Und in dem Moment, als der vorderste Bork Bruhns sagte: »Es gibt nicht das kleinste bisschen Schöne hier unten«, in dem Moment wusste Frederic, was sie tun mussten. Er wusste, was sie brauchten, um die Albträume dazu zu bringen, sich klein zu machen. In Bruhns Maschine war *etwas Schönes* gewesen!

Die blaue Blume. Frederic hatte sie beinahe vergessen. Nur, dass es hier unten keine blauen Blumen gab. Es gab überhaupt keine Blumen. Die Albträume zogen ihren Kreis noch ein wenig enger, leckten sich die Klauen und wetzten ihre bösen Lippen. Frederic spürte Ännas Angst.

Woher bekam man hier unten etwas Schönes?

»Nur noch der Ordner dort«, sagte Kahlhorst. »Und natürlich die Keksdose da drüben.«

Lisa stand in der Tür und ließ ihren Blick durchs Lehrerzimmer schweifen. Sie trug bereits einen Stapel überquellender Kartons im Arm. Kahlhorst hatte seine Habseligkeiten recht gleichmäßig über die Schränke verteilt.

»Solltest du ihm nicht sagen, dass du gehst?«, fragte Lisa.

Irgendwo zwischen der Feuerwehr und den Häusertrümmern und seinem Entschluss, St. Isaac zu verlassen, hatte sich zwischen Kahlhorst und Lisa das Du eingeschlichen. Obwohl Lisa Kahlhorsts Vornamen noch immer nicht wusste.

»Er hat eine Konferenz«, sagte Kahlhorst. »Ich sollte eigentlich auch dort sein. Ich werde ihm einen Brief schreiben. Ich möchte nicht mehr mit ihm sprechen.«

Er sah sich noch einmal um. »Habe ich alles?«

»Alles außer den Tischen und Stühlen«, sagte Lisa. »Komm jetzt.«

Als sie die Pakete in Lisas Auto gestopft hatten, fiel Kahlhorst ein, dass er vergessen hatte, sich von der Sekretärin zu verabschieden. Sicher saß sie wie immer auf ihrem Bürostuhl und kochte Kaffee.

Auf dem Weg hörte Kahlhorst Stimmen aus einem der Räume im ersten Stock. Vermutlich die Konferenz. Er blieb einen Moment stehen, um zu lauschen.

»… braucht man sich keine Sorgen zu machen«, sagte Bruhns gerade. »Es war ein altes Haus, und es war nur eine Frage der Zeit, wann es einstürzen würde. Ich habe mit der Polizei gesprochen. Es gibt keinen Hinweis darauf, dass es nicht von selbst in sich zusammengebrochen ist. Kehren wir also zur Tagesordnung zurück.«

»Stimmt es«, fragte die Stimme der Mathe-Ziesel, »dass Sie dort früher gewohnt haben?«

»Zurück zur Tagesordnung«, wiederholte Bruhns. »Ich habe nicht viel Zeit.«

»Die ersten Klassenarbeiten werden alle hervorragend ausfallen, Herr Direktor«, sagte Sport-Fyscher. »Wie jedes Jahr. Auch in der Klasse 7 b haben wir nach dem Weggang des Schülers F. Lachmann wieder einen Notendurchschnitt von 1,4.«

»Gut«, sagte Bruhns. »Ich denke, es gibt keine weiteren dringenden Fragen an mich. Ich werde hier nicht mehr gebraucht. Herr Fyscher, würden Sie so freundlich sein, den Vorsitz der Konferenz jetzt zu übernehmen? Ich habe noch etwas Wichtiges vor. Ich wünsche den Herrschaften einen schönen Tag.«

Kahlhorst trat einen Schritt zurück, doch er war nicht schnell genug. HD Bruhns stieß vor der Tür beinahe mit seinem Bauch zusammen. Während hinter ihm die Tür zufiel, schüttelte Bruhns sich irritiert, als wäre etwas Ekelerregendes auf ihm gelandet; ein ungewaschener Mistkäfer oder dergleichen.

»Herr Kahlhorst! Was tun Sie hier draußen? Sollten Sie nicht da drinnen sitzen?«

»Ich – äh ...« Kahlhorst nahm seinen ganzen Mut zusammen. Er konnte es ebenso gut gleich hinter sich bringen. »Ich gehe.«

»Sie ... gehen?« Bruhns war jetzt auf dem Weg den Flur entlang, und Kahlhorst folgte ihm. »Wohin?«

»Oh, ganz. Ich gehe.«

»Ich begreife nicht.«

»Ja, ich ... eigentlich wollte ich es Ihnen schriftlich ... ich dachte ...«

Bruhns blieb stehen. »Herr Kahlhorst. Kommen Sie zur Sache. Ich habe keine Zeit.«

»Wohin gehen Sie denn?«

»Ich? Ich dachte, es geht darum, wohin *Sie* gehen.«

Kahlhorst merkte, wie das Gespräch sich verhedderte. Und plötzlich drängten sich Worte in seinen Mund, die er nicht vorgehabt hatte zu sagen.

»Sie haben das Abrisshaus gesprengt«, sagte er.

Bruhns' Blick gerann wie Eiweiß in Zitronensaft. »Ich habe *was?*«

»Das Abrisshaus gesprengt. Ich weiß es. *Ich* habe das Paket aus dem Schrank genommen und es dorthin gebracht.«

Sollte er ihn ruhig hinausschmeißen! Er ging ja sowieso. Auf einmal fühlte Kahlhorst sich wunderbar. Er sah Lisa am Ende der Treppe auftauchen und verwirrt stehen bleiben. Hoffentlich hörte sie, wie er Bruhns jetzt all diese Dinge ins Gesicht sagen würde. Die Federn auf seinem Rücken spreizten sich und er sammelte die Luft unter seinen Schwingen.

»Sie haben das Paket?«

»Ja.«

Bruhns sah auf die Uhr, ungeduldig. »Sie reden Unsinn. Ich habe es eilig.«

»Das ist mir egal«, hörte Kahlhorst sich selbst sagen. »Oder – ist es nicht. Ich kann mir ohnehin denken, wohin Sie wollen. Man hört so einiges.«

Er sah, wie Lisa den Kopf schüttelte.

»Sag es nicht!«, hieß das. »Lass es. Komm.«

Aber jetzt war er richtig in Fahrt. »Sie haben vielleicht gewonnen«, fuhr er fort, »und werden die Fabrikhalle und alle Träume darin in die Luft sprengen. Aber glauben Sie nicht, dass es niemanden gibt, der das weiß. Es gibt eine Menge Leute. Und wir werden es nicht vergessen.«

»Sie reden Unsinn«, wiederholte Bruhns. »Hören Sie sich mal selbst zu, Kollege Kahlhorst! Was würde die Polizei zu diesem Gequassel sagen? Fabrikhalle voller Träume. Lächerlich.« Er schüttelte den Kopf. »Ich muss jetzt wirklich los.«

Bruhns versuchte, sich an Kahlhorst vorbeizuschieben. Aber Kahlhorsts Bauch war ihm im Weg.

Ich schinde Zeit, dachte Kahlhorst. *Warum schinde ich Zeit? Für wen? Frederic ist nicht mehr da …*

Er nahm seinen Bauch beiseite, ließ Bruhns durch. Kahlhorsts Flügel falteten sich wieder ein, sein Hochgefühl legte sich. Nein, Frederic war nicht mehr da. Und Bruhns hatte recht, niemand würde Lisa und ihm die Geschichte glauben.

Er glaubte sie sich selbst kaum.

Frederic hob den Kopf. Nicht einmal am Himmel war etwas Schönes zu entdecken. Hier, über dem Albtraum-Schulhof, wirkten die Sterne wie die Spitzen scharfer Messer, und der Mond erschien Frederic halb tot und gänzlich verkehrt.

Er sah Änna an, die neben ihm stand und zitterte wie er. Sie erwiderte seinen Blick. Und plötzlich dachte er wieder, was er schon im Abrisshaus gedacht hatte, als er sie gesucht und nicht gefunden hatte: Wenn dies das Ende war, hatte er so vieles versäumt. Gab es nicht noch etwas zu tun, ehe die Träume sie zerrissen? Eine letzte wichtige Sache?

Die Gestalten streckten jetzt ihre Krallen aus. Er sah im Augenwinkel das kranke Mondlicht auf ihnen blitzen. Er sah, wie sie den Moment vor dem Ende hinauszögerten, um die Angst ihrer Opfer bis auf den letzten Tropfen auszukosten. Sie zögerten, ohne zu ahnen, was geschehen würde. Denn jetzt, jetzt streckte Frederic seine Hand aus, zog Ännas Kopf zu sich und küsste sie.

Er hatte noch nie jemanden geküsst. Solche Dinge lernt man nicht in der Schule. Leider.

Ihre Lippen fühlten sich warm und wirklich an in der Kälte der Albtraum-Nacht. Viel wirklicher als alles um ihn herum. Er schloss die Augen, schloss den geträumten Schulhof aus, die totblättrige Kastanie, die falschen Sterne – all das verschwand. Es gab nur noch ihn und Änna. Er fühlte, dass auch sie keine Ahnung vom Küssen hatte. Das war schade … irgendwie war ihre Nase im Weg. Oder war es seine? Man konnte allerdings den Kopf so zur Seite drehen, dass die Nasen nicht mehr stören. Seltsam, er wusste nicht mehr genau, wo eigentlich seine Lippen aufhörten und ihre anfingen; die Grenzen zwischen ihnen verschwammen. Ein komisches Gefühl, das durch jeder seiner Nerven hindurchlief. Und gleichzeitig schien es Frederic, als könnte er auf Ännas Lippen alle Worte lesen, die sie je gesagt hatte, und alle, die sie noch sagen wollte – solch ein Durcheinander von Worten! Er verstand ihren Sinn nicht; es waren zu viele, aber es war gut, dass er sie fühlte. Falls Änna nicht mehr dazu käme, sie auszusprechen.

Und dann spürte er ihre Hand an seiner Wange, und es kam ihm wieder so vor, als wäre etwas zwischen der Hand und seiner Haut … An den Lippen hingegen schien es zu fehlen. Merkwürdig. Ans Küssen jedenfalls könnte man sich gewöhnen, dachte Frederic. Man sollte das üben. Doch nun, wo die Albträume sie töten würden, hätten sie wohl keine Zeit mehr dazu. Frederic tauchte aus dem Kuss auf, holte tief Luft und dachte: In Ordnung. Dann sollen sie uns jetzt in Stücke reißen.

Aber das Heulen und Geifern der Träume war verstummt.

Er öffnete die Augen. Sie waren fort. Der Schulhof war fort. Die verkehrten Sterne waren fort. Auch der kranke Mond. Alles.

Änna und er standen in einem dunklen Kellerraum und vor ihnen fiel ein Rechteck aus Licht auf den Boden. Direkt über ihren Köpfen führte ein Schacht ins Freie. Zu ihren Füßen jedoch lagen Hunderte kleiner verknäuelter Pakete, kaum erkennbar.

»Sie … sie haben sich komprimiert«, flüsterte Frederic.

Änna sah einen Moment lang verwirrt aus. Dann lächelte sie.

»Ich fürchte, wir haben sie ziemlich erschreckt«, sagte sie.

»Sie hatten lange nichts Schönes mehr gesehen. Sag mal …« Sie zögerte.

»Ja?«

»Wusstest du es? Hast du es deshalb getan? Ich meine, was hast du dir dabei gedacht?«

Frederic schüttelte den Kopf. »Ich wusste gar nichts. Und das Letzte, was ich gedacht habe, war: Wir sollten das üben. Aber nicht hier und nicht jetzt. Später. Hier und jetzt haben wir etwas anderes zu tun. Komm.«

»Aber wie willst du diesen Schacht hochklettern?«

Frederic knurrte. Darüber hatte er noch nicht nachgedacht.

Murphys Gesetz Nummer sechs: Wenn du es geschafft hast, ein Rudel Albträume zu zähmen und daher nicht von ihnen zu einer Zigarre gepresst und geraucht zu werden, dann wirst du dich sicher in einem Keller wiederfinden, der keinen Ausgang hat.

»Frederic!«, wisperte Änna. »Etwas bewegt sich dort!«

Ja, etwas bewegte sich im Schacht. Es schlängelte sich zu ihnen herab. Zuerst erschrak Frederic, doch dann trat er näher. Es war das Ende einer Strickleiter. Und jetzt war es so tief, dass er es zu fassen bekam. Er legte den Kopf in den Nacken und sah hinauf. Eine Weile blinzelte er ins Licht wie ein Maulwurf. Dann erst erkannte er die Gestalt am Rande des Schachts: Denn dort oben, wo es Tag war und nicht Nacht, wo eine wirkliche gelbe Sonne schien und kein totenbleicher Mond, stand ein alter Mann in einer abgewetzten Weste. Er war gerade dabei, das Ende der Strickleiter im Boden zu verankern.

»Ich hatte so einen Verdacht, was geschehen ist!«, rief der Traumwächter. »Die Albträume waren noch nie so still! Da bin ich nachsehen gekommen.«

»Aber ich dachte, Sie tun nichts, was Bruhns nicht erlaubt?«, rief Frederic hinauf. »Und dies hier wird er ganz sicher nicht erlauben! Er kommt, bald, um die Fabrik zu sprengen. Obwohl Sie mir das nicht glauben, fürchte ich.«

»Ich habe meine Meinung geändert!«, rief der Traumwächter hinunter. »Und ich glaube nicht nur, dass du recht hast. Ich weiß es. Auch die Träume hier oben erzählen sich Dinge.«

So begannen sie zu dritt, kleine bleischwere Pakete die Strickleiter hochzutragen. Es dauerte eine ganze Weile, und Frederic betete im Stillen, dass Bruhns nicht im nächsten Moment auftauchen würde. Er *tauchte* nicht auf. Vielleicht hatte ihn etwas aufgehalten – oder jemand. Dieses eine Mal verlor Murphy.

Als sie alle zusammengeknäuelten Albträume aus dem Schacht geborgen hatten, lag nur noch ein letzter kleiner glänzender Gegenstand dort unten. Frederic kletterte zurück, um ihn aufzuheben.

Es war der Dietrich. Der besondere Dietrich.

Er schloss damit etwas auf. Etwas, von dem alle schon lange denken, dass es aufgeschlossen werden müsste: die Kette an Ännas Fuß. Die Eisenkugel blieb allein zwischen dem Schrott neben der Fabrik liegen. Änna würde nie mehr vom Schwebebalken fallen.

Kann sein, dass sie Frederic danach noch mal geküsst hat. Man weiß es nicht genau.

»Aber der Dietrich nützt nichts für die Käfige der guten Träume«, sagte der Traumwächter und seufzte. »Die Deckel der Löcher, durch die Bruhns sie hineingepumpt hat, besitzen keine Schlösser.«

Kurz darauf standen sie zu dritt vor der Wand und sahen empor. Nein, sie besaßen keine Schlösser, der Traumwächter hatte recht. Sie glichen immer noch am ehesten den Deckeln von Gurkengläsern.

»Es sind Schraubverschlüsse!«, sagte Frederic. »Kommen wir irgendwie dort hinauf, um sie aufzuschrauben?«

»Wir nicht«, sagte der Traumwächter.

Frederic sah die kleinen Pakete an, die zu ihren Füßen lagen. Er holte tief Luft und brüllte sie in seinem unfreundlichsten Tonfall an: »He, ihr! Macht euch gefälligst wieder groß, ihr Versager! Es gibt noch Dinge zu erledigen! Die anderen Träume müssen befreit werden, und Bruhns' Maschine muss zerstört werden, und ihr sitzt herum und tut nichts!«

Die Albträume streckten langsam ihre Fühler und Köpfe aus.

»Ich *musste* so brüllen«, sagte Frederic leise zu Änna, »es gefällt ihnen, glaube ich, wenn man sie autoritär anbrüllt.«

Oh ja, das gefiel den Albträumen. Sekunden später waren mehrere große, schleimige Wesen mit Saugnäpfen an den Füßen dabei, die Wände der alten Fabrikhalle hochzusteigen und die Gurkengläser-Schraubverschlüsse zu öffnen.

»Hoffentlich«, flüsterte Frederic, »denken sie, es wäre sehr böse, was sie da tun.«

»Ach«, sagte der Traumwächter. »Es ist gegen den Willen von Bruhns, das reicht schon. Sie mögen ihn auch nicht. Nicht einmal die Träume von Bruhns mögen Bruhns. Immerhin hat er sie eingesperrt.«

So standen sie vor der Fabrik und sahen zu, wie aus all ihren Löchern bunte Dinge schlüpften wie Larven aus einem großen Käse. Es war ein durch und durch merkwürdiger Anblick.

»Da!«, rief Frederic einmal. »Das ist der Schmetterling mit den Turnschuhen! Den kenne ich!«

Nach dem Schmetterling füllten Träume von riesigen Schokoladentorten und von Ponyherden die Luft, Skiferien und Palmeninseln schlossen den blauen Himmel aus, Vorleseabende und Kinokarten flatterten durch die Luft, unbegrenzte Fernseherlaubnisse stießen beinahe mit Perserkatzen zusammen, ein eigenes Zimmer flog an einem Modellboot vorbei und eine neue Jeans querte den Weg einer Kaninchenzucht. Sie alle versammelten sich gemeinsam mit den Albträumen auf der braungräsernen Wiese. Ganz zum Schluss kam der Geburtstag angeschwebt, verbeugte sich galant vor Frederic und Änna und sagte höflich:

»Herzlichen Glückwunsch.«

Er hatte ein Nachtischbüffet mitgebracht, das er durch die Luft schwenkte wie eine Fahne, ein Büffet voller Kuchen und Sahnecreme, Weintrauben und Schokoladenfondue. Nur Pudding war keiner dabei, weder Vanille- noch Schokoladen- noch Erdbeerpudding.

Und dann rannte ihnen über das braune Gras eine kleine Gestalt mit wehendem Schal entgegen. Es war die alte Dame aus dem zweiten Stock.

Sie winkte schon von Weitem, und als sie bei ihnen ankam, zitterten ihre Schnurrhaare vor Aufregung. »Er … kommt … bald«, keuchte sie. »Bruhns … ich … bin Lisa und Kahlhorst nachgegangen … war neugierig … das Abrisshaus … sie denken, ihr wärt tot … und da habe ich gehört, wie Bruhns … ich kann das jetzt so schnell nicht erklären … aber ihr müsst euch be-eilen.«

»Moment«, sagte Frederic. »Haben Sie sich entschieden, doch ein guter Traum zu sein?«

Sie wirkte etwas leichter als sonst.

»Beeilt euch!«, keuchte sie und kringelte die Enden ihrer Schnurrhaare einwärts vor Nervosität. »Noch ist er … in St. … St. Dingsda … St. Reisesack?«

»Sie wussten also doch, wie man herkommt?«, fragte Änna. »Lisa hat gesagt, Sie wüssten es nicht.«

Die alte Dame sah in den Himmel. »Sieht nach Regen aus«, bemerkte sie beiläufig. »Kann man eigentlich die Kerne in der Paprika mitessen?«

Vermutlich lenkte sie nur vom Thema ab. Alte Damen, die ein schlechtes Gewissen haben, tun das bisweilen. Aber es war nicht notwendig, vom Thema abzulenken. Denn jetzt ging es nicht darum, wer den Weg nach wohin gewusst hatte. Jetzt ging es darum, schnell genug nach St. Isaac zu kommen.

Diesmal nahmen sie keinen Bus und kein Fahrrad. Und auch nicht Lisas Auto. Sie nahmen einen Traum vom Fliegen. Auf seinen breiten Schwingen war genug Platz für alle.

13. KAPITEL

Ich bin es …

»He!«, sagt Frederic. »Das war aber doch gar nicht das Ende! Und wieso schreibst du dauernd was übers Küssen? Als wäre das so wichtig. Überhaupt ist es privat.«

»Okay, okay«, sage ich schnell. »Ich habe gar nicht behauptet, das wäre das Ende! Es kommt natürlich noch was! Von Bruhns und allem!«

»Na dann«, sagt Frederic und lehnt sich im Sessel zurück. »Wenn du das noch aufschreibst, dann ist es ja gut.«

»Klar ist es gut«, sage ich. »Es soll doch ein gutes Buch sein, oder? Wir müssen jetzt also noch mal nach St. Isaac.«

»Moment!« Er beugt sich vor, seine Stimme jetzt ein Flüstern. »Geht es gut aus?«

»Das fragst du mich? Du hast es doch erlebt!«

»Ja, aber manchmal bin ich mir nicht sicher … es ist so lange her, weißt du.«

»Du kannst mir nicht erzählen, dass du das wirklich vergessen hast. Du willst dich bloß nicht erinnern.«

»Ja, vielleicht …«, sagt er leise.

Ich lächle. »Dann musst du wohl warten, bis ich zu Ende erzählt habe.«

Bruhns ließ Kahlhorst und seinen Bauch hinter sich und ging auf die Tür des Rektorats zu. Aber vor dieser Tür stand jetzt jemand.

Es war eine junge Frau mit zerzaustem rotem Haar – eben hatte sie noch an der Treppe gestanden. Was wollte sie hier? Wieso versperrte sie ihm den Weg? Er wollte sie mit einer Handbewegung beiseitescheuchen, doch da fragte sie etwas, das seine Hand mitten in der Luft innehalten ließ.

Sie fragte: »War Hendrik Lachmann auch in dem Abrisshaus?«

»Ich wünschte, er wäre es gewesen«, knurrte Bruhns, kaum hörbar.

»Wie bitte?«

»Ich weiß nicht, wo ein Hendrik Sowieso ist«, antwortete er jetzt lauter. »Wer ist das?«

»Sie wissen es sehr gut«, zischte die Frau mit dem wilden Rothaar. »Er ist Frederics Vater. Und ich wette, Sie können mir sagen, wo er ist.«

»Ich weiß es nicht. Würden Sie mich jetzt bitte durch diese Tür lassen?«

»Ich sehe nicht ein, wieso.«

»Weil es die Tür zu *meinem* Büro in *meiner* Schule ist«, erwiderte Bruhns und seufzte. Und weil *meine* gesammelten Pakete Schwindtex dahinter auf mich warten, damit ich endlich *meine* Fabrikhalle in die Luft jagen kann, dachte er. Aber das sagte er nicht. Er schob die junge Frau beiseite, trat durch die Tür und schloss sie hinter sich ab. Verdammt, würde sie jetzt davor lauern, bis er herauskäme? Er musste doch noch die Pakete ins Auto packen. Wütend sah er durchs Schlüsselloch. Dort stand sie, mit verschränkten Armen.

Er zählte bis hundert und sah noch einmal durchs Schlüsselloch. Sie stand unverändert. Neben ihr hatte Kahlhorst Stellung bezogen. War Kahlhorst völlig übergeschnappt?

Ein zweites Mal: Eins, zwei, drei, vier, fünf ... neunundneunzig, hundert. Ein weiterer Blick durchs Schlüsselloch. Puh. Sie waren weg.

Aber – *was kam da die Treppe herauf?????*

Was, dachte Lisa, kam da die Treppe herauf?

Es war dunkel und groß. Es war viele. Es hatte Klauen und Zähne, Flügel und Pfoten. Es hatte Gesichter und Augen. Es heulte verhalten, zischte und wisperte, als müsste es sich zurückhalten, nicht lauter zu sein.

Lisa wich zurück, taumelte gegen Kahlhorst – und was war das? Jetzt lösten sich Menschen aus der Gruppe der seltsamen Wesen. Fünf Menschen. Vier davon waren Bruhns. Halt. Wie konnten vier Direktoren Bruhns die Treppe heraufkommen, wenn Bruhns gerade hinter der Tür dort verschwunden war?

»Ich halluziniere ...«, flüsterte Lisa. »Kahlhorst ... ich glaube, mir ist nicht gut.«

»Nein«, flüsterte Kahlhorst. »Sie sind da. Ich sehe sie auch.«

Und dann rauschte etwas Riesiges an den vier Bruhnsen vorbei und landete vor Lisa und Kahlhorst. Es glich einem Vogel, doch es hatte keine wirklichen Umrisse. Es war, als hätte jemand das Fliegen an sich gezeichnet und zum Leben erweckt. Gezeichnet, oder geträumt. Von seinen großen Schwingen stiegen zwei Leute herab: Lisa schüttelte den Kopf. Sie sah dort, vor sich, am Kopfende der Treppe – Änna und Frederic.

»Ihr ... seid doch ... tot!«, sagte sie. »Im Abrisshaus ... verschüttet!«

»Ja, *nein*«, antwortete Frederic. Was die Sache nicht unbedingt eindeutiger machte.

Als er Lisas Gesicht sah, wusste er, dass es schwierig werden würde, ihr zu erklären, was geschehen war. Vielleicht musste man ein ganzes Buch darüber schreiben.

»Wo ist Bruhns?«, fragte Frederic.

Die Schulglocke klingelte eben zum Ende der Konferenz und zur zweiten Pause. Die Flure, die Treppe und die Aula begannen sich mit Schülern und Lehrern zu füllen. Als sie das Unerklärliche sahen, das sich auf der Haupttreppe versammelt hatte, wichen sie zuerst zurück, entsetzt, ohne zu begreifen. Dann regte es sich in ihren Herzen; von tief, tief unten aus ihrem Bewusstsein kam ein Raunen, ein Sehnen, ein Wispern: Sie wollten sich erinnern. Sie wollten ihre Träume zurück.

Sie spürten, wie die unsichtbaren Marionettenfäden, die Bruhns an ihnen befestigt hatte, sich langsam auflösten. Sie spürten den Drang in sich wachsen, vorzustürmen, zu widersprechen, zu schreien und laut zu lachen.

Doch noch war es nicht so weit.

So hielt die ganze Schule den Atem an, in stiller Erwartung. Keiner wusste, worauf sie warteten. Aber es war groß, das spürten alle, groß und wichtig. Es war das Größte und Wichtigste, das es in ihrem Leben gab. Am Kopfende der Treppe standen neben einem Wesen, das ganz aus Schwingen zu bestehen schien, zwei Kinder.

Man kannte sie. Sie waren einmal ein Teil von St. Isaac gewesen, doch man hatte sie stets mit Argwohn beobachtet, sie, die

318

Außenseiter. Und jetzt? Was taten sie jetzt hier, inmitten dieses merkwürdigen Mittwochvormittags?

»Wo ist Bruhns?«, fragte Frederic noch einmal in die Stille hinein.

»Und wo«, fragte Änna, »ist seine Maschine?«

Da öffnete sich die Tür des Sekretariats und in ihrem Rahmen stand, größer und hagerer denn je, Bork Bruhns, HD.

»Ich bin hier«, antwortete er mit einem Lächeln im Gesicht. »Aber die Maschine werdet ihr nicht finden. Sie ist tief, tief in den Kellern von St. Isaac verborgen, und niemand außer mir kennt den Weg dorthin.«

»Komisch«, sagte eine Stimme hinter ihm. »Ich hätte schwören können, sie steht im Sekretariat in dem einzig verschlossenen Einbauschrank. Sie nimmt sehr viel Platz weg. Ich musste alle Akten umräumen. Und ich weiß noch nicht einmal, wozu die Maschine da ist.«

Bork Bruhns fuhr ärgerlich herum. Hinter ihm war der Schreibtisch zu sehen und ein Bürostuhl. Auf dem Bürostuhl stand die Kaffeemaschine. Sonst nichts. Die Kaffeemaschine gluckerte und blubberte wie stets.

Frederic schüttelte den Kopf.

»Irre«, sagte er leise und nur zu Änna. »Die anderen sehen dort, wo wir die Kaffeemaschine sehen, eine Sekretärin!«

»Was wollt ihr von mir?«, fragte Bruhns und tat so, als hätte er die Worte seiner Ka…, nein: seiner Sekretärin, nicht gehört.

»Wir wollen, dass …«, begann Frederic. An diesem Punkt fiel ihm auf, dass er es versäumt hatte, sich eine kleine Rede auszudenken. Er stand da und suchte nach Worten. Schönen, schlagkräftigen Worten wie *Freiheit für die Wale* oder *Walrecht für die*

Freien. Oder hieß es Frauen? Jedenfalls ging es hier und jetzt um keines von beiden. Einmal blickte die ganze Schule zu ihm auf, einmal wartete die ganze Schule darauf, dass er etwas Wunderbares, Pathetisches, Salbungsvolles sagte, das sie alle nie vergessen würden – und ihm fiel nichts ein.

Er schwieg, wie er acht Jahre lang zusammen mit Hendrik am Küchentisch geschwiegen hatte.

Aber er brauchte gar nichts zu sagen.

Denn in diesem Moment traten aus der Masse der Albträume die Direktoren heraus. Zuerst waren es vier, dann zehn, dann zwanzig, und es wurden immer mehr. Sie gingen auf Bruhns zu und schüttelten ihm die Hand, einer nach dem anderen. Es war ein stummes, beunruhigendes Ritual, dessen Bedeutung keiner kannte. Auch Bruhns nicht. Er wurde bei jedem Handschütteln verwirrter, das sah man ihm an. Und vielleicht war genau das der Sinn der Sache.

Nach dem letzten Bruhns jedoch trat ein anderer Traum vor. Es war der Traum von dem alten Mann, der im Keller der Albträume den Jungen in sein Zimmer eingeschlossen hatte. Der Albtraum, der von sich selbst gesagt hatte, er würde seinen Sohn immer verfolgen.

Bruhns' Vater.

»Nein«, sagte Bruhns und machte einen Schritt zurück. »Nein. Du bist nicht da. Ich habe dich aus meinem Kopf gepumpt. Verschwinde! Komm mir nicht zu nahe!«

»Du hast es nicht geschafft!«, zischte der alte Mann. »Sie sind dir auf die Schliche gekommen! Und weißt du auch, warum, mein Lieber? Du hast zwei von ihnen entkommen lassen! Zwei deiner eigenen Albträume! Sie waren nicht böse genug! Nicht schwer genug, um in den Kellerschacht zu fallen! Und einer von ihnen hat dich verraten, kleiner Bork!«

In diesem Augenblick kam Frederic ein seltsamer Gedanke: War es wirklich ein Versehen gewesen, dass Bruhns die alte Rattendame in einen der unteren Käfige gesperrt hatte? Einen Käfig mit Gully, aus dem sie hatte entkommen können? Oder hatte ein winziges, kaum sichtbares Stück von Bork Bruhns gehofft, dass jemand herausfand, was er tat? Dass jemand ihn daran hinderte? Stammte am Ende auch das spezielle Vitamin A aus Bruhns' eigenen Träumen?

»Versager!«, rief der alte Mann und erdolchte mit seinem Zeigefinger die Luft. »Versager! Versager! Versager! Du hast versucht, so zu sein wie ich, aber du warst nicht gut genug! Nie!«

Bruhns war noch einen Schritt zurückgetaumelt. »Das ist nicht wahr«, sagte er. »Ich war gut. Sieh dir diese Schule an! Fünfzehn Jahre …«

»Firlefanz!«, keifte der alte Mann. »Kinkerlitzchen! Was sind schon fünfzehn Jahre!«

Da geschah etwas Überraschendes. Eine Gestalt löste sich aus der Menge der schweigenden Schüler und Lehrer: Josephine.

Sie rannte auf den Traum des alten Mannes zu, die Hände mit den winzigen Mäulern an den Fingern ausgestreckt, ihr Gesicht verzerrt vor Wut.

»Lassen Sie ihn in Ruhe!«, rief sie. »Sie …«

Weiter kam sie nicht.

Ihr Ausbruch hatte das stumme Schweigen und Starren gebrochen. Plötzlich kam Bewegung in die Menge. Und es kam Bewegung in die Traumwesen. Die Albträume erhoben sich mit

321

einem Heulen aus vielen Hundert Kehlen, die guten Träume flatterten verwirrt in alle Himmelsrichtungen auseinander und die Menschen rannten. Denn jetzt, jetzt versuchten alle Träume, ihre Besitzer wiederzufinden. Jeder Schüler von St. Isaac sah sich verfolgt von einer Horde unsinniger Wesen, die er selbst geschaffen hatte, gehetzt bis in die hintersten Winkel der alten Schule. Korridore und Treppenhäuser hallten wider vom Gekreisch und Geheul der Albtraum-Gestalten, vom Flattern und Kichern der guten Träume, hallten wider von den Angstschreien der Kinder: Das Chaos war entfesselt.

Frederic sprang zur Seite, um die Träume und ihre schreienden Opfer vorbeizulassen, wurde umgestoßen, landete auf dem Boden … Wo war Bruhns? Wo Josephine? Und wo war Änna?

Er kam hoch, wurde gleich wieder mitgerissen, wurde von der Panik zwischen den Wänden entlanggespült wie von einem übermächtigen Strom und kam nicht dagegen an. Neben ihm rannte der starke Georg vor einem Albtraum von einem Schwächeanfall weg. Und Frederic rannte ebenfalls, rannte um sein Leben, rannte, um nicht niedergetrampelt zu werden. Schließlich fand er sich in einem leeren Flur wieder, in einem Flügel der Schule, wo die alten Klassenzimmer nicht mehr benutzt wurden. Er blieb stehen, stützte die Hände in die Seiten und rang nach Luft.

Und da, mitten im Tumult der widerhallenden Schreie, hörte Frederic eine Stimme, die er nicht hier erwartet hatte.

Hendriks Stimme.

»Was zum Teufel ist los da draußen?«, rief Hendrik. »Hallo? Haaaalloooo! Was macht ihr da? Reißt ihr die Schule ein?«

Die Stimme kam aus einem der leeren Klassenzimmer. Einem

nicht-so-leeren Klassenzimmer, wie es schien. In Sekunden war Frederic bei der Tür.

»Hendrik?«, rief er. Um ihn herum tobte noch immer das Geschrei der Traumjagd.

Jetzt trommelte jemand von innen gegen die Tür. »Ja? Jaaa? Halloooo?«

Frederics Finger suchten den besonderen Dietrich in seinen Taschen. Als er ihn fand, bekam er ihn kaum ins Schlüsselloch, so sehr zitterten seine Finger. Warum war Hendrik hier?

Die Klinke bewegte sich, das Schloss gab nach. Zwei Leute, die glaubten, niemand sähe es, umarmten sich in einem Schulflur.

»Hendrik«, sagte Frederic.

»Frederic«, sagte Hendrik.

Der Rest war Schweigen. Wie gewohnt.

Und dann wurde die Geräuschkulisse des Chaos unterbrochen. Durch die Lautsprecher von St. Isaac dröhnte eine bekannte Stimme, die in den letzten fünfzehn Jahren Hunderte von Durchsagen gemacht hatte.

»Achtung«, sagte diese Stimme. Sie gehörte Bruhns, Bork Bruhns, HD.

»Achtung, dies ist eine Durchsage.« Ach was. »Es wäre besser, wenn alle Schüler und Lehrer das Gebäude verließen.« Er klang beunruhigend ruhig. »Ich gebe euch fünf Minuten.« Damit knisterte es in der Lautsprecheranlage und sie verstummte mit einem unangenehm endgültigen Knacken.

»Was …?«, fragte Hendrik.

»Schwindtex«, sagte Frederic.

»Wie bitte?«

»Komm.« Frederic packte seinen Vater an der Hand und sie rannten. Am Treppenabsatz des ersten Stockwerks, wo die Tür zum Sekretariat lag, trafen sie Änna. »Komm!«, rief Frederic. »Raus hier!«

Doch sie weigerte sich, ihm zu folgen. »Er ist da drin! Im Sekretariat! Bruhns. Aber ich kriege die Tür nicht auf.«

»Änna, er verwandelt St. Isaac in eine Handvoll Trümmer! Komm!«

»Und dann? Verwandelt er sich mit in Trümmer? Josephine ist auch dort. Wir müssen …«

»Änna …«

»Frederic …«

»*Verdammt* noch mal!«, schrie er ärgerlich und holte den besonderen Dietrich heraus. »Hendrik, lauf! Bitte!«

»Ich denke nicht daran«, sagte Hendrik.

Die Tür zum Sekretariat hielt dem besonderen Dietrich nicht lange stand.

Drinnen lehnte Bruhns am Fenster, direkt neben dem legendären Parmafaulchen, und sah hinab in den Hof.

»Sie lassen sie entkommen!«, sagte Josephine.

Er seufzte. »Ich fürchte, ja.« Damit drehte er sich zu Änna und Frederic um. In seiner Hand war etwas, das einer Fernbedienung für einen Fernseher glich.

»Sie sind übergeschnappt!«, keuchte Frederic. »Geben Sie das Ding her! Wenn Ihre Maschine hier drin ist, fliegt sie sowieso mit in die Luft!«

»Das wird sie wohl«, sagte Bork Bruhns.

Frederic merkte, wie Änna den HD ansah. Ohne Eile. Lange und ausgiebig.

»Sie haben Ihre Albträume wieder«, sagte sie schließlich. »Sie sind jetzt jemand anders.«

Bruhns nickte. »Deshalb ist es besser, wenn alles in die Luft fliegt. Geht. Beeilt euch.«

Änna schüttelte den Kopf.

»Geht!«, schrie Josephine. In ihren Augen standen Tränen. »Ich wollte sie nicht wiederhaben!«, rief sie. »Ihr habt sie zurückgebracht, aber ich wollte sie nicht wiederhaben! All die Träume von den Dingen, die man nie bekommt! Von Eltern, die Zeit für einen haben! Von Orten, an denen ich Dinge finde, die wichtiger sind als die Schule! Und die Albträume! Vom Versagen! Geht weg! Lasst uns in Ruhe! Wir bleiben hier! Wir gehen mit St. Isaac unter! Es gibt nichts mehr, wofür es sich lohnen würde zu leben! Aber ihr – ihr versteht ja nichts. Nichts! *Nichts!*«

Sie verbarg ihr Gesicht in den Händen und begann zu schluchzen. Würdelos und hysterisch, wie ein kleines Kind. Bruhns legte ihr eine Hand auf die Schulter. Frederic merkte, dass seine braunen Augen nicht mehr leer waren.

Änna hatte recht. Er war jetzt ein anderer.

Er hatte die Albträume gebraucht. Jeder brauchte wohl seine Albträume, genau wie die guten Träume. Und ohne den Albtraum von seinem Vater war Bork Bruhns so geworden wie dieser Vater. Aber jetzt befand sich der alte Mann wieder in Bruhns' Kopf. Und er würde ihn nie verlassen.

»Kommen Sie mit«, sagte Hendrik, seine Stimme zitternd vor mühsamer Vernunft. Auch Hendrik hatte inzwischen begriffen, worum es ging. Dass etwas im Rektorat war, das auf den Knopfdruck der Fernbedienung wartete. Etwas, das explodieren würde. »Sie wollen sich doch nicht wirklich mit diesem ganzen alten Kram zusammen in Fetzen auflösen.«

Bruhns sah wieder aus dem Fenster, in die Ferne.

»Es ist ein Märchen«, sagte er leise. »Die ganze Geschichte. So etwas Unsinniges muss ein Märchen sein. Und im Märchen sterben die Bösen am Ende. Der Wolf bei den sieben Geißlein ... die böse Stiefmutter ... und der böse Schuldirektor. Es muss so sein.« Er klang unendlich erschöpft. »Es gehört sich so.«

Da trat Änna vor und nahm Bruhns ganz sacht an der freien Hand.

»In einem modernen Märchen«, flüsterte sie, »laufen die Dinge anders.«

Sie führte ihn aus dem Sekretariat wie einen zahmen Dinosaurier. Frederic sah ihr nach, mit offenem Mund. Dann folgte er den beiden. Als er sich bei der Treppe umdrehte, hörte er ein Fauchen. Er drehte sich um und sah, dass hinter ihm Josephine und Hendrik gingen.

Das heißt: Josephine ging nicht.

Hendrik trug sie. Sie wehrte sich wie wild – fluchte, strampelte, schlug um sich und biss ihn mit ihren Fingermäulern, doch Hendrik hielt sie eisern fest, eiserner noch, als der starke Georg es je gekonnt hätte.

Kurz darauf gingen sie über den Schulhof, wo die Blätter der Kastanie bunt vor dem blauen Oktoberhimmel leuchteten. Eine Menge Leute hatten sich auf der Straße vor dem Hof versammelt, alte und junge; Lehrer und Schüler. Frederic konnte keinen einzigen Traum mehr sehen. Sie waren alle zurückgekehrt in die Köpfe der Träumer.

Und die Träumer hoben diese Köpfe und sahen auf zu den altehrwürdigen Mauern von St. Isaac. Und die Bäume an der Schulhofmauer knisperten im Wind.

Bruhns machte sich von Ännas Hand los wie ein Kind, das laufen lernt. Aber er trat nur zwei Schritte auf St. Isaac zu.

Dort blieb er stehen und drückte auf den Knopf an seiner Fernbedienung.

Der Knall der Explosion erschütterte nicht nur die Schule, er erschütterte nicht nur die Straße und die Reste des Abrisshauses, er erschütterte die ganze Stadt. Selbst die identischen Einfamilien in den Neubaugebieten fühlten ein Beben durch die Erde laufen; und die Polizisten, die am selben Tag beim Abrisshaus gewesen waren, hoben die müden Köpfe von ihren Kaffeetassen und sahen sich an.

Und der Oktoberhimmel schwankte. Der gesamte Mittwoch schwankte.

Schließlich fiel die Schulhofmauer um. Und St. Isaac löste sich auf. Die Kastanie wurde von einem herabsegelnden Stück Gestein in der Mitte gespalten. Und ein Parmafaulchen landete drei Straßen weiter in einem Garten, wo es endlich anwuchs, ohne zu faulen. Und dreihundertsiebzehn Schultische prasselten als Splitterregen auf den Gehweg herunter. Und ein Regen aus Pultkanten und Tafelspitzen ergoss sich über den Hof. Und dreihundertvier Fahrräder bäumten sich in ihrem Fahrradschuppen auf vor Schreck.

Und sieben Lehrerautos wurden von Mauerbrocken erschlagen, was der Versicherung später sehr schwer zu erklären war.

Und alles, alles vereinigte sich in der Luft, in die es flog, zu einem großen, übermächtigen Feuerwerk: Zigarettenstummel, Bilderrahmen, Notenständer, Zirkel, Klassenfotos, Klaviere, Bürostühle, Kaugummipackungen, Blumentöpfe, Landkarten, Wasserfarben, Computerbildschirme, Tonvasen, Füllfederhalter, Filmleinwände, Bleistiftanspitzer, Linoleumböden, ausgestopfte Tiere, Fußbälle, Raufasertapeten, Sammelalben, Fensterglas, Geodreiecke, Sprossenwände, Aschenbecher, Telefonleitungen, Notenhefte, Turnmatten, Schwebebalken, Taschenrechner, Einbauschränke, Millimeterpapier, Kopiermaschinen, Schulranzen, Kleiderhaken, Lexika – alles, alles, alles, alles.

Die Schüler und Lehrer sahen es fliegen und eine große Erleichterung machte sich in ihnen breit. Natürlich würde alles weitergehen. Natürlich würde es andere Klassenzimmer, andere Bleistiftanspitzer, andere Füllfederhalter und Taschenrechner geben. Jedoch unter anderen Bedingungen. Jetzt und hier war ein Ende erreicht.

St. Isaac verschwand an diesem Tag vom Erdboden, mit allem, was es je bedeutet hatte.

Und – niemand sah es – doch mitten im Durcheinander erhoben sich die steinernen Engel in die Luft. Sie schüttelten ihre steinernen Flügel, reckten ihre steinernen Arme und Beine und wandten die steinernen Gesichter gen Süden.

Man hat sie unter den Trümmern der Schule nicht gefunden.

Vielleicht sind sie nach Italien geflogen, wo es ihresgleichen mehr und an passenderen Stellen gibt.

Und dann? Nachdem sich der Sturm aus Papier und Gedanken gelegt hatte? Nachdem alle sich den Staub aus den Haaren geschüttelt hatten und wieder wagten zu atmen? Was geschah dann?

Dann sah Frederic seinen Vater an, der neben ihm stand. Er hielt noch immer Josephine an der Hand. Die Tränen auf ihrem Gesicht hatten sich mit dem Staub zu einem schlammigen Matsch vereinigt, und als sie darüberwischte, wurde es nicht besser.

»Ich … ich wollte nicht gerettet werden«, schniefte sie. »Ich wollte da drinnen … sterben … ich …«

Hendrik gab ihr ein Taschentuch, mit dem sie den Dreck noch etwas gleichmäßiger in ihrem Gesicht verteilte.

Aber das war es nicht, was Frederic ansah. Er sah Hendriks Hemd an, in dem ein breiter Riss klaffte; vielleicht eine Spur von Josephines bissigen Fingern. Frederic streckte die Hand aus und zog den Stoff noch ein wenig weiter auseinander. Hendrik runzelte die Stirn. »Was tust du da?«

Frederic antwortete nicht. Er starrte die Haut unter Hendriks Hemd an. Unter dem Staub und dem Dreck war eine Wunde zu sehen, die sich quer über Hendriks linke Brust zog. Sie war bedeckt mit einer dicken, dunklen Schicht Schorf. Sie hatte begonnen zuzuheilen.

Frederic hatte gedacht, Hendrik bräuchte Lisa, damit die Wunde sich schloss. Er hatte gedacht, Hendrik bräuchte eine neue Frau. Er hatte sich getäuscht.

Es war Josephine gewesen. Hendrik hatte Josephine das Leben gerettet. Er hatte irgendjemandem das Leben retten müssen.

Frederic lächelte Josephine an, und sie lächelte zurück. Ihr Lächeln war nicht schön. Er mochte sie noch immer nicht leiden. Nun, vielleicht konnte man ihr beibringen, nett zu sein. Auch wenn es sicher mühsam wäre.

»Gehen wir nach Hause«, sagte er zu Hendrik.

Hendrik nickte.

»Ich fürchte, du musst mir eine Menge Dinge erklären.«

»Das werde ich«, sagte Frederic. »Oh ja. Das werde ich. Vielleicht wird es lange dauern. Vielleicht müssen wir den ganzen Nachmittag reden, und die ganze Nacht.«

»Ich hätte nichts dagegen, die ganze Nacht zu reden«, sagte Hendrik.

Doch sie redeten nicht die ganze Nacht.

Um acht Uhr klingelte das Telefon. Hendrik hob ab. »Änna!«, verkündete er eine Minute später, den Hörer noch in der Hand. »Sie sagt, sie hätten die Augen geöffnet«, verkündete er. »Hat Änna junge Katzen oder so was zu Hause?«

»Nein«, sagte Frederic. »Nur ihre Eltern.«

Hendrik starrte ihn an, perplex.

»Und sie hat gesagt, ich soll dir ausrichten, du hättest Stacheln. Und dass deshalb Bruhns mit der Maschine nicht an dich herankonnte. Weil die Stacheln im Weg waren. Sie meint, du siehst sie wohl selbst nicht. Es seien allerdings schon weniger geworden.«

»Stacheln?« Jetzt sah Frederic perplex aus. Es ergab einen Sinn. Es ergab eine unheimliche Menge Sinn. Er strich über seine Stirn, und nun war ihm, als könne er die Stacheln spüren.

»Gib mir mal den Hörer«, sagte Frederic.

Hendrik schüttelte den Kopf. »Sie hat aufgelegt.«

»Aufgelegt?«

Plötzlich wurde es Frederic heiß und kalt gleichzeitig. War es das gewesen? Jetzt, wo sie die Träume befreit hatten, hatte er Änna verloren? Hatten sie sich gegenseitig nur gebraucht, um stark genug zu sein für das Dunkle, Unheimliche, Unerklärliche? Aber es gab noch so viel Dunkles, Unerklärliches in der Welt. Wie sollte er den Rest davon ohne Änna hinter sich bringen?

Aus der Wohnung unter ihnen drang Musik.

»Das sind Lisa und Herr Kahlhorst«, sagte Hendrik und lächelte. »Vorhin, als ich den Müll rausgebracht habe, habe ich sie gesehen. Sie tanzen irgendeinen Tanz miteinander, den ich noch nie gesehen habe. Ich glaube, sie haben ihn sich selbst ausgedacht. Sie wollten wissen, ob wir nicht Lust haben mitzumachen. Haben wir Lust?«

»Hm«, sagte Frederic nachdenklich. »Vielleicht, ja. Wie heißt Kahlhorst eigentlich mit Vornamen? Hast du das in irgendeinem Schulbrief mal gelesen?«

Hendrik schüttelte den Kopf. »Da war nie ein Vorname, glaube ich.«

Frederic seufzte. »Ich fürchte, er hat ihn aufgegessen«, sagte er. »Lass uns hinuntergehen.«

Bei Lisa standen eine Menge Kerzen in nicht für Kerzen geeigneten Dingen wie Flaschen, Joghurtbechern und Einmachgläsern. Es sah nach einer wirklichen Feier aus, und dafür war es nach all den Verwirrungen vermutlich auch Zeit.

Es gab Wein und Bier und Johanniskrauttee. Kahlhorst hatte

eine große Buttercremetorte mitgebracht, und Frederic musste an den Traum vom Geburtstag denken und sagte ganz leise: »Herzlichen Glückwunsch.«

Dann setzte er sich ins offene Fenster, hörte dem Nachtwind von draußen und der Musik von drinnen zu, wo selbst Hendrik ausgedachte Tänze mittanzte, und atmete die Dunkelheit tief ein und aus.

Es hätte recht lustig sein können, dachte Frederic, im Fenster zu sitzen und den Tänzern zuzusehen. Und es hätte wunderbar und erleichternd sein können, alles zu vergessen, was geschehen war, und einfach nur aufzuatmen. Doch sein Herz war schwer wie Kahlhorsts Buttercremetorte, und nichts war wunderbar. Er war noch nie so allein gewesen. Natürlich. Auch Hendrik war allein, und Hendrik tanzte. Aber …

Frederic schloss die Augen und versuchte, glücklich zu sein. Er versuchte es sehr. So sehr, dass er die leisen Schritte nicht hörte, die sich ihm näherten.

Da tippte ihm jemand auf die Schulter. Und es flüsterte aus der Nacht, ganz nah bei seinem Ohr, genau wie damals in der Ruine des Abrisshauses.

»Rück mal 'n Stück!«, flüsterte es. »Ich bin es, Änna.«

NACHWORT

»Schön«, seufzt Frederic. »So war es. Genau so. Glaube ich.«

»Habe ich etwas vergessen?«, frage ich.

Er überlegt. »Ah … doch! Dass ich nichts mehr sehe. Nichts Besonderes mehr, meine ich. Und Änna auch nicht. Es war einfach am nächsten Tag weg. Irgendwie schade. Aber auch ganz gut. Es war so anstrengend. Zu sehen, meine ich. Und … den Mülltonnenlehrer müssen wir noch erwähnen. Der ist doch Lateinlehrer geworden, oder? Damit ihm endlich wirklich jemand zuhört?«

»Ja. An einer anderen Schule. Einer von denen, auf die die St.-Isaac-Schüler aufgeteilt wurden. Erinnerst du dich an das Sandmännchen auf seiner Schulter? Leider streut es begeistert Sand, und die meisten Schüler schlafen nach kurzer Zeit ein.«

»Und Claudius?«

»Der hat jetzt einen zahmen Karpfen zu Hause, mit dem unterhält er sich auf Blasisch. Den Rest der Zeit besucht er einen Volkshochschulkurs für sinnvolles Sprechen.«

»Man könnte ihn vielleicht umschulen«, sagt Frederic. »Zum Fischberater oder so.«

»Fischberater?«

»Oh, ich dachte nur, es hört sich gut an. Außerdem hast du noch vergessen, dass Kahlhorst eine Konditorei aufgemacht hat.

Und dass ich diese Maschine für Lisa gebaut habe, um ihre Wände umzuspritzen. Und wie sie aus Versehen stattdessen ihre Haare damit umgespritzt hat, sodass sie ganz gelb waren, wie vorher die Tür, und dass sie sie dann abgeschnitten hat und dass …«

»Das alles ist schon eine andere Geschichte«, sage ich. »Das gehört nicht mehr hierher.«

»Na dann …« Frederic kaut mal wieder auf der Unterlippe herum, nachdenklich. »Trotzdem fehlt noch etwas. Bruhns. Die Leute wissen immer noch nicht, was aus Bruhns geworden ist.«

»Dann erzähl den Leuten, dass er nicht mehr Direktor ist. Und auch nicht mehr Lehrer. Erzähl ihnen, dass er jetzt einen anderen Beruf hat.«

»Wieso ich? Ich dachte, du erzählst die Geschichte!«

»Es … es ist mir ein bisschen peinlich, Frederic, weißt du.«

»Na gut. Ich erzähle es ihnen. Also: Bruhns ist jetzt nett geworden. Richtig nett. Weil er doch seine Albträume wiederhat. Er hat schon noch seine Macken, er hat aber versprochen, nie wieder Leute zu beißen oder gefährliche Maschinen zu bauen. Und weil er nicht mehr Lehrer ist, schreibt er jetzt Geschichten. Zum Ausgleich für alles, na ja … hat er mir versprochen, meine Geschichte aufzuschreiben.«

»Ouff. Hoffentlich ist sie so geworden, wie du es wolltest.«

»Hoffentlich.« Frederic steht auf. »Jetzt muss ich los«, sagt er. »Ich muss doch endlich den Saugnapf in die Fenster-schließ-Maschine einbauen, die für Lisa. Und dann treffe ich mich mit Änna, und dann …«

»Ich weiß schon«, sage ich lächelnd. »Du hast eine Menge zu tun.«

Und ich mache den Computer aus und gehe zum Fenster, um

ihm nachzusehen, wie er unten die Straße entlangrennt. Er rennt in eine Zukunft, die ich nicht teilen und nicht verstehen kann. Aber er sieht glücklich aus.

Ich bleibe hier und schreibe Bücher.

Rainer Maria Rilke

DER PANTHER

Im Jardin des Plantes, Paris

Sein Blick ist vom Vorübergehn der Stäbe
so müd geworden, dass er nichts mehr hält.
Ihm ist, als ob es tausend Stäbe gäbe
und hinter tausend Stäben keine Welt.

Der weiche Gang geschmeidig starker Schritte,
der sich im allerkleinsten Kreise dreht,
ist wie ein Tanz von Kraft um eine Mitte,
in der betäubt ein großer Wille steht.

Nur manchmal schiebt der Vorhang der Pupille
sich lautlos auf –. Dann geht ein Bild hinein,
geht durch der Glieder angespannte Stille –
und hört im Herzen auf zu sein.